经典与现代：外国文学艺术性与创新性研究

吴宾凤 著

中国纺织出版社有限公司

内　容　提　要

《经典与现代：外国文学艺术性与创新性研究》是一部系统探讨外国文学传统与变革的学术著作。全书以经典文学与现代文学的动态对话为起点，剖析经典文本的永恒价值与现代文学对传统的继承与突破，重点聚焦艺术性与创新性的辩证关系。第二章至第六章通过梳理西方文学经典地位、艺术性构成（如文体、意象、叙事技巧）、现代主义与后现代主义运动，揭示文学实验的深层逻辑，深入分析伍尔夫、乔伊斯、卡夫卡等作家对叙事结构、语言形式的颠覆性重构。第七章至第九章拓展至跨文化视野，探讨东西方文学互鉴与全球化语境下的文学创新，关注数字技术对创作与传播的变革，最终指向未来文学在技术融合与多元共生中的可能性。全书以理论思辨结合文本细读，构建了从传统经典到当代前沿、从地域性到全球性的立体研究框架，突显文学在守正与创新中的生命力。

图书在版编目（CIP）数据

经典与现代：外国文学艺术性与创新性研究 / 吴宾凤著 . -- 北京：中国纺织出版社有限公司，2025.8.
ISBN 978-7-5229-2758-9
Ⅰ . I106
中国国家版本馆 CIP 数据核字第 2025DM7684 号

责任编辑：房丽娜　　责任校对：高涵　　责任印制：储志伟

中国纺织出版社有限公司出版发行
地址：北京市朝阳区百子湾东里 A407 号楼　邮政编码：100124
销售电话：010—67004422　传真：010—87155801
http://www.c-textilep.com
中国纺织出版社天猫旗舰店
官方微博 http://weibo.com/2119887771
河北延风印务有限公司印刷　各地新华书店经销
2025 年 8 月第 1 版第 1 次印刷
开本：710×1000　1/16　印张：10.5
字数：160 千字　定价：98.00 元

凡购本书，如有缺页、倒页、脱页，由本社图书营销中心调换

前　言

　　文学是人类智慧和情感的结晶，是文化与思想的载体。跨越时空的界限，它记录了人类历史的变迁、社会的发展与个体命运的起伏。从古希腊的悲剧到莎士比亚的戏剧，从文艺复兴时期的诗歌到现代主义的创新，文学一直在不断地反映和塑造着时代的精神与思想。从古代的史诗到现代的小说，文学不仅是历史的见证，也是社会和人类情感的深刻表达。在当今全球化与数字化的时代背景下，文学创作面临着前所未有的挑战与机遇。科技的进步，尤其是互联网、人工智能、虚拟现实等领域的发展，正在深刻改变文学创作的形式、内容与传播方式。数字平台和社交媒体的兴起使得文学作品的传播速度和范围大幅扩大，而技术手段的创新则使得文学创作从单一的文字表达扩展到图像、音频、视频等多种表现形式。全球化更使文学创作的视野和内容更加开放，作家们不仅关注本土文化，还开始融入全球化的背景，探索跨文化的主题与形式。这样的背景为文学创作带来了新的动力，也让文学艺术的表现形式进入了一个更加多元、复杂的时代。

　　在这一背景下，重新审视经典文学和现代文学的艺术性与创新性尤为重要。从经典文学到现代文学，文学的演变不仅是形式的变化，更是思想与文化的变革。经典文学以其深邃的思想内涵和独特的艺术形式成为文学史上的重要标杆，而现代文学则在继承经典的基础上，不断突破传统的束缚，开辟了新的创作空间和表达方式。随着时代的进步，文学不断汲取经典的养分，也在现代社会与技术发展的推动下进行着自我革新。未来的文学，必将在经典与现代之间找到一个不断演进的平衡点，既保持经典的思想价值与艺术表现，又融入现代技术与创新思想的力量。

　　本书正是在这样一个充满挑战与机遇的时代背景下应运而生的。本书旨在探讨经典文学与现代文学之间的对话与传承，分析文学如何在历史的长河中不断创新，推动文化的进步。从经典文学的艺术价值与文化积淀，到现代文学在叙事形式、语言表现和思想深度上的突破，本书为读者提供了一个全面的视角，展现了文学在不断变化的社会和文化环境中的内在动力与未来趋势。

　　本书首先回顾了经典文学的传承与其在文化中的地位，探讨了经典作品如何通过深刻的思想内涵和精湛的艺术表现，跨越时空的界限，持续影响着现代文学的创作。经典作品不仅反映了人类共同的情感和思想，还揭示了每个时代社会与个体之间的深刻关系。经典文学的传承为现代文学的创新提供了丰富的素材和思想资源，现代作家在继承经典的同时，又在新的时代语境中赋予它们新的表现形式与思想内涵。本书还深入探讨了现代文学在艺术表现和创作形式上的创新。现代主义、后现代主义、数字文学等流派和形式的出现，推动了文学的创新与突破。作家们在文学形式上进行了大胆实验，采用了非线性叙事、意识流、碎片化结构等创新手法，突破了传统的线性叙事与单一的艺术表现，探索了更加复杂的社会和个体心理状态。与此同时，现代文学还更加注重个体情感与社会变革之间的关系，尤其是在全球化和现代科技背景下，作家们通过作品对个体存在的迷茫、孤独与冲突进行了深刻的剖析。

数字化时代的到来，进一步推动了文学创作的多样性和全球化。数字技术不仅改变了文学创作的方式，还推动了文学的跨媒体、跨平台创新。电子书、互动小说、虚拟现实文学等形式的出现，使得文学创作不再局限于纸质书籍和传统出版，而是进入了一个更加开放、自由的创作空间。数字平台为作家提供了更大的创作自由度，同时也为读者带来了更加丰富的阅读体验。通过技术的创新，文学作品的形式和内容不再是单一的，而是呈现出更加多元和互动的特点。此外，随着全球化进程的加速，文学创作不再局限于某一地区或文化背景。全球范围内的文学作品互相交流、碰撞与融合，推动了文学创作的多元化与国际化。作家们不仅关注自身文化和社会的问题，更在全球化视野中探讨跨文化的主题与人类共同面临的挑战。从这一点来看，现代文学的创新与突破，必然是在全球化与多元文化交汇的过程中进行的，它反映了全球化背景下的社会现实、文化交流和个人身份认同的复杂性。然而，尽管科技与全球化为文学创作带来了丰富的资源与表达方式，文学创作仍面临着如何平衡传统艺术性与技术创新的问题。在追求形式创新的过程中，如何保持文学的思想深度和艺术价值，避免作品的浅薄与浮躁，成为未来文学创作中的一大挑战。作家们如何在技术的推动下，依然坚持人文关怀与社会责任，如何通过文学作品深入探讨人类存在的困境与意义，如何在现代社会中传递真实与深刻的情感，依然是值得我们深思的问题。

本书旨在从经典与现代的对话中，探讨文学的艺术传承与创新。它不仅是对经典文学的回顾与思考，也是对现代文学创作方向和未来文学走向的展望。在全球化与信息化时代，文学的形式、内容和传播方式不断发生变化，然而其传递思想与情感的核心价值依然未曾改变。作家们通过对经典文学的继承与创新，不断拓宽文学创作的边界，使文学在当代社会中依然充满生气，焕发着时代的光辉。

本书通过对经典与现代文学的深入分析，为读者提供了一个文学艺术发展的全景式视角，帮助我们理解文学如何在不断的创新中传承经典，同时也为未来文学的走向与发展提供了有益的思考。随着技术进步与全球化的深入，文学的未来必将在艺术性与创新性之间找到新的平衡，继续书写人类历史与文化的壮丽篇章。

吴宾凤
2025 年 1 月

目 录

第一章　经典与现代文学的对话 ·· 1

- 第一节　经典文学的定义与内涵 ··· 1
- 第二节　现代文学对经典的反思与继承 ······································ 7
- 第三节　艺术性与创新性的辩证关系 ·· 12

第二章　西方文学的经典地位 ··· 16

- 第一节　古希腊悲剧与西方戏剧传统 ·· 16
- 第二节　文艺复兴时期的文学复兴 ··· 20
- 第三节　17~19 世纪的经典作家：从莎士比亚到陀思妥耶夫斯基 ······ 24
- 第四节　西方文学经典的文化影响力 ·· 27

第三章　外国文学的艺术性分析 ·· 31

- 第一节　文体的创新与美学价值 ·· 31
- 第二节　意象与象征的运用 ·· 34
- 第三节　文学与其他艺术形式的交融 ·· 37
- 第四节　外国文学中的比喻与隐喻艺术 ····································· 40
- 第五节　外国文学中的叙事艺术 ·· 46
- 第六节　外国文学中的语言艺术 ·· 51

第四章　现代主义文学运动 ·· 58

- 第一节　现代主义文学的起源与发展 ·· 58
- 第二节　现代主义文学的主要特征 ··· 61
- 第三节　现代主义文学的叙事技巧 ··· 67
- 第四节　弗吉尼亚·伍尔夫与内心独白 ······································ 72

第五节 詹姆斯·乔伊斯与叙事结构的重构 …………………… 75
第六节 卡夫卡的荒诞与异化文学 …………………………… 78
第七节 现代主义文学的全球化趋势 ………………………… 81

第五章 后现代主义文学的实验性 …………………………… 86

第一节 后现代文学的特征与表现手法 ……………………… 86
第二节 解构主义与文本的开放性 …………………………… 89
第三节 后现代叙事中的时间与空间 ………………………… 92
第四节 后现代文学对经典文学的反叛与致敬 ……………… 95

第六章 外国文学中的叙事创新 ……………………………… 99

第一节 叙事视角的多重变化 ………………………………… 99
第二节 语言的解构与重构 …………………………………… 102
第三节 非线性叙事与碎片化结构 …………………………… 105
第四节 文本的互动性与读者的参与 ………………………… 108

第七章 东方与西方文学的对话 ……………………………… 112

第一节 东方文学对西方文学的影响 ………………………… 112
第二节 西方作家眼中的东方文化 …………………………… 115
第三节 跨文化文本中的艺术表达 …………………………… 118
第四节 文学理论视角下的东西方文学对话 ………………… 121

第八章 全球化时代的文学创新 ……………………………… 126

第一节 全球化对文学的冲击与机遇 ………………………… 126
第二节 世界文学中的本土性与全球性 ……………………… 129
第三节 多元文化背景下的叙事实验 ………………………… 132
第四节 跨国界流动与文学形式的创新 ……………………… 135
第五节 文学主题与全球化的多元共生 ……………………… 140

第九章 当代外国文学的未来走向 …………………………… 145

第一节 新兴文学形式与艺术突破 …………………………… 145
第二节 数字时代的文学创作与传播 ………………………… 147

第三节　未来文学中的技术性与创新性 …………………… 150

结　语 …………………………………………………… 154

参考文献 ………………………………………………… 157

第一章　经典与现代文学的对话

第一节　经典文学的定义与内涵

经典文学作为文学传统中的核心部分，涵盖了人类文化与历史中的重要艺术成就。它不仅是文学艺术的代表，更是思想、哲学与社会变迁的载体。经典文学的定义和内涵随着时代的进步、文化的演变而不断丰富。然而，不论时代如何更迭，经典文学始终承载着普遍的价值与深刻的社会意义。它是文明与历史的传递者，塑造了人类的文化意识与社会观念。

一、经典文学的定义与特征

经典文学常被视为那些具有持久影响力和被广泛认同的文学作品。它们在不同的历史时期和文化背景下，依然能够跨越时空的界限，产生深远的文化影响。经典文学不仅是某个特定历史时期的艺术表现，还承载了那个时代的思想精髓和社会情感。与现代文学或短暂流行的作品不同，经典文学具有持久的文化生命力，通过其独特的表现形式与思想内容，成为跨时代、跨文化的共鸣源泉。

经典文学的定义并非简单的"优秀文学作品"或"历史遗产"的集合，它的真正核心特征在于其所展现出的超越时代的艺术价值和思想深度。经典文学作品之所以能够历经数百年甚至数千年的历史考验并依然屹立于文学殿堂，是因为它们能够触及人类社会的普遍问题，并揭示人类在不同社会环境下的共同情感与思想困境。这些作品通过深刻的哲理思考与艺术手法，探讨了人类在生存、道德、爱情、命运等方面的种种选择和挣扎，呈现了永恒的人性主题。这种思想的深度和普遍性，使得经典文学作品不仅是某一时期的反映，它们在任何时代都能引发共鸣，并产生深远的影响。经典文学作品并不局限于某一文化或国别的范围，实际上，它们所承载的思想和艺术价值，往往跨越文化、语言甚至种族的界限，成为全球文化的共享财富。无论是古希腊的悲剧、莎士比亚的戏剧，还是中国古代的诗词，它们都通过自身的艺术表现和思想内涵，打破了国界与文化的限制，成为人类文化的共同遗产。这些作品不仅在创作时刻对所在社会产生了深远影响，在今天依然能够激发不同文化、不同国家背景的读者产生共鸣。经典文学的跨文化特质使其成为全球文化交流的重要桥梁，促进了世界各国对人类共同命运与情感的理解和认同。

经典文学不仅以其艺术价值打动读者，更通过其思想深度，启发着不同文化、不同背景的读者思考社会与人性的复杂性。无论是西方的古希腊悲剧，还是中国的儒家经典，它们都通过对人类情感与道德冲突的细腻刻画，展示了不同文化中的普遍主题。古希腊的悲剧通过命运与自由意志的对抗，深刻探讨了个体与社会、自由与命运之间的永恒冲突；莎士比亚的作品则通过极其丰富的情感和人物塑造，揭示了人性的多面性及其复杂的社会关系。中国的古代诗词和哲学经典，例如《诗经》和《论语》，则通过深邃的哲学思想与情感表达，阐释了伦理道德、个人修养与社会责任等议题，塑造了中华文化中的价值观念。这些作品之所以能够跨越时空，成为经典文学，正是因为它们通过独特的艺术形式、深刻的思想内容和强烈的情感共鸣，探讨了人类在任何时代都会面临的基本问题。这些问题，如生存的意义、道德的选择、爱情的表达、权力的腐化、社会的变迁等，构成了经典文学得以跨时代传承的重要原因。经典文学的核心价值不在于其直接反映的社会现实，而是其通过艺术化的方式对人类普遍经历的深刻思考与哲理探讨。

经典文学的一个显著特征是其普遍性。经典作品之所以能够超越其所处的历史与文化背景，历经岁月洗礼而流传至今，恰恰在于它们展现了普遍的思想价值和情感共鸣。经典文学作品往往能够通过对人性、社会结构、政治权力等主题的探讨，激发不同文化背景的读者产生共鸣。例如，《荷马史诗》不仅影响了西方文学的构建，其对英雄主义与命运的深刻思考，至今依然影响着当代社会对于个人与集体、自由与命运的讨论。同时，经典文学具有强烈的时代印记。它们的产生往往是在特定的社会、历史和文化背景下，反映了那个时代的主流思想与社会结构。经典作品的独特性不仅表现在它们对特定社会现象的精准捕捉上，更在于它们所体现出的历史意义和文化象征。例如，莎士比亚的戏剧作品深刻揭示了16世纪英格兰社会的权力结构、家庭关系与道德冲突，其作品中的人物命运与情感矛盾，至今仍能引发观众的深刻思考。

经典文学的另一重要特征是它所具有的超越时代的艺术价值。经典作品不仅是某一时代艺术风格的体现，它们所使用的语言、结构、形式及其独特的艺术技巧，往往代表了文学艺术的最高成就。通过其创新的表现方式，经典文学作品不断突破传统的文学形式与创作手法，为后世文学创作提供了源源不断的灵感与创作模式。莎士比亚的戏剧通过丰富的人物对话与矛盾冲突，塑造了世界文学史上最为复杂与深刻的人物形象；而荷马的史诗则通过口头传承的叙事方式，创造了既具有史诗感又具有普遍性情感共鸣的作品。经典文学的持久性不仅体现在思想和艺术的深度上，还体现在对后世的影响力上。经典作品通常会激发无数后继作家的创作灵感，不仅影响他们的写作风格，也影响他们的世界观与文学理念。例如，乔治·奥威尔的《1984》深受古希腊悲剧的影响，尤其是在探讨权力与社会控制的主题上；而弗吉尼亚·伍尔夫的现代主义小说，则在文学结构与语言表达上汲取了莎士比亚戏剧的精髓。经典文学通过其历史深度和艺术创新，始终为世界文学的发展提供不竭的源泉。

经典文学不仅以其思想内容引人深思，艺术性和创新性同样是其具有持久魅力的重要组成部分。经典作品往往在文学形式上有所突破，运用了独特的叙事技巧、语言创新及结构安排。例如，《荷马史诗》通过独特的口头叙事形式，创造出一种既富有表现力又便于记忆和传播的艺术方式；莎士比亚的戏剧通过复杂的剧情结构和多层次的人物塑造，使其作品超越了单一的历史性和文学性，成为永恒的艺术经典。同时，经典文学的创新性也体现在其思想层面。很多经典作品所探讨的主题，例如，人的自由意志与命运的关系、道德与伦理的冲突、社会变革的可能性，都是当时社会的重大议题。通过对这些主题的深刻探讨，经典作品突破了当时社会的认知局限，提出了对人类存在和社会发展的深远思考。

二、经典文学的历史地位与传承

经典文学的历史地位远远超越了它作为艺术作品的独立存在。它不仅是艺术创作的巅峰，也承载着一个时代的文化记忆和思想精髓。每一部经典文学作品的诞生，都汇聚了当时社会的道德观念、哲学思考与文化智慧。这些作品不仅仅反映了特定时代的社会面貌与人类情感，更是历史进程中的文化标尺，推动着社会思想与文化的不断演化。经典文学通过语言和艺术形式传递了历史时期的价值观，塑造了人们对于道德、生命、权力和人际关系的认知。无论是史诗、悲剧，还是小说、诗歌，经典文学作品都成为了解人类社会及其演变的重要工具。通过这些作品，后代读者能够感知古代与现代的文化对话，理解先人如何在困境与繁荣中塑造社会秩序与道德伦理。因此，经典文学不仅在创作当时具有重要价值，它还因其跨越时代与文化的特性，在不同历史背景下不断被重新解读、再创造，成为文化传承的纽带和媒介。

经典文学的历史地位首先体现在它所承载的历史印记。每一部经典作品的出现，都是一个时代精神、社会风貌和文化冲突的体现。从《荷马史诗》中的《伊利亚特》和《奥德赛》到莎士比亚的戏剧作品，它们都是历史、社会与人性的深刻反映。例如，古希腊的悲剧文学集中体现了古希腊对人类命运、自由意志和神意的深刻思考，作品中的英雄人物不仅是个体命运的代表，也承载着当时社会的思想和文化价值。《伊利亚特》描写了特洛伊战争中的英雄人物及其内心世界，它通过英雄的崇高与堕落、命运的抗争与屈服，揭示了古希腊对战争、荣耀、命运的复杂理解。莎士比亚的悲剧作品，尤其是《哈姆雷特》与《麦克白》，则展示了权力腐化、内心冲突与道德困境，反映了16世纪英国社会的政治动荡与伦理困境。这些作品为我们了解古希腊与文艺复兴时期的社会结构与精神风貌提供了无可替代的视角。通过经典文学，我们能够窥见人类社会的变迁以及价值观的转型。这些文学作品在历史长河中不仅为人类提供了艺术与思想的经验教训，更为未来社会提供了借鉴与反思的契机。

经典文学的文化传承功能尤为重要。它通过文字、语言和情感的表达，将一个时代的文化精华和思维模式传递给后代。经典文学不仅记录了某一特定时代的历史事件和社会风貌，还将时代的哲学思想、伦理道德、审美取向等深层次的文化元素以艺术的形式呈现。正是这种文化功能，使得经典文学成为历史与文化的重要载体。经典文学的传承不仅局限于传递表面的故事或事件，更在于通过对人性、社会与命运的探讨，帮助后代建立对世界的认知和情感的共鸣。例如，《圣经》不仅是宗教经典，它通过传达关于道德、善恶、悔改等主题，塑造了西方社会的伦理基础。这些经典作品在其历史地位上不仅是对特定时期历史的回溯，它们所蕴含的思想、哲学和文化价值，成为跨越时代与地域的共识。经典文学通过承载和传递这些价值，不仅加强了个体与社会之间的联系，也促使后代不断地思考、反思并挑战传统的价值体系。

经典文学的跨文化影响同样体现在它如何被不同文化、不同语言的群体解读与吸收。莎士比亚的戏剧作品自16世纪以来，在全球范围内被不断翻译与演绎，成为世界文学的瑰宝。无论是在中国、日本，还是在阿拉伯世界，莎士比亚的作品都被赋予了当地文化的特色，并与本土的文学创作发生了深刻的对话。这种跨文化的传播与再创造，不仅拓宽了经典文学的影响范围，也促进了全球范围内对文学与文化本质的深入理解。

经典文学之所以能够历经数百年、数千年而不衰，正是因为它具备超越时代的艺术价值和思想深度。随着社会的发展，经典文学作品不断被赋予新的意义，并在现代社会中焕发出新的生命力。经典作品不仅在文学领域被不断地再创作和重新解读，在其他艺术领域同样获得了广泛的启示和影响。例如，许多经典文学作品被改编为电影、电视剧、戏剧等，通过多媒体手段重新呈现，跨越了文学形式的界限，带给现代观众新的视觉和思想体验。经典文学的再创造不仅是形式上的变革，更多的是对作品内涵的再诠释。现代作家常常以经典文学为基础，进行深刻的文化与思想挖掘，创造出具有现代意义的作品。例如，托尼·莫里森的

《宠儿》便深受古希腊悲剧的影响,通过对历史创伤的叙述与当代美国社会种族问题的探讨,重新赋予了古老主题新的时代背景和社会意义。

三、经典文学的现代价值与现实意义

尽管经典文学的诞生距今已有数百年甚至数千年,但它在现代社会依然具有极为重要的价值与现实意义。经典文学不仅是历史的遗产,而且蕴含着超越时代的智慧与情感,它作为文化传承的载体,至今依然为现代社会提供深刻的思考资源。在全球化、信息化快速发展的今天,经典文学仍然是反思人类命运、道德选择、文化认同等复杂问题的重要工具。它不断启发人们对个人、社会、历史的深刻理解,为当代社会提供了一个不断重新审视自我与世界的镜像。

经典文学的最大价值之一,在于其能够为现代社会提供丰富的思考资源。在过去的几个世纪里,经典文学作品一直以其深刻的思想性和艺术魅力为人们所推崇。它们通过对人性、社会、历史等问题的探讨,成为现代人反思自我、理解他人、理解世界的重要途径。例如,托尔斯泰的《战争与和平》通过对俄罗斯社会与历史变迁的深入描绘,探讨了战争对个体与集体的影响,阐释了历史的非理性与人的自由意志之间的冲突。这一主题为现代人理解战争与和平、自由与命运等问题提供了巨大的启示。在今天的世界,面对全球化背景下的冲突与挑战,我们依然能够从这部经典作品中汲取智慧,反思战争的本质和人类在历史进程中的作用。莎士比亚的《哈姆雷特》探讨的则是个体的道德选择与人性的复杂性。现代社会充斥着道德困境与价值冲突,哈姆雷特这一经典人物的矛盾心理与道德挣扎,至今依然触动着每一代人的内心。经典文学通过对复杂人性与道德选择的描绘,帮助现代读者在面对现实问题时,找到思考的框架和情感的共鸣。

在全球化、信息化迅速发展的现代社会中,经典文学仍然作为历史与文化反思的重要工具发挥着不可替代的作用。现代社会在高速变革的同时,也面临着一系列的历史、文化与伦理难题。这些问题往往具有深刻的历史根源,经典文学恰恰为我们提供了从历史的深处寻找答案的可能。经典文学通过对历史事件的艺术呈现,揭示了历史中的文化与社会机制,帮助我们理解如何利用过去的经验塑造现代社会的文化形态与思想观念。例如,海明威的《老人与海》通过对一位老渔民与大海之间斗争的描绘,探讨了人类在自然与命运面前的渺小与坚韧。这种关于人与自然、人与命运的哲学思考,在现代社会依然具有深刻的现实意义,尤其是在面对环境危机、全球气候变化等问题时,它提醒人们必须以谦卑与坚韧的态度面对自然与人类的未来。同时,经典文学为现代社会提供了重要的文化认同和价值观的参照。尤其在全球化日益加深的今天,各种文化之间的碰撞和融合让人

们对身份、文化归属感等问题产生更多的思考。经典文学作为文化的载体，帮助我们在全球化的背景下找到文化认同的根基。它通过承载着文化的集体记忆与价值，帮助现代社会的个体在多元文化的交汇点上保持文化自信，并找到与他人和世界沟通的共同语言。

经典文学的另一个重要现代价值在于它为当代作家提供了源源不断的创作灵感和艺术技巧的借鉴。经典文学作品中所呈现的艺术形式、叙事技巧、人物塑造等，都为现代文学创作提供了宝贵的资源。许多当代作家通过对经典文学的继承与创新，将经典作品中的主题、思想和艺术手法带入现代创作，推动了文学艺术的不断进步。例如，现代小说家通过对经典文学叙事技巧的运用，创作出充满实验性和创新性的作品。詹姆斯·乔伊斯的《尤利西斯》便是一部深受古希腊史诗《奥德赛》启发的作品，在内容上对《奥德赛》进行现代化重述，而在形式上，它则通过意识流技巧、时间倒流等创新手法，打破了传统小说的线性叙事结构，推动了20世纪现代主义文学的发展。经典文学作品中的思想和价值观也成为现代社会文学创作的灵感源泉。许多当代作家在面对快速变化的社会背景时，借鉴经典文学中的道德冲突、社会批判与人类精神的探索，创作出了对现代社会问题的深刻反思。例如，乔治·奥威尔的《1984》便从古希腊悲剧中汲取灵感，深入探讨了权力、自由与社会控制之间的关系，成为20世纪反乌托邦文学的经典之作。

现代社会的多元化和复杂性常常使得个体在面对各种道德困境时感到迷茫和困惑。经典文学通过对人性、道德、社会关系的深刻剖析，提供了人们在复杂社会环境中做出道德判断的框架。许多经典作品通过对人物的内心描写和情节的设置，揭示了人在面临抉择时的心理活动、情感冲突与道德困境，这为现代人在道德选择中提供了宝贵的参考。例如，陀思妥耶夫斯基的《罪与罚》通过对主人公拉斯科尔尼科夫的内心冲突的细致刻画，探讨了罪恶、忏悔与救赎等道德主题。这些经典作品通过对人类道德底线的探讨，不仅帮助我们理解个体的内心世界，还在现代社会中提供了对于社会公正、人性救赎和道德责任的深刻启示。

经典文学的现代价值在于其超越时代的思想深度与艺术创新，它不仅帮助我们理解历史与文化，思考现代社会的问题，还推动了文学与艺术的持续进步。在当今全球化和信息化的背景下，经典文学的价值与意义依然深远，成为现代社会不可或缺的思想资源与文化宝藏。

第一章 经典与现代文学的对话

第二节 现代文学对经典的反思与继承

现代文学，作为19世纪末20世纪初文学发展的产物，标志着文学创作的全新方向。它不仅反映了社会、文化、历史的深刻变革，也在艺术和思想上对经典文学进行了批判与创新。经典文学作为历史和文化的根基，其价值观、艺术形式与创作方式在现代文学中受到了质疑、颠覆以及再创造。现代文学的反思与继承，不仅体现在文学创作的技术革新上，还体现在其在内容与思想上的深刻对话。通过对经典作品的重新诠释，现代文学开辟了新的文学表达路径，挑战了传统的文学观念，并为文学艺术的进一步发展奠定了基础。

一、现代文学的定义与特征

现代文学，作为文学史上的一个重要阶段，诞生于19世纪末20世纪初的历史背景中，伴随着工业革命和资本主义迅速发展的进程。它不仅是对经典文学的反叛，也是对传统文学创作手法和思想观念的深刻挑战。现代文学的出现标志着文学艺术的转型，它向更加个性化、多元化和碎片化的方向发展。这一阶段的文学创作，反映了人类社会在经历巨大的社会变革、思想冲突、文化碰撞以及技术进步时的复杂面貌，展现出人类个体在社会中的孤独感、疏离感以及对传统道德、社会制度的深刻怀疑与挑战。

现代文学的核心特征之一就是对传统文学的反叛。经典文学作品通常遵循一定的叙事结构和艺术规范，强调道德规范和社会理性。人物往往是单一的、明确的，情节通常有明确的起承转合，故事发展符合一定的逻辑性和道德标准。在经典文学中，作家通过设定明确的情节和结构，传达出一定的道德教化意义。而现代文学则突破了这种传统的形式，追求更加自由和多样化的表现方式。在形式上，现代文学常常采用非线性叙事、碎片化结构和多重视角的手法，拒绝传统的起承转合，情节发展往往充满了非逻辑性和开放性。现代文学中的人物形象不再是单一的道德化人物，他们更加复杂，呈现出多重性和矛盾性。人物的内心世界往往成为作品的焦点，外部世界的冲突和情节的推动常常依赖于人物内心的挣扎和心理活动的变化。这种方式使得现代文学更加关注个体的主观体验，而非外部世界的客观事实。

现代文学还表现出了对人类内心世界的深刻探索。这一特点体现在作品对个体情感的剖析上，作家试图揭示人类内心的复杂性、非理性和冲突，探索人物内心深处的情感动荡与思想变革。与传统文学中更关注人物的外部行为不同，现代文学特别重视人物内心的细腻描写，深入探讨个体的情感冲突、道德困境和精神孤独。许多现代作家通过精细的心理描写，呈现了人物在外部世界的压迫下，内心如何经历挣扎、焦虑、迷茫和痛苦。通过意识流技术，现代作家能够描绘人物内心深处的涌动思想和无序感受，展现人类认知的局限性和情感的多层次性。例如，詹姆斯·乔伊斯的《尤利西斯》便采用了意识流的手法，突破了传统的叙事结构，以细腻的笔触展现了人物的内心流动和多变的感官体验。人物的思想流动、情感反应与时间的穿越交织在一起，呈现出一种非线性的结构，这种方法反映了现代人对时间、空间、存在以及人类意识的深刻反思。

此外，现代文学还体现了对传统社会规范和文化价值的批判，尤其是在资本主义社会不断扩展的背景下，作家们对社会制度、阶级结构、性别角色等提出了质疑。现代文学中的人物往往在社会中感到疏离，他们的行为和思想充满矛盾和复杂性，常常无法适应社会的道德和文化要求。这些人物在面对社会压力、历史变迁或道德冲突时，展现出极大的迷茫与不安。现代文学作品通过对这些困境的描述，探讨了人类社会和个体之间日益加剧的隔阂。许多现代作家通过批判资本主义、反思战争、揭示社会矛盾和个体困境，呈现出对现代社会发展方向的深刻反思。弗朗茨·卡夫卡的《变形记》便是对现代人异化的深刻揭示。主人公格里高尔·萨姆萨的变形，象征着人类在现代社会中个体的非人化和无力感，作品通过这种荒诞的情节，展示了现代社会中个体与社会的疏离和精神压迫。

在这种背景下，现代文学也表现出了对"客观现实"的质疑。传统文学往往致力于再现外部世界的现实，而现代作家则通过不同的艺术表现形式，挑战这种传统的真实观念。现代作家不再单纯呈现外部世界的客观事实，而是通过人物的内心世界、梦境、幻想等主观视角来展现现实的多面性与不确定性。现代文学中的现实常常是模糊的、不确定的，甚至是幻象般的，这种手法反映现代人在快速变化的世界中对客观现实和自我认知的困惑。弗吉尼亚·伍尔夫的《到灯塔去》便是通过意识流技巧，打破了传统叙事结构，呈现了人物思想与时间流动的相对性，反映了现代人对世界的多重认知。通过意识流的方式，作品没有严格按照时间顺序展开，而是通过人物的感受、思维和记忆的交织，揭示了内心世界与外部世界之间的流动关系。

现代文学不仅在形式上对传统文学进行突破，它还在思想内容上提出了更为复杂和多元的问题。现代文学的作家通过对人物内心世界的剖析，反思个体在现代社会中的处境，批判传统社会的文化价值，并探讨人类在面对快速变化的世界时的生存困境。这些特征使得现代文学成为一个跨越时代与文化的文学现象，它

第一章 经典与现代文学的对话

不仅反映了现代人的精神世界,还推动了文学艺术在形式和内容上的不断进步和创新。

二、现代文学对经典文学的反思

现代文学对经典文学的反思,首先体现在对传统叙事方式与艺术形式的质疑和突破方面。经典文学作品通常遵循固定的叙事模式,强调情节的连贯性与人物发展的逻辑性,而现代文学则通过非线性叙事、碎片化结构和意识流等手段,打破了这种传统的叙事规范。在现代文学中,情节往往并非按照时间顺序展开,而是通过人物内心的感受与回忆进行交织,现实与梦境、过去与未来常常在同一时空中交替出现。

在经典文学中,人物往往是固定的、可识别的,并且遵循明确的道德准则和社会规则。然而,现代文学中的人物形象常常是多重化、分裂化的,呈现出更加复杂的内心世界。例如,陀思妥耶夫斯基的《罪与罚》中的拉斯科尔尼科夫虽然面临着道德与心理的挣扎,但他仍然遵循一定的道德标准,尽管他的行为不符常理。而在现代文学中,人物内心的矛盾和冲突成为创作的中心,人物的道德标准常常模糊不清,个体在社会中往往感到迷失和异化。

现代作家在文学创作中,不仅反思了经典文学所呈现的社会理想与道德规范,还通过作品的结构和语言,对经典文学的语言表达方式进行了挑战与颠覆。经典文学中的语言一般讲求规范性和优美的修辞技巧,而现代文学则通过简洁、碎片化,甚至"破坏性"的语言手法,体现了文学对传统语言表达形式的反叛。比如,詹姆斯·乔伊斯的《尤利西斯》采用了极为复杂的语言结构,意图打破传统语言表达的框架,揭示现代人的内心世界与精神困境。

三、经典文学的再创造与现代文学的继承

尽管现代文学对经典文学进行了深刻的反思与批判,但它并非全然摒弃经典文学的价值。相反,现代文学在批判经典文学的同时,也在某种程度上继承了经典文学的思想和艺术形式。经典文学所揭示的人性、社会矛盾以及道德困境,依然成为现代文学创作的主要内容之一。现代文学作家不仅通过对经典作品的继承与创新,发展出全新的创作方式,还通过与经典作品的对话,深化了文学作品中的哲学思考与人文关怀。

在现代文学的继承中,许多作家对经典文学中的主题进行了再创造。例如,海明威在其小说《老人与海》中,通过对经典英雄主义精神的重新审视,创造出一个孤独的渔民形象,反映了现代人对抗命运、孤独与坚韧的精神。海明威通过重新诠释经典的英雄形象,探讨了个人与自然、个人与社会之间的复杂关系。此

外，现代文学中的一些作家通过对经典文学人物形象的更新与反思，将经典作品中的人物形象与现代社会的困境进行了结合。比如，弗朗茨·卡夫卡的《变形记》可以被看作是对经典悲剧英雄形象的一种现代化改编。在《变形记》中，主人公格里高尔·萨姆萨从人类变为昆虫的荒诞情节，不仅是对传统英雄史诗的一种反叛，也对现代社会中个体的异化和自我认同的缺失进行了深刻的批判。

通过对经典文学的继承与再创造，现代文学不仅在形式与技巧上有所突破，在思想与主题的深度上也进行了拓展。现代文学作家通过对经典文学作品的解构与重构，使得这些作品得以在新的历史语境下焕发出新的生命力，推动了文学艺术的不断发展。

四、现代文学对经典文学的重新诠释

现代文学对经典文学的重新诠释，通常表现在对经典作品的主题、思想以及社会和文化背景的深刻再审视。经典文学作品常常承载着其诞生时代的价值观，体现了那个时期的文化背景和社会结构。而现代作家在全球化、科技进步、社会变革等新的历史环境中，面对不断变化的社会问题和个体经验，便对这些经典作品中的价值观、道德标准及社会结构进行了批判与反思。通过这种对经典文学的再创造，现代文学不仅继承了经典文学的主题，也赋予其新的意义，使之成为对当代社会问题的深刻回应。

经典文学中，许多作品呈现了历史进程中个体的命运、社会冲突以及道德困境，这些主题往往具有跨时代的普遍性。然而，随着现代社会的变革，许多曾被经典作品所描述的社会背景与伦理观念已不再适用。现代作家往往从新的历史与社会视角出发，对经典文学中的人物命运、价值观和社会冲突进行重新审视和改写，赋予这些经典作品更多的当代性与批判性。例如，托尔斯泰的《战争与和平》是19世纪俄罗斯文学的巅峰之作，它不仅描绘了战争背景下的贵族社会，还深入探讨了人类自由意志与命运之间的关系。托尔斯泰通过描述战争的荒谬、贵族的虚伪以及个体在历史洪流中的挣扎，提出了自由与命运的对立和互动问题。这一主题在经典文学中引发了广泛讨论，成为许多作家的创作源泉。现代文学中的许多作品，特别是在反战和暴力的主题上，对《战争与和平》的核心主题进行了继承与深化。

在20世纪的战争文学和反战小说中，作家们通过重新审视托尔斯泰的作品，提出了对人类战争本质和暴力的深刻反思。例如，海明威的《永别了，武器》通过第一人称视角描写了一个普通士兵在战争中的心理变化，揭示了战争对个体精神和情感的摧残，直接挑战了托尔斯泰所描绘的英雄主义和战争荣耀的理想。在现代作家的笔下，战争不再被视作实现个人命运或社会伟大事业的途径，反而成为对个体生命和价值的彻底毁灭。此外，现代作家通过对经典作品中的人物命运进行改编与重塑，探索了不同历史时期与社会背景下人类命运的复杂性。例如，俄国作家陀思妥耶夫斯基的《罪与罚》通过主人公拉斯科尔尼科夫的犯罪与救赎，探讨了道德与自由意志的问题。拉斯科尔尼科夫的心理困境和思想斗争反映了人类在面临道德选择时的深刻挣扎。现代作家在继承这一主题的同时，将其与现代社会中的精神异化、个体孤独以及社会不公等问题结合。例如，卡夫卡的《变形记》通过格里高尔的变形，象征了个体在现代社会中遭遇的异化，揭示了人与社会、人与家庭之间的疏离与隔阂。卡夫卡通过这种荒诞而极端的设定，重新演绎了经典文学中人类面临社会道德冲突的主题，但他的作品并未像托尔斯泰那样为人物找到最终的救赎，而是通过彻底的社会与家庭排斥，凸显出个体在现代社会中的孤立与迷茫。

现代文学对经典作品的重新诠释不仅限于对主题和人物命运的重新塑造，还涉及经典作品中的社会和文化观念的批判与更新。经典文学作品中的许多文化观念，如对家庭、宗教、阶级和性别角色的传统设定，在当代社会中已经受到质疑和挑战。现代作家通过对经典文学的改编与再创造，重新审视这些传统文化观念在现代社会中的意义和适用性。例如，简·奥斯汀的《傲慢与偏见》通过描写19世纪初期英国贵族家庭的婚姻观念，探讨了个人情感与社会阶层之间的张力。然而，现代作家在改编这一经典作品时，往往将其原有的性别角色和婚姻观念放在更加开放的社会背景下进行反思和批判，探索个体自由与社会期待之间的关系。《傲慢与偏见》中的女性角色如伊丽莎白·班纳特，虽然打破了传统婚姻观念中的男性主导地位，但她依然受限于父权制社会对女性的期望。现代作家通过对这一经典人物形象的重新解读，赋予了她更强的独立性和自由选择权，挑战了传统的性别角色限制。这种对经典文学中性别关系的批判与再创造，不仅丰富了经典作品的内涵，也促使读者对现代社会中的性别平等和社会公正问题进行更深刻的思考。

现代文学对经典作品的再创造，还体现在对传统艺术形式的创新与突破上。经典文学中的许多艺术形式，如象征主义、浪漫主义或现实主义等，都在现代文学中得到了不同程度的继承和变革。现代作家不仅继承了经典文学中对人类情感和社会现象的深刻洞察，还在语言、叙事结构、表现手法等方面进行了创新。例如，乔伊斯的《尤利西斯》就以其前卫的叙事技巧和意识流手法挑战了传统的线性叙事结构，并通过对经典希腊史诗的现代化改编，将文学形式与哲学思想进行了融合。

现代文学通过对经典作品的重新诠释，不仅赋予了经典文学新的生命力，还为文学艺术的进一步发展提供了重要的启示。经典文学所包含的道德困境、社会冲突、个体命运等主题，经过现代作家的再创造与批判，得到了更加深刻和全面的探讨。这种对经典作品的再创造与批判，体现了文学艺术在时代变迁中的活力与进步，也推动了文学在形式与思想上的不断创新。

第三节 艺术性与创新性的辩证关系

艺术性与创新性是文学作品中的两项核心元素。它们不仅是文学创作评价的重要标准，也深刻影响着文学发展的进程。艺术性通常指作品在表现形式、情感传递以及美学价值上的表现，而创新性则是指文学创作中对传统形式的突破、创新思想的提出以及表达方式的革新。在经典与现代文学的对话中，艺术性与创新性之间呈现出复杂的辩证关系。经典文学作品以其深刻的思想性和卓越的艺术表现，成为人类文化的宝贵财富，而现代文学则通过对经典作品的创新性发展，推动了文学艺术的不断演进。

一、艺术性与创新性的概念界定

艺术性常被视为文学作品最基础的特征之一，指的是文学作品在语言表达、情感传递、结构设计以及表现手法等方面所展现的独特性和精妙程度。艺术性高的作品通常能够通过丰富的艺术语言、精致的结构安排和细腻的情感描写打动读者，使其在感知美的同时，深刻领悟作品中的思想和情感。艺术性不仅体现在语言技巧上，更广泛地涵盖了作品的整体结构、人物塑造、情感展现以及主题深度等多个层面。一部具有高度艺术性的作品往往在情感层面具有强烈的感染力。它能够通过精确的语言和细腻的情感描写，让读者产生共鸣，感同身受。经典的文学作品，如莎士比亚的戏剧、托尔斯泰的小说、巴尔扎克的现实主义作品，都是艺术性在文学创作中的杰出代表。莎士比亚的戏剧作品以其丰富的语言、深刻的人物刻画和复杂的情感冲突，成为西方文学史上不可或缺的经典之作。托尔斯泰的《战争与和平》则以其宏大的叙事结构、深刻的人性分析和对历史的深刻洞察，在世界文学史上占据着重要地位。巴尔扎克的《人间喜剧》通过对19世纪法国社会的生动描写，展示了人性中的各种复杂面向，既具有强烈的现实感，又充满了艺术性的诗意。所有这些作品之所以能够跨越时代和文化的界限，传世至今，正是因为它们在艺术性上达到了无与伦比的高度。

创新性则是指文学创作中对传统形式、结构、主题或语言的突破和再造。创新性强调文学创作的独立性与独特性，提倡突破现有的规范与框架，开辟新的表达方式、创作路径和审美方向。创新性不仅局限于语言的革新，也包括思想观念的独立性、结构形式的独特性以及对文学流派与传统观念的颠覆。例如，现代文学中的意识流技巧、表现主义、后现代主义等思潮的诞生，正是对传统文学创作的反叛与创新。意识流小说打破了传统叙事的线性结构，深入挖掘人物内心的复杂性，呈现出一个多维的、碎片化的世界，作家通过这种手法让读者体验到人物内心世界的波动与混乱，成为20世纪文学中的一种重要创作手法。表现主义则更加关注个体情感与社会环境之间的张力，通过极度夸张的表现手法、扭曲的现实来反映个体的精神危机。后现代主义则对文学的传统结构和语言的功能进行彻底的解构，常常通过自我反思、语言游戏、戏谑和幽默的方式，挑战传统文学观念和叙事方式，体现了现代社会对于语言和意义的不确定性与流动性。

创新性并非只体现在语言与结构的形式上，更重要的是它为作品带来的思想深度与文化意义的拓展。创新性推动了文学作品向多元化、开放性和实验性的方向发展，让文学创作不断超越时代的局限，走向更加丰富和广阔的领域。作家通过创新，不仅为作品赋予新的生命力，还能够回应社会文化的变革，探索新的价值观和哲学思想。在现代文学中，创新性常常表现为对社会现实的反思与批判，对人类命运的深刻探讨，以及对个体自我认知的探索。正是这种创新性，使得现代文学成为继承和批判经典文学的重要力量，并推动了文学艺术的不断演化。

二、艺术性与创新性的辩证关系

艺术性与创新性在文学创作中的辩证关系体现了文学的历史发展规律。在经典文学中，艺术性往往占据主导地位，作家通过精致的语言、严谨的结构和深刻的人物刻画，展示了时代和社会的精神风貌。然而，随着历史的变迁和社会的变化，文学创作面临新的挑战。现代作家的创新性思维逐渐主导了文学创作的方向，他们通过对传统形式的突破与再造，推动了文学的艺术表现方式和思想内容的革新。现代文学的创新性使得作品不再拘泥于传统的叙事结构和道德范式，而是通过更为多样化的创作手段，呈现出更加复杂的情感世界和思想层次。创新性带来了新的艺术形式，同时也为文学作品注入了新的生命力，使其不仅能够与时代同步，更能够超越当下的局限，成为未来文学发展的源泉。

艺术性与创新性并非两个独立的创作维度，它们常常在同一部作品中交织与互动。艺术性为作品提供了表现力与情感深度，而创新性则为作品带来了新的活力与表达可能性。在文学创作的过程中，艺术性与创新性相辅相成，推动了文学艺术的发展和演进。经典文学作品通过其精湛的艺术性和深刻的思想性，为后代作家的创作提供了宝贵的资源，而现代作家则在继承经典文学艺术性的同时，通过创新性对经典作品进行再创造，使得文学创作在不断突破与发展的过程中，持续回应时代的呼唤。

在文学创作的实际过程中，艺术性和创新性是彼此激发、互为依托的。创新性为文学创作开辟了新的天地，带来更多的表现形式和思想深度，而艺术性则通过细致入微的情感传达和高超的艺术技巧，让创新在作品中得以更加完美地展现。两者的辩证关系不仅体现在文学创作本身，更体现在文学作品对社会历史的反映与文化的传承中。通过艺术性与创新性的共同作用，文学创作不断推动着人类思想、文化与艺术的发展，成为人类文明不可或缺的组成部分。

三、艺术性与创新性在经典文学中的体现

经典文学作品大多数具备高度的艺术性和深刻的思想性。经典作品中的艺术性往往体现在精湛的语言表达、深刻的人物刻画和复杂的情节结构上。这些作品不仅在当时的社会中产生了巨大的影响，而且跨越了历史的界限，成为后世文学创作的典范。经典文学作品所展现的艺术性，通常是在漫长的历史实践中反复打磨和推敲的结果。经典作品的价值往往超越了某个时代、某种社会和某种文化，成为普遍性的艺术语言，成为世界文学宝库中的瑰宝。然而，经典文学作品的创新性同样不容忽视。尽管这些作品往往根植于其历史背景中，但它们在文学形式、思想观念或叙事结构上所做出的创新，也为后世文学发展开辟了新的道路。比如，莎士比亚通过其戏剧作品的多层次人物刻画和复杂的情节设计，不仅突破了传统的戏剧结构，还提出了许多深刻的哲学与道德问题，这些问题至今仍然对人类的思想产生深远的影响。托尔斯泰的《战争与和平》不仅在情节上进行创新，在人物塑造、历史叙事、哲学探讨等方面，也展示了高度的艺术性和独特的创新性。托尔斯泰通过结合历史事件与人物心理的描写，创造了一个融合了社会历史与个人情感的宏大叙事，使得他的作品突破了传统的小说结构，成为后世作家的创作源泉。

经典文学的创新性并非仅体现在形式上的突破，它更多地表现为思想层面的开创性。例如，陀思妥耶夫斯基通过《罪与罚》等作品，深入探讨了人类的道德困境与内心冲突，这些深刻的哲学思考不仅改变了文学的表现形式，也在哲学领域引发了广泛的讨论。经典文学作品的创新，往往是对人类社会、历史、哲学等层面进行深刻反思的产物，这些作品通过创新的艺术形式传达了新的思想观念，从而在文学史上占据了无可替代的地位。

四、现代文学对经典艺术性与创新性的继承与挑战

现代文学继承了经典文学的艺术性，并在此基础上进行不断的创新与超越。现代作家不仅对经典作品中的艺术表达技巧进行借鉴，还将经典文学的思想精髓与现代社会的现实问题相结合，推动了文学艺术的创新。现代文学作家通过对经典文学的反思与继承，既保留了经典作品中的艺术性，又在形式和内容上做出了

突破与创新。这种对经典的继承与挑战，使现代文学作品能够在表达情感、揭示人性、探讨社会问题等方面形成独特的艺术风格。

现代文学在艺术性上的继承，不仅体现在对经典文学的语言技巧、人物塑造和情节安排的借鉴上，更在于其对经典作品中情感与思想的传承。现代作家在吸收经典文学艺术成就的基础上，加入了现代人的生活经验和内心世界，从而使作品具有更加丰富的情感维度。例如，詹姆斯·乔伊斯的《尤利西斯》便是对古希腊《奥德赛》精神的再创造，通过现代主义的语言技巧和非线性结构，既继承了经典的艺术性，又通过对现代人心理状态的深入剖析，使其作品更具现代性与创新性。

现代文学对经典的挑战，更多地表现在其创新性上。现代作家在经典文学的基础上，对文学形式和思想观念进行了颠覆。20世纪的意识流小说、后现代主义小说等文学流派，都是在继承经典文学艺术性的基础上，进一步推动文学创新的产物。比如，马尔克斯的《百年孤独》就通过拉丁美洲的魔幻现实主义手法，融合了神话、历史和现实，打破了传统小说叙事的时间和空间界限，展现了新兴文化与传统的冲突与融合。这种创新不仅是形式上的突破，更是思想上的革命，它突破了经典文学中所固定的世界观和社会结构，为文学注入了新的生命力。

现代文学的创新性同样体现在对经典文学中所揭示的道德困境、社会冲突、个体命运等主题的再创作。现代作家往往以更加复杂、多元和细腻的方式，重新诠释经典作品中的核心问题。比如，卡夫卡的《变形记》便通过荒诞的情节，探讨了现代人对社会和家庭的异化，表现出对经典文学人物命运的重新解读。通过将经典作品中的社会困境与现代人的心理状态相结合，现代文学对经典进行了深刻的批判与反思，推动了文学艺术从传统的道德规范向更为复杂、多元的方向发展。

艺术性与创新性不仅是文学创作的两个维度，它们也在文学的发展过程中相互推动、共同发展。经典文学作品的艺术性为现代文学提供了深厚的创作基础，而现代文学的创新性则通过对经典文学的挑战与重塑，使文学在思想、形式与社会功能上获得新的发展。经典文学作品的艺术性为创新性提供了有力的支持，现代文学则通过创新，推动了艺术性的不断突破和拓展。这种辩证关系使得文学创作既能保持传统的艺术精髓，又能适应时代的变化和社会的需求。经典文学中的艺术性不仅代表着文学历史的巅峰，也为后代作家提供了不竭的创作源泉；而现代文学中的创新性，则为文学注入了新的活力，使其不断发展和进步。通过对经典文学的继承与创新，现代文学不仅推动了艺术性的不断演化，也使文学创作成为与时代对话、与社会互动的重要工具。

第二章　西方文学的经典地位

第一节　古希腊悲剧与西方戏剧传统

古希腊悲剧不仅是西方文学的重要组成部分，也是西方戏剧传统的奠基石。它不仅为后来的戏剧创作提供了形式与思想上的指导，还对西方哲学、道德观念、政治理念和艺术表达方式产生了深远的影响。作为一种剧场形式，古希腊悲剧通过对人类命运、道德冲突、神与人之间关系的探讨，深刻反映了人类的普遍问题，也为后来的戏剧艺术提供了丰富的素材和表现手法。

一、古希腊悲剧的起源与发展

古希腊悲剧的起源可以追溯到公元前6世纪。希腊的戏剧艺术起源于宗教仪式，尤其是祭祀酒神狄俄尼索斯的祭典。酒神祭典中，通过歌唱和舞蹈来表现神话故事，并逐渐发展为戏剧表演。早期的希腊戏剧表演形式相对简单，由一名歌手或演员在祭祀仪式中扮演神话角色并进行叙述，逐渐演变为多角色的对话形式。古希腊悲剧的正式诞生通常与剧作家埃斯库罗斯密切相关。公元前5世纪，埃斯库罗斯开创了悲剧的剧场传统，并首次将多个演员和舞台表演结合起来，使悲剧逐渐成为一种成熟的戏剧形式。继埃斯库罗斯之后，索福克勒斯和欧里庇得斯分别在戏剧结构、人物塑造和情感表现等方面进行创新，使古希腊悲剧逐步发展为西方文学和戏剧史上的经典形式。

二、古希腊悲剧的核心主题与思想

古希腊悲剧作品通常以神话故事为基础，探讨人类命运、道德冲突以及人与神之间的关系。悲剧的核心主题往往是命运的不可避免性、个体对命运的挑战以及由此带来的灾难性后果。与古代神话中的英雄和神灵交织在一起的命运观念，成为古希腊悲剧的基础。在这些悲剧中，人物常常是命运的牺牲品，他们所面临的道德抉择和内心冲突加剧了其悲剧命运的不可避免性。例如，埃斯库罗斯的

《奥瑞斯提亚》三部曲便展示了家族复仇与命运的不可逃避性。在这部悲剧中，主角奥瑞斯特斯承载着父亲复仇的责任，但复仇的过程也使他深陷道德困境，最终面临无法解脱的心理压力与责任。在整个故事中，命运与神的指引无时无刻不在推动角色走向无法回避的结局。

索福克勒斯的《俄狄浦斯王》是古希腊悲剧的经典之作，主题也围绕命运、预言和自知之明展开。俄狄浦斯王在不知情的情况下杀死了自己的父亲，并娶了母亲，这一系列命运安排揭示了人类在神面前的无力感与命运的强大。尽管俄狄浦斯拥有智慧和勇气，但他无法摆脱由神设定的命运。悲剧最终揭示的是无论人类如何挣扎，命运的力量总是不可抗拒的。欧里庇得斯的《美狄亚》则将悲剧的焦点放在人类情感的复杂性上，特别是复仇与激情。美狄亚因丈夫的背叛而选择以极端手段复仇，她的行为既是情感的爆发，也是对道德和社会规范的挑战。这部作品展示了个体内心深处的情感冲突与伦理道德的对立，提出了关于情感、理性和复仇的深刻问题。

古希腊悲剧的另一个显著特点是它对人类苦难与道德冲突的深刻探讨。在这些作品中，英雄往往因自身的缺陷（如过度自信、缺乏自知之明）或对命运的挑战，导致灾难性的后果。通过这些人物的悲剧命运，剧作家深入探讨了人类自由意志与宿命论之间的矛盾，提出了"人在神面前是渺小的"这一哲学观念。

三、古希腊悲剧的结构

古希腊悲剧的结构设计巧妙而富有层次感，它通过细致的组织形式来推动剧情发展，揭示人物内心的冲突，并向观众传达深刻的道德与哲学思考。作为一种综合性艺术形式，古希腊悲剧不仅是为了娱乐，更是一种道德教育的工具，旨在通过舞台上的冲突和人物命运的安排，反映社会伦理，探讨命运与自由意志、神与人之间的关系等永恒主题。古希腊悲剧的结构通常由五个部分组成：序曲、对话、合唱、高潮和结局。这些部分在剧作中相互交织，既有独立的功能，又紧密配合，共同塑造了悲剧的整体性和思想深度。

序曲部分在古希腊悲剧中起到了引导观众进入剧场情境的作用，通常是由演员或合唱团共同演唱的合唱部分。它是剧作的开场部分，通常较为简短，但富有象征性和引导性。序曲的主要任务是为接下来的剧情铺设背景，介绍故事的基本冲突和人物背景。在一些剧作中，序曲还可能通过讲述相关的神话故事或历史事件，帮助观众理解剧中人物所面临的道德抉择或命运的无常。例如，在埃斯库罗斯的《奥瑞斯提亚》中，序曲部分通过合唱团的演唱介绍了家族的血海深仇以及即将展开的复仇行为，设定了悲剧的基调，并为接下来的剧情冲突奠定了情感基础。序曲不仅是剧作的开场白，也是观众与悲剧主题之间的第一次接触，它为后续的情节和思想铺设了基础。

对话部分是古希腊悲剧中的核心结构之一,通常由主角与其他人物之间的对话组成。它是推动剧情发展的主要动力,剧中人物通过言语表达自己的思想、情感和冲突,观众也通过这些对话了解人物的内心世界与外部冲突。对话部分具有强烈的戏剧性,它不仅是角色与角色之间的互动,也是思想的交锋和道德的辩论。在这一部分中,人物之间的语言对抗揭示了人类在面对命运、道德选择、社会规范时的复杂态度。通过对话,悲剧中的人物往往面临道德两难的选择,观众能够感受到他们内心的挣扎与痛苦。通过细腻的对话展示,剧作将人物的内心世界与外部情境的冲突有机结合,呈现出悲剧性的张力。

古希腊悲剧的一个独特之处在于其合唱部分的引入,合唱团不仅是戏剧的一部分,还在某种意义上成为剧情的"旁观者"和"评论者"。合唱团通常由多名演员组成,他们在剧中扮演着多重角色,既是故事中的一部分,也充当了道德和哲学的象征。合唱团通过演唱的形式参与到剧情中,他们的合唱不单纯是对事件的叙述,更是对事件的反思、评价和总结。合唱团在剧中的作用不能够对人物行为的评判,也是对观众的道德指引。在《俄狄浦斯王》中,合唱团的歌唱反复强调命运的不可预测性和人类的脆弱,使得观众在观看剧作时不仅能够通过剧中人物的情感变化来感知悲剧,还能够通过合唱团的声音得到一种道德的引领。合唱团的这一功能深刻加强了悲剧的思想深度,他们的评价常常揭示出剧中人物所做出的决定是如何与普遍的道德观念产生冲突的,观众通过合唱团的引导,能够更深刻地理解剧中的哲学内涵。

高潮部分是悲剧中的最紧张和最关键的时刻,通常标志着剧情走向最为尖锐的冲突或决断。在这一部分中,剧中人物的命运通常会发生转折,激烈的情感冲突达到了顶峰,剧作进入最为紧张的戏剧状态。高潮部分是整个剧情的高峰,通常伴随着情节的发展,人物的命运开始急剧变化,冲突达到无法调和的地步,悲剧的终局即将到来。在《奥瑞斯提亚》中,高潮出现在主角奥瑞斯特斯复仇成功的时刻,此时他的心理和道德冲突达到极致,整个悲剧的情感张力达到顶点。高潮部分的戏剧性不仅体现在情节的转折上,更在于人物面临的重大抉择与社会和道德力量的对抗。这一部分为整个悲剧带来了巨大的情感冲击,也为结局的到来做出了铺垫。

最后,结局部分是古希腊悲剧的收束之处,通常以人物的命运终结、冲突的解决或者悲剧的完结为标志。古希腊悲剧中的结局往往是悲惨的,人物的选择、命运的安排或是神的干预,最终使得人物陷入深深的悲剧境地。结局通常揭示出整个悲剧的主题,强化了剧作的道德警示和哲学思考。在《美狄亚》中,结局是美狄亚通过残忍的复仇手段完成了她对丈夫背叛的报复,但她的行动带来了更深的毁灭性后果，最终美狄亚的内心和社会地位陷入了无法挽回的悲剧局面。结局部分让观众不得不面对剧中人物所选择的道路是如何导致他们的终极失败的，也让观众反思人类行为与命运之间复杂的关系。

通过这五个部分的相互交织与配合，古希腊悲剧形成了一种完整且富有深度的戏剧结构。每个部分都有其独特的功能，从序曲的引入、对话的推动、合唱的反思，到高潮的情感爆发，再到结局的深刻警示，这一结构不仅增强了悲剧的戏剧性，还使得悲剧作品具备了强烈的哲学深度和道德寓意。古希腊悲剧的结构设计，成为后代戏剧创作的重要参考，不仅影响了西方戏剧的发展，也为人类文学和艺术提供了持久的思想遗产。

四、古希腊悲剧与西方戏剧传统的关系

古希腊悲剧为西方戏剧传统奠定了基础，并深刻影响了后来的戏剧创作。在古希腊悲剧中，演员通过对话和表演来展现人物的内心冲突、道德困境以及命运的安排，这一表现形式成了西方戏剧的基本结构。古希腊悲剧的情节安排、人物设定、戏剧冲突等元素，影响了后代戏剧作品的创作模式。从罗马时期到文艺复兴时期，古希腊悲剧对西方戏剧传统的影响几乎没有间断。在莎士比亚的戏剧中，尽管不再遵循古希腊悲剧的严格形式，但其作品依然深受古希腊悲剧的启发，尤其是在人物塑造与道德冲突的呈现上。例如，《哈姆雷特》中的复仇主题和内心的挣扎便明显受到了古希腊悲剧的影响。莎士比亚的戏剧通过复杂的人物刻画与道德困境的展现，延续了古希腊悲剧对命运、复仇和悲剧结局的关注。

古希腊悲剧的影响不仅局限于情节和人物的构造，还表现在它对西方戏剧的哲学思想上的渗透。古希腊悲剧强调的是人与神、人与命运之间的关系，表现了人类在面对无法控制的外部力量时的无奈与挣扎。西方戏剧在这一点上进行了继承和发展，通过对人类自由意志与宿命之间关系的不断反思，探索了现代社会中的道德与伦理问题。19世纪和20世纪的现代戏剧，如贝尔托尔特·布莱希特的史诗剧和萨缪尔·贝克特的荒诞剧，也都能在某种程度上看到古希腊悲剧的影子。这些作品通过简化的舞台设定和富有哲学深度的主题，探讨了人类存在的荒诞性、命运的不可预测性以及个体与社会之间的紧张关系。

五、古希腊悲剧对西方戏剧的影响与现代意义

古希腊悲剧对西方戏剧传统的影响，至今仍然具有现代意义。虽然现代戏剧形式与古希腊悲剧有所不同，但它们仍然继承了古希腊悲剧的哲学精神，特别是在对人类困境的深刻描写和对命运无常的探讨上。在现代戏剧中，我们依然可以看到对传统道德和社会价值的批判，以及对人类存在意义的思考。古希腊悲剧强

调的道德冲突、家庭责任和社会压力，仍然是当今文学与戏剧创作的重要主题。现代戏剧作家如伊夫林·沃、乔治·戈尔丁等，都在他们的作品中运用了古希腊悲剧的核心元素，重新审视了人与社会、人与道德之间的关系。通过悲剧形式的再创造，这些作家不仅继承了古希腊悲剧的结构和情感张力，还在当代背景下对这些问题进行新的阐释。

古希腊悲剧的历史地位与现代戏剧创作的关系，表明了戏剧作为一种艺术形式的持久性与生命力。它不仅在古希腊时期对社会产生过深远的影响，而且在西方文学的长河中，不断地被传承、再创造和发展。无论是古代的神话悲剧，还是现代的社会悲剧，它们都共同探讨了人类生存的复杂性、命运的不可控性以及个体与社会之间的关系，为后世文学与戏剧创作提供了宝贵的艺术财富和思想资源。

第二节　文艺复兴时期的文学复兴

文艺复兴是欧洲历史上一次伟大的文化运动，它自14世纪末至17世纪初兴起，对西方文学、艺术、哲学、科学等各个领域都产生了深远的影响。这一时期，欧洲社会经历了从中世纪宗教束缚到现代思想解放的转变。文艺复兴不仅是对古希腊、罗马文化的复兴，也是对人类理性、个体主义与自由精神的重视。文学，作为文艺复兴思想的重要载体，得到了空前的发展，文学创作迎来了崭新的局面。文艺复兴时期的文学复兴，表现为文学内容的多样性和思想的自由化，同时也促成了许多文学形式与创作技巧的创新。

一、文艺复兴时期文学的特点

文艺复兴时期的文学对欧洲文化史的发展极为重要，其文学创作和思想解放深刻影响了后来的西方文学与文化发展。文艺复兴文学的最大特点之一是对古代文化的复兴。这个时期的学者和作家从古希腊和古罗马的文学与哲学中汲取智慧，力图通过重新解读这些经典，将其思想应用于当时社会的文化背景和实际需求中。文艺复兴的文学创作不仅仅局限于对古典作品的模仿和继承，更重要的是在继承中创新、批判和发展，推动了文学艺术的发展和思想的解放。在此之前，中世纪的文学创作受到了强烈的宗教束缚，作品大多围绕宗教信仰、神学教义以及救赎与道德的主题展开。而文艺复兴时期的作家逐渐摆脱了中世纪基督教世界观的压制，文学创作开始从宗教题材中脱离出来，转向更加人性化的表达。这个时期的文学作品不仅关注个体在社会中的命运，还探索人类与自然、历史、社会的关系。通过重新思考人类在宇宙中的地位、理性与情感的关系，文艺复兴作家开创了新的文学视野，使文学创作呈现出一种多角度、深层次的探讨。

文艺复兴时期的文学，除了推崇古代经典，还融合了丰富的哲学思考。人文主义思想是这一时期文学的核心，它主张人类应当尊重自身的理性、个体的价值与独立的精神，反对中世纪教会对宗教的专断和对人类生活的过度束缚。人文主义者认为，人的智慧和理性不仅能够理解世界、塑造文明，还能通过个体的自由选择来实现自己的目标与理想。在文学创作中，这种思想表现得尤为突出。文艺复兴作家如但丁、彼得拉克、乔叟等，通过他们的作品展现了个体情感与思想的独立性，强调人类理性和精神上的自我认知，提倡自由选择和尊严的价值。他们的作品不再仅仅是宗教教义的体现，而是开始关注个人的情感世界与心理体验，将焦点从神的权威转向了个体的思想与行为。

随着文学创作的繁荣，文艺复兴时期的作品呈现出极大的多样性。在这一时期，不同类型的文学作品如诗歌、戏剧、历史、哲学、政治等相继涌现，创作不仅限于贵族和学者的圈子，还逐渐扩展到更广泛的社会阶层。这种多样性使得文艺复兴的文学作品不仅具备了丰富的思想性和艺术性，也为不同社会阶层的人提供了参与文学创作和享受文学成果的机会。这一时期的作家们通过诗歌、戏剧和散文等多种文体，展现了个人与社会、个人与历史、个体与自然之间复杂的互动关系。随着文学创作内容的拓展，文学作品的形式也越来越多样化，写作不再仅仅关注单一的宗教或道德主题，而是开始涉及更加广泛的社会现象、政治观念与历史变革。

文艺复兴时期的文学作品不仅是对古典文化的继承，也是对人类生活的新思考。随着文学逐渐走向大众，作家们开始更加关注社会现象与历史事件，对社会政治进行反思，文学成了一种公共话语。许多作家不再满足于单纯的文学表达，而是通过他们的作品对当时的社会进行批判和挑战。比如，托马斯·莫尔的《乌托邦》通过对理想社会的构想，提出了对现实社会政治和宗教的不满，批判了社会的不公与腐化，提出了改进人类社会的理想蓝图。文艺复兴时期文学的作品充满了对社会现象的反思与批判，它们不仅表达了当时人们对个体自由、理性和尊严的渴望，也为后来的社会思想变革和文化进步提供了理论支持。随着社会阶层的变迁，文艺复兴时期的文学创作逐渐呈现出一种更广泛的文化多元化趋势。贵族、学者、商人以及工匠等不同阶层的人们逐渐参与到文学创作的过程中，文学作品的题材和风格也逐渐多元化。这种文学创作的多样性推动了思想和文化的广泛传播，并为后来的启蒙运动和现代文学的发展提供了丰富的土壤。

文艺复兴时期的文学是西方文学史上最具突破性和创新性的时期之一。它通过对古代文化的复兴、对人文主义思想的推崇以及对社会现象的广泛关注，展现了文学创作的多样性和深刻性。通过文学，文艺复兴时期的作家不仅反思了人类社会的历史和命运，还推动了文化与思想的进步，奠定了现代西方文学的基础。文艺复兴时期的文学不仅是对古典文学的继承，还代表了一个新的时代的思想潮流，展示了人类对自由、理性、个体尊严和社会正义的追求。

二、文艺复兴时期的文学的思想价值与社会影响

文艺复兴时期的文学不仅是艺术的复兴，它还对思想进行了深刻的革新。通过文学创作，文艺复兴时期的作家挑战了中世纪封建社会对个体的压制，尤其是宗教对思想与艺术的垄断。这个时期的作家们不仅推动了艺术形式的变革，还促进了西方社会从中世纪的宗教统治向理性、自由、个体主义的过渡。文艺复兴时期的文学标志着思想解放的开端，作家们通过对人类理性、个体价值、道德伦理等方面的关注，反映了社会的变革和思想的更新，推动了西方思想和文化的进步。

在文艺复兴之前，中世纪的欧洲社会深受教会控制，宗教不仅主导着人们的生活和思想，也影响着艺术创作的方向。基督教教义成为唯一的思想主流，几乎所有的文学作品都受制于宗教道德和社会规范。然而，文艺复兴时期的作家开始批判这一思想局限，倡导理性、自由与个体主义的价值观。他们主张通过教育与文化的传播提升个人与社会的文明水平，推动社会朝着更为理性和开放的方向发展。通过文学作品，文艺复兴时期的作家们挑战了教会对思想和艺术的控制，提倡知识的独立性与人类理性的自由。他们不仅重新评价了人类的存在和价值，还为未来的哲学与科学革命提供了思想资源。

文艺复兴时期的文学作品对人性的深入探讨，也是其思想价值的重要体现。这个时期的作家关注个体在社会中的独立性与尊严，强调个人情感、社会政治、道德伦理的复杂性。在这些作品中，人物的内心世界和情感冲突被精细描绘，体现了人性中善与恶、理性与感性之间的复杂关系。作家们通过对人物的刻画，反映了人类的自我认知与道德选择，展示了个体在面对社会压力与个人自由之间的张力。例如，文艺复兴时期的文学作品往往将人物的情感与理性对立，通过复杂的人物性格和内心斗争，展现个体在追求个人理想与履行社会责任之间的矛盾。通过这种文学表现形式，作家们不仅描绘了个体的情感世界，也提出了关于自由意志与社会规范之间冲突的哲学思考，进而推动了西方社会在个体权力、自由和社会结构等方面的反思。

文艺复兴时期的文学的另一个显著特点是对历史和社会变革的反思。作家们不仅通过对历史题材的创作来探讨过去的社会形态，还通过对当时社会的批判来预示未来社会发展的可能方向。例如，一些作家的作品展示了中世纪社会秩序的

压迫性，呼吁通过教育和文化的普及实现社会的理性化。通过文学作品对历史的反思，文艺复兴时期的作家推动了历史观念的转变，逐渐形成了现代历史写作的框架。文艺复兴时期的文学所呈现的历史人物和社会现象，往往不仅是对过去的描绘，更是对现实的批判与未来社会可能性的一种启示。此外，文艺复兴时期的文学极大地丰富了西方文学的表现形式，开创了以人为中心的艺术观念，并展示了理性与感性、思想与情感的统一。文学不再仅局限于教化或宗教题材的表现，而是开始涉及人类经验的各个方面，包括爱情、权力、命运、道德等复杂主题。作家们通过不同的文学体裁，如诗歌、小说、戏剧等，呈现了更加多元化的创作形式。这些文学作品不仅描绘了个体的情感和思想，还在更广泛的层面探讨了社会规范、道德理想与人类命运的关系。例如，文艺复兴时期的戏剧作品通过复杂的情节设置与人物冲突，探讨了权力、复仇、忠诚与背叛等社会政治问题，使得文学创作在艺术表现和思想内容上达到了一个新高度。

文艺复兴时期的文学对西方哲学、政治理论和教育思想的影响至今仍在延续。文艺复兴时期的作家通过文学作品将理性主义、科学思想、个体主义等核心价值传达给读者，为后来的启蒙思想奠定了基础。文艺复兴时期强调个人独立和自由的思想，逐渐在社会中形成了对传统教义、封建制度和绝对权力的质疑，这为现代政治理念和民主思想的兴起提供了思想支持。文学成为推动社会思想变革和文化进步的力量，作家们通过文学作品展现了理性和人文关怀的结合，倡导通过教育来实现个体与社会的理性进步。在这个过程中，文学不仅是一种艺术创作，更成为一种社会实践工具，帮助人们反思社会现状、批判历史的沉疴，并启发公众去探索一种更加理性和自由的社会形态。文艺复兴时期的文学的普及，意味着文学开始从知识精英和贵族阶层的专利，走向更广泛的社会阶层。通过印刷术的普及和文化交流的增加，文艺复兴文学逐渐进入普通百姓的生活，成为社会变革的重要推动力量。作家们通过他们的作品与普通人建立了联系，文学不再仅是上层社会的消遣，而开始成为一种全民性的思想工具。无论是在法国、意大利、英国还是其他地区，文艺复兴时期的文学的传播都推动了教育的普及、文化的开明以及社会的思想解放。在这种背景下，文学不仅促进了个人的精神解放，也推动了社会各阶层在思想和文化上的多样性。

文艺复兴时期的文学不仅是对古代文化的复兴，还通过思想的革新推动了西方社会从中世纪的宗教束缚向理性、自由和个体主义的思想过渡。通过文学，文艺复兴时期的作家们为人类理性、自由和知识的独立性提供了坚实的理论支持，他们通过文学创作表达了对社会变革的期待和对人类自由的尊重。文艺复兴时期的文学不仅深刻地反映了当时社会的变革，也为后来的哲学、政治和教育思想的发展提供了宝贵的思想资源，为西方社会的现代化奠定了坚实的基础。

三、文艺复兴时期的文学的现代意义

文艺复兴时期的文学不仅对当时产生了巨大影响，也为现代文学的形成与发展提供了基础。许多文艺复兴时期的思想与创作风格，至今仍在现代文学中发挥着重要作用。文艺复兴时期对于个人独立、理性思考和社会责任的强调，深刻地影响了现代社会对自由、平等、民主等价值的追求。与此同时，文艺复兴时期的文学中对人性、命运、社会的探讨，也成为现代文学创作中的重要议题。莎士比亚的戏剧作品通过对人类命运、社会关系以及权力斗争的刻画，成为现代戏剧创作的源泉；但丁的《神曲》在其深刻的宗教哲学探讨和对人类道德抉择的描述上，也为现代文学提供了深刻的思想启发。文艺复兴时期的文学，通过丰富的创作和深邃的思想，使得西方文学在全球范围内得到了广泛传播，并影响着当代文学、思想与艺术的演变。文艺复兴时期的文学不仅是古典与现代之间的桥梁，它还代表了西方文学的历史发展重要阶段，对后来的文学、思想和文化产生了持久的影响。文艺复兴时期的文学的复兴不仅是对古代文化的继承，更是对未来文学创作的新启示，它为西方文学的多样性、深刻性和创新性奠定了坚实的基础。

第三节　17~19世纪的经典作家：从莎士比亚到陀思妥耶夫斯基

17~19世纪是西方文学史上极为辉煌的一个时期，这一时期涌现了大量的文学巨匠，他们的作品不仅深刻影响了各自的时代，也为后世的文学创作与思想发展奠定了基础。从莎士比亚的戏剧到陀思妥耶夫斯基的小说，这些作家的创作跨越了不同的文学流派、社会背景和哲学思潮，体现了人类在不同历史时期对人性、道德、政治和社会关系的深刻探索。在这一段漫长的文学历史中，经典作家的作品不断推动着文学艺术向更加复杂、多维和深入的方向发展。

一、莎士比亚：戏剧的巅峰与人性探索

莎士比亚被誉为英语文学的奠基者之一，其作品深刻揭示了人类复杂的内心世界和社会关系。莎士比亚的戏剧无论在结构、语言还是人物塑造上都达到了极致，至今依然是世界文学中的璀璨明珠。他的戏剧作品可以分为悲剧、喜剧和历史剧三个类别，其中悲剧类作品，如《哈姆雷特》《麦克白》《李尔王》等，深刻探索了人性中的善恶、权力、复仇与人类命运的冲突，塑造了许多永恒的人物形象。

莎士比亚的作品对人性的深刻洞察，使他成为文学史上一位无与伦比的大师。他的戏剧不仅展示了个体内心的挣扎与冲突，还通过复杂的情节结构和象征性的语言，使得每一个人物都在不同的历史和社会背景下，呈现出鲜活的、具有普遍意义的形象。以《哈姆雷特》为例，莎士比亚通过主角哈姆雷特的犹豫、迷茫和最终的悲剧命运，揭示了个体在面对道德困境和命运选择时的内心冲突。他不仅展现了复仇的主题，还通过一系列复杂的对话和独白，深入探讨了生死、命运和人类自由意志的哲学问题。莎士比亚的戏剧作品常常通过对社会、政治、家庭等不同层面的深入分析，探索个体与社会的关系。例如，《麦克白》探讨了权力对人性的腐蚀，揭示了权力欲望与道德堕落之间的内在联系。通过麦克白夫妇的悲剧命运，莎士比亚展示了一个因盲目追求权力而毁灭的社会，作品的深刻道德反思和对权力的批判至今依然具有现实意义。

莎士比亚的作品不仅对当时的英国文学产生了深远的影响，还对整个西方戏剧传统起到了开创性的作用。莎士比亚的创新在于他突破了古希腊悲剧和伊莎贝拉时代的形式，创造出了多层次、多角度的剧作结构，使得戏剧成为更加复杂和富有表现力的艺术形式。他对人性的深刻探索、对社会现象的反思，使得莎士比亚的作品不仅适应了当时社会的需求，更具备了跨越时空的普遍性和持久的艺术价值。

二、约翰·米尔顿：史诗与宗教哲学的结合

约翰·米尔顿是17世纪英国文学的另一位巨星，其代表作《失乐园》被认为是西方文学史上的伟大史诗之一。米尔顿的作品既深受古典文化的影响，又展现了强烈的宗教信仰和哲学思考。《失乐园》通过叙述撒旦的堕落、人类的堕落以及最终的救赎，探索了自由意志、道德选择和上帝的意志等深刻主题。这部史诗的伟大之处在于它将神话、宗教和哲学思想巧妙结合，探讨了人类在命运面前的责任与自由。米尔顿在《失乐园》中通过对撒旦与上帝之间冲突的描写，展示了自由意志的哲学思想。撒旦的堕落并非完全由外力所致，而是他自愿选择了反抗上帝的命运，这种自由意志的选择成为米尔顿作品中的一个重要主题。通过这种道德的探讨，米尔顿不仅对基督教教义进行了阐述，也表达了对人类自由与责任的深刻思考。米尔顿的作品还表现出对个人与社会关系的探索。《失乐园》不仅仅是关于神话与宗教的叙述，还深刻地反映了人类对道德、自由和救赎的内在需求。米尔顿通过对堕落与救赎的描述，揭示了人类在历史长河中的位置和人类行为的道德意义。《失乐园》不仅是一部宗教史诗，也是一部哲学史诗，它使米尔顿成为西方文学和思想史上一位不可忽视的人物。

三、伏尔泰与启蒙运动的文学

18世纪的法国,尤其是伏尔泰等启蒙思想家的崛起,标志着文学与哲学的深刻融合。伏尔泰的作品深刻反映了启蒙运动的理性、自由和进步思想。他的代表作《老实人》通过对理性与宗教、自由与专制的批判,展现了当时法国社会的思想变革。伏尔泰通过讽刺和幽默的手法,批判了盲目崇拜、宗教偏见和政治腐化,他的文学创作不仅具有文学价值,更成为启蒙思想传播的重要载体。《老实人》讲述了年轻人潘格朗及其导师的旅行故事,通过对其遭遇的荒诞情境的描述,揭示了人类社会的不公、宗教的虚伪和道德的堕落。这部作品不仅充满讽刺与幽默,还对人类社会、自然灾害以及个人命运等问题进行了深刻反思。伏尔泰通过讽刺文学的形式,批判了18世纪社会的种种不公和偏见,提出了理性与自由的社会理想。他的作品成为启蒙思想的重要部分,对后来法国大革命及全球范围内的自由与民主思潮产生了深远的影响。伏尔泰的文学创作不仅是启蒙运动的产物,它更标志着文学作品对社会、道德与政治问题进行深刻反思的一个重要阶段。伏尔泰通过文学揭示的社会不公、对宗教的批判以及对自由的推崇,推动了文学从道德教化向思想启蒙的转变,为后世的社会与政治改革提供了思想武器。

四、陀思妥耶夫斯基:深刻的心理洞察与道德哲学

19世纪的俄国文学,则通过陀思妥耶夫斯基的小说创作,展开了对人类内心深处的极致探索。陀思妥耶夫斯基的作品不仅是文学的杰作,也是哲学、心理学与道德的深刻对话。他的小说作品,如《罪与罚》《卡拉马佐夫兄弟》和《白痴》,通过对复杂人物的心理剖析,探讨了自由意志、道德责任和人类存在的意义。《罪与罚》通过主人公拉斯科尔尼科夫的犯罪与忏悔,探讨了人类道德的底线、自由意志的选择与宗教的救赎等问题。陀思妥耶夫斯基通过细腻的心理描写,展现了人物内心的焦虑与挣扎,使得这部作品成为西方文学中对人类灵魂深处进行深刻剖析的经典之一。他的作品不仅深入探讨了个体的心理状态,还对社会制度、宗教信仰、道德标准等进行了深刻的批判,提出了关于人类自由、道德抉择和社会责任的深刻哲学命题。陀思妥耶夫斯基的作品,尤其是《卡拉马佐夫兄弟》,通过三兄弟的不同人生轨迹和哲学观点,展现了人类社会中的伦理冲突、宗教信仰与道德责任。陀思妥耶夫斯基通过对人性最黑暗面和最光明面进行无情的剖析,揭示了人类生存的复杂性与不可知性。他的作品不仅具有极高的文学价值,也为现代哲学、心理学和伦理学提供了重要的思想源泉。

从莎士比亚到陀思妥耶夫斯基,17~19世纪的经典作家不仅在文学上留下了无尽的遗产,他们的思想和创作深刻影响了西方文明的发展。在这些作家的作品中,我们可以看到对人性的深刻洞察、对社会和政治问题的批判、对道德和哲学

问题的探索，他们通过文学形式，表达了时代的变革与个人命运的复杂性。通过这些作家的作品，西方文学从古典到现代、从历史到思想，经历了一次又一次的变革，推动了整个文化的进步与发展。

第四节 西方文学经典的文化影响力

西方文学经典不仅对文学创作本身产生了深远的影响，而且在各个历史时期对西方社会的思想、文化、道德和政治等方面都起到了塑造和引导作用。从古希腊悲剧到莎士比亚的戏剧，再到现代文学中的陀思妥耶夫斯基等作家的作品，西方文学经典不仅是文学的瑰宝，也是文化与思想的重要载体。它们通过对人类存在、社会制度、道德伦理以及政治力量的深刻反思和描绘，深刻影响了西方文化的发展和世界历史的走向。

一、西方文学经典对社会思想的塑造

西方文学经典对社会思想的塑造具有深远的影响力，特别是在形成人类社会观念、道德规范以及哲学思维方式方面。许多经典作品不仅仅是艺术创作，也承载了一个时代或文化的核心价值观和思想争论。这些作品通过细腻的笔触、复杂的人物塑造和富有深度的情节，直接影响了社会如何思考自由、平等、道德、理性和权力等问题，推动了西方文明的哲学和社会观念的演进。西方文学经典不仅反映了作家个人的思想探索，更成为推动社会变革和思想进步的重要力量。通过对社会、政治、宗教、人性等领域的批判与反思，西方文学经典不断塑造了西方社会的价值体系，促使人们对社会的公平正义、个人的权利与责任，以及人与世界关系的思考不断深化。这些作品的价值在于，它们通过文学的形式呈现了社会问题，唤醒了人们的社会责任感和道德觉悟。在许多经典作品中，作家通过细腻的情节设计和人物性格的塑造，探讨了人类在面对困境时的选择、道德与非道德行为的界限，以及人性中不可避免的冲突与缺陷。正是在这些作品中，许多关于人类社会的深刻问题被提出来，并在不同的历史时期得到回应。

西方文学经典通过其对个体命运的细致描写，提出了个人与社会、个人与国家、自由与约束之间的深刻关系。许多经典作品通过揭示人物的内心冲突和外部环境的压迫，表现了个体在社会大潮中的无力感和反抗精神，揭示了社会制度对人性的影响。通过对这些命运和困境的呈现，作家们引导读者反思社会结构的不公与不合理，提出了理想社会的愿景和变革的可能。这种通过文学进行的思想批判，不仅推动了西方社会在自由、平等、民主等方面的讨论，也促进了社会制度、法律规范乃至整个政治体系的改革和进步。这些文学作品在传递道德信息

时，不仅对当时的社会产生了影响，而且为后世的哲学家、政治家和改革者提供了思想的来源。它们通过对人类行为、道德选择和社会责任的探讨，使得这些基本的社会问题成为西方文明的核心讨论内容。西方文学经典中的许多人性探索，尤其是在道德困境和选择上所做的深刻描写，对后来的社会伦理和法治思维产生了直接影响。例如，许多作品中的英雄人物或反英雄形象所面临的道德抉择，往往是对人类自由意志与道德责任之间矛盾的展现，促使人们在面对复杂的社会和个人关系时，不断反思自我行为的意义和社会行动的后果。

这些文学作品的思想意义不仅局限于其特定的历史语境，它们还跨越时空，成为普遍的社会话语。通过经典作品中对权力、法律、宗教等问题的批判，西方文学经典推动了对社会正义、法治精神和人权的深刻反思。在许多文学作品中，作家们提出的社会问题和道德问题往往是普遍的，在不同时代和背景下依然能引发共鸣。无论是对独裁政治的反思，还是对人类自由与尊严的探讨，文学经典中的许多思想逐渐形成了西方社会的文化认同，并推动了相关社会变革的进程。

西方文学经典的另一个重要功能在于为西方社会的思想家、政治家和社会改革者提供了深刻的理论启示。许多经典作品通过对当时社会矛盾的揭示和对理想社会的设想，成为后代社会运动的精神动力。例如，启蒙时代的许多思想家和政治家都在文学作品中找到了自由、平等与人权的思想源泉，这些经典作品为他们的理论奠定了基础。通过这些作品，思想家们能够接触到对人类自由、社会权力、政治制度等方面的广泛讨论，为后来的民主理念和社会变革提供了理论依据。

通过对西方文学经典的阅读和研究，我们不仅能够理解西方社会的历史和文化，更能够从中汲取智慧，反思当代社会所面临的问题。经典作品通过其独特的艺术形式，揭示了人类在复杂社会关系中的困境和选择，挑战了传统的道德观念，为社会的进步提供了思想支持。无论是对政治制度的批判，还是对个人命运的探索，西方文学经典都为我们提供了一个更广阔的视野，使我们能够在当下的时代背景下，重新思考人类在社会中的责任、行为与未来。

二、西方文学经典对文化认同的强化

西方文学经典还通过塑造共同的文化认同，帮助建立了现代西方社会的集体记忆和文化价值观。在文学的长河中，一些经典作品的思想、语言和文化符号被不断传承，成为西方文化传统的重要组成部分。文学经典不仅是国家和民族文化的重要象征，也成为西方人群体认同的核心元素。在英国文学的传统中，莎士比亚的作品在英语文化中占据了至高无上的地位，几乎成为英语语言和文化的代

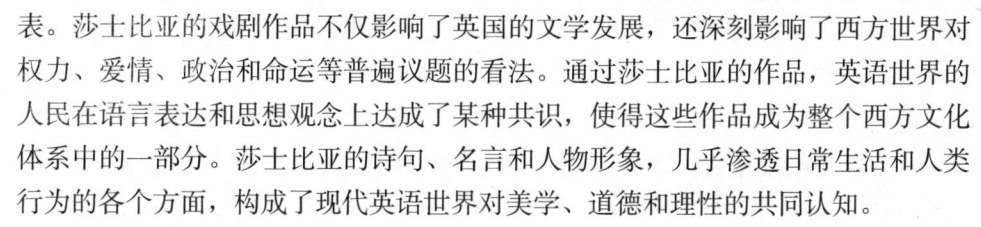

表。莎士比亚的戏剧作品不仅影响了英国的文学发展，还深刻影响了西方世界对权力、爱情、政治和命运等普遍议题的看法。通过莎士比亚的作品，英语世界的人民在语言表达和思想观念上达成了某种共识，使得这些作品成为整个西方文化体系中的一部分。莎士比亚的诗句、名言和人物形象，几乎渗透日常生活和人类行为的各个方面，构成了现代英语世界对美学、道德和理性的共同认知。

同样，古希腊和罗马的文学经典也为西方世界塑造了重要的文化象征和身份认同。古典文明所代表的理性、英雄主义、民主与法治等理念，通过文学作品不断传播，逐渐成为西方文化的根基。文学经典中的英雄人物、道德困境和历史事件，不仅构成了西方文化的历史叙述，也强化了西方人对个人自由、社会责任和集体理想的认同。从荷马的《伊利亚特》和《奥德赛》到维吉尔的《埃涅阿斯纪》，这些经典作品不仅塑造了西方人对英雄主义和忠诚的向往，也反映了西方社会在长期文化积淀中的理想与价值。

在文艺复兴时期，随着人文主义思想的兴起，文学创作开始转向个体经验和理性探索。文学作品开始注重个体感受的表达，体现了人类自由和尊严的思想。这一变化促进了文化认同的多样化，尤其是对"人性"的理解从传统的宗教框架中解放出来，转向了更加关注人类自主性、创造力和自由意志的方向。文艺复兴时期文学作品中的英雄形象，如但丁、彼得拉克以及莎士比亚笔下的经典人物，成为西方人文化认同的重要符号，代表了个体在社会和历史中的独特作用。

三、经典文学对全球文化的传播

西方文学经典的影响力并不仅限于西方世界，它们通过殖民、全球化和文化交流的途径，逐渐传播到世界其他地区，成为全球文化的共有财富。随着欧洲的殖民扩张，莎士比亚、荷马、维吉尔等作家的作品被翻译成多种语言，传入世界各地，对不同文化产生了影响。西方文学经典不仅进入了其他地区的文学体系，还深刻影响了当地的社会制度、教育方式和文化观念，成为全球文化体系的重要组成部分。在中国，西方文学经典的影响自19世纪末20世纪初开始逐步显现，尤其是在鸦片战争后的文化接触中，莎士比亚和其他西方文学经典被广泛翻译，成为中国文学和教育体系的一部分。通过这些文学经典的传播，西方的启蒙思想、民主理念和人道主义精神逐渐渗透到中国的知识分子和民众之中，推动了社会思潮的转变。在20世纪，随着改革开放的推进，西方文学经典，不仅通过翻译进入了普通人的生活，也成了文化交流的一个重要载体。

西方文学经典通过电影、戏剧、音乐等多种艺术形式传播到世界其他地区，成为全球文化对话的重要一环。无论是莎士比亚的戏剧，还是陀思妥耶夫斯基的小说，它们通过不同形式的艺术呈现，跨越语言和文化的障碍，与世界各国的文化进行对话。西方文学经典在全球范围内的传播，不仅推动了世界文学的交流，也促成了不同文化之间对共同人类经验的认同。

  随着全球化的推进，西方文学经典的文化影响力将继续发挥其独特的作用。尽管世界各地的文化和社会背景不同，但西方文学经典中的人性思考、道德反思以及对社会、政治、历史的探讨，依然具有普遍的价值和意义。今天，莎士比亚的作品、陀思妥耶夫斯基的小说、福楼拜的现实主义以及海明威的简洁语言依然在全球范围内得到广泛阅读和研究，这些经典作品不仅组成了西方文学的基础，也为全球读者提供了关于人类精神、道德困境、政治冲突和社会责任的深刻洞察。在未来，西方文学经典将继续影响全球的文学创作和文化发展，成为不同文化之间进行思想交流、理解和包容的重要桥梁。在全球文化日益多元化的今天，西方文学经典不仅是文学的瑰宝，也是推动全球文化互通、促进人类共同理解与和谐的重要力量。

第三章 外国文学的艺术性分析

第一节 文体的创新与美学价值

文体创新是文学创作中极为重要的一个方面，它通过对语言、形式、结构等方面的创新，为文学作品注入新的生命力和艺术深度。文体的变化不仅是作家对当时文学传统的反思和挑战，也是对美学价值的不断追求和突破。在不同历史阶段，作家通过对传统文体的改造与创新，不仅推动了文学的艺术表现力，还丰富了文学的思想内涵。文体创新与美学价值相辅相成，创新不仅是对形式的突破，更是对文学意义与审美体验的重新定义。文体创新在文学史上起到了至关重要的作用。通过对语言、结构、节奏以及叙事技巧等方面的创新，作家能够突破传统文学的局限，探索新的表达方式，表达出更加复杂的人性、社会及哲学主题。文体的创新不仅为文学作品注入了新的活力，还使得作品能够跨越时空，超越固有的文化背景，产生广泛的共鸣。因此，文体创新与美学价值的结合，既是文学艺术进步的体现，也为读者提供了更丰富、更深刻的审美体验。

一、文体创新与文学形式的突破

文体创新最为直接的表现就是对文学形式的突破。文学形式，作为文体的一部分，涵盖了作品的结构、表达方式、语言技巧等多种元素。作家通过对这些形式的不断创新，使得文学作品不仅具有独特的表现力，还具备了深刻的思想性。在文体创新的过程中，作家们往往根据社会环境和文化背景的变化，不断调整和更新文学形式，使得文学作品能够更好地反映现实世界中的复杂性和多样性。

在古典文学中，文体的创新通常是以形式的规范化和结构的严谨化为特征。例如，在古希腊悲剧中，作家们通过规范的五段式结构、严格的节奏安排和合唱团的参与，创作出具有高度艺术性和哲学深度的悲剧作品。这种文学形式虽然具有一定的规范性和固定性，但在特定历史条件下，它却展现出强大的艺术表现力和深刻的思想性。而在文艺复兴时期，随着对古代文化的复兴和对个人主义的提倡，文学创作逐渐从宗教束缚中解脱出来，作家们开始探索更加自由、多样化的文学形式，如诗歌、小说、戏剧等多种形式的交织与创新。

文艺复兴时期文学的形式创新，尤其体现在其对语言、节奏和结构的重新构思上。例如，戏剧形式的创新突破了古希腊戏剧的单一结构，使得人物和情节的层次更加复杂，情感的表达也更加丰富。通过打破传统叙事的线性结构，作家能够以更加灵活的方式呈现人物的内心世界和社会背景。文艺复兴时期的作家不仅创造了新的文学形式，还在这些形式中赋予了更多的思想和哲学深度，使得文学作品的内涵不仅限于故事情节表面，而是渗透到更为复杂的社会、政治和道德问题。

随着文学形式的不断创新，作家们不仅突破了传统文学的结构束缚，还使文学创作的表达方式更加多元化。现代主义文学中的散文诗、意识流小说、戏剧等形式，便是文体创新的一种重要表现。作家们通过语言和形式的创新，展现出更加复杂和多维的社会现实，推动了文学创作的不断发展。意识流小说的出现，便是对传统叙事形式的极大挑战，它打破了时间、空间的传统结构，使得作品更加注重人物内心世界的表现，表现出更为丰富的感知与心理状态。

二、语言创新与美学价值的提升

语言是文学作品的基础，语言创新直接影响到文学作品的艺术性和美学价值。作家通过对语言的灵活运用，使作品的形式和内容都得到创新和升华。语言的创新不仅体现在词汇和语法结构上，还包括语言的节奏、音韵、象征和隐喻等方面的变化。通过语言创新，作家能够突破传统文学的局限，使得作品不仅具有更加丰富的艺术表现力，还能够为读者提供更为深刻的审美体验。

文学作品中的语言创新，往往能够赋予作品更多的层次和深度，使作品的美学价值得以提升。例如，现代主义作家通过对传统语言形式的解构与再创造，打破了传统语言的单一性和机械性，呈现出更加自由、流动的语言风格。通过复杂的语法结构和独特的表达方式，作家能够展现人物的内心世界和感知体验，使得语言成为表达思想和情感的有效载体。同时，作家通过语言的创新，能够更好地反映时代变革、社会冲突以及人类内心的多重性和复杂性。

现代作家通过语言的创新，不仅提高了作品的美学价值，还为读者提供了更为丰富的情感体验。通过对语言的突破，作家能够营造出一种特殊的节奏感，使得作品的情感表现更具感染力。语言创新不仅是对词汇和句式的改变，还能够在情感的传达上产生深远的影响。例如，作家通过对语言的简化或极致精炼，能够表达出人物内心的压抑和无声的情感；而通过语言的丰富和复杂化，作家又能够传达出人物内心世界的矛盾和多重性。这些语言上的创新，使得作品的情感表现力和思想深度都得到了显著提升。

三、结构创新与叙事深度的增强

文体的创新不仅体现在语言和形式上,结构创新也是文学作品美学价值提升的关键因素。作家通过对叙事结构的创新,使作品的层次更加丰富,思想性更加深刻。结构创新往往能够增强作品的叙事深度,使得作品不仅是一个简单的故事,而且充满了多重意义和象征。通过独特的结构安排,作家能够将人物、情节、主题等元素有机地结合在一起,使得作品在形式上更加独特,在思想上更具冲击力。文艺复兴时期的文学作品,通过对叙事结构的创新,展示了人物命运和社会历史的复杂性。在这一时期,作家不再简单地依赖线性叙事,而是通过多角度的叙事方式,展现了更加丰富的社会背景和人物命运。叙事结构的创新,使得作品的艺术表现更加立体和多维,读者通过不同的叙事视角,能够获得对人物、事件和社会更深刻的理解。

现代主义作家的叙事创新,则通过非线性结构、分层叙事、碎片化手法等多种方式,打破了传统的线性叙事框架,推动了文学创作的发展。这些结构创新不仅增强了作品的叙事深度,也使作品在思想性上更具层次感。通过创新的结构安排,作家能够将人物的内心世界与社会背景相结合,通过细腻的心理描写与复杂的情节展现,表达出对社会变革、历史进程和人类命运的深刻反思。

结构的创新还体现在作品的整体布局上。通过巧妙的结构安排,作家能够在作品中展示多重冲突和层次,使得作品在表达思想和情感时更加丰富和复杂。通过多重视角的交织,作家能够展现人物的内心世界和外部环境之间的关系,从而使作品的主题得到了更加深刻的表达。

四、文体创新与思想的深化

文体的创新不仅体现在形式和结构的突破,更是对思想深度的深化和拓展。作家通过文体创新,能够将作品中的思想和情感表达得更加丰富和复杂,使得作品具有更强的哲学和社会批判性。在文学创作中,思想的深度往往与文体创新紧密相连,文体创新不仅是对表现手法的突破,更是对社会、历史、人性等复杂问题的深入挖掘。

文学作品通过文体创新,能够为思想的表达开辟出更为广阔的空间。通过语言、结构和形式的突破,作家能够在作品中展示出对社会现象、历史进程、政治制度、人类情感等方面的深刻思考。这些思考不仅是对当时社会现实的反映,更是对未来社会、个人命运和人类文明的探索与预示。通过文体的创新,作家能够更加自由地表达自己的思想和观念,使得作品在哲学深度和社会批判性上都具有很强的艺术价值。通过对文体的不断创新，文学作品不仅在艺术表现上达到了新的高度，更在思想性上做出了巨大的贡献。作家通过创新的文体，能够推动社会思想的变革，促进文化的进步，激发读者对社会、历史、人类等方面的深刻反思。文体创新的美学价值，不仅体现在形式的创新上，更在于它为思想和情感的表达提供了更加丰富的途径，使得作品在思想性与艺术性之间找到完美的平衡。

文体创新与美学价值的关系是相辅相成的。作家通过不断创新文体，推动了文学艺术的发展，并在此过程中不断深化了对社会、历史、个体的思考。文体的创新不仅是对形式的突破，更是对文学本质的探讨与升华。通过文体创新，作家不仅为作品注入了新的艺术表现力，也使得作品在思想和哲学上具有更深刻的探讨与反思，推动了整个文学领域的持续进步与发展。

第二节　意象与象征的运用

在外国文学中，意象和象征的运用不仅丰富了作品的艺术表现力，也使得作品的主题与思想得以在多层次、多维度的层面上进行展开。意象作为文学创作中的重要元素，通过对感官的呈现、描绘和呼应，创造了丰富的视觉、听觉和触觉效果，让作品更加生动和具有感染力。象征则是在意象基础上的一种深刻升华，它将具象的事物与抽象的思想、情感或哲学命题相连接，从而使文学作品的意义更加深刻和多义。意象与象征的使用，为文学作品提供了无尽的表现空间，它们通过隐喻和暗示的方式，让作品在不言自明的情境下，传达出比字面意思更加丰富的意义。作家通过巧妙地选择意象和象征，使得作品不仅在艺术上产生强烈的美感，也在思想上具备深远的哲理和社会意义。意象和象征的艺术性运用，体现了文学作品在形式和内容上的双重创新，它们不仅是作家表达思想的工具，更是对文学语言的丰富与拓展。

一、意象的构建与艺术功能

意象是文学作品中的关键元素之一，它通常通过语言的细致表达和感官的呼应，唤起读者特定的感受和联想。意象的运用往往具有较强的直观性和形象性，它能够让读者在感知层面上对作品产生共鸣，并通过感官的体验进一步加深对作品主题的理解。意象的构建不仅是作家创作技巧的体现，更是其思想表达的重要方式。在文学作品中，意象通过具体的物象或场景的描绘，激发读者对某种情感或哲学思想的联想。例如，作家通过某种自然景象的描写，能够暗示人物的内心世界或社会环境的变化。一朵即将凋谢的花朵，可能象征着人物命运的终结或爱情的失落；一片乌云的遮蔽，可能暗示着社会动荡或未来的不确定。这些意象通过视觉的呈现，将抽象的情感和思想具象化，使读者在感官体验中体会到作品的深刻含义。

意象的艺术功能不仅体现在其表面意义的呈现上，更在于它如何与作品的情感和主题相结合。作家通过选择特定的意象，将其与人物的心理变化、情节的发展或社会背景相联系，从而增强作品的情感表达和思想深度。通过意象的细腻描写，作家能够在有限的文字中营造出广阔的情感空间，使得读者在阅读的过程中产生强烈的情感共鸣。此外，意象的运用常常具有较强的象征性，它能够将具象的事物与抽象的思想或情感联系起来，使得文学作品的内涵更加深刻和多义。通过这种方式，作家不仅在表面层次上进行叙事，还能够通过意象的深层含义，揭示人物的内心世界或社会的广阔背景。意象作为一种艺术手段，赋予了文学作品丰富的象征意义，使得作品的情感和思想更加复杂和多元。

二、象征的多层次运用与思想深度

象征在文学创作中的作用尤为重要，它不仅是艺术表达的一种方式，更是思想与哲学的载体。象征通过特定的事物、场景或人物等作为载体，传达抽象的思想、情感或社会批判，从而赋予作品深刻的意义。与意象不同，象征往往具有多层次的含义，它不仅可以在作品的表面意义上进行解读，还能够通过更为隐秘的方式传达作者的思想和观念。

象征的艺术功能首先体现在它能够将复杂的思想或情感以具象的方式呈现出来。作家通过选择特定的符号和象征物，将抽象的社会现象、人类情感或哲学命题具体化。例如，一朵盛开的玫瑰不仅代表爱情，可能还象征着生命的短暂与美丽；一只飞翔的鸟不仅仅代表自由，它可能象征着逃避束缚、寻找自我的勇气。通过这些象征性的元素，作家能够在作品中传达更加复杂和多维的思想。象征的运用不仅限于单一的情感表达，它常常包含多个层次的含义。不同的读者、不同的时代背景可能会对相同的象征物产生不同的解读，从而使得作品具有更强的思想张力和时代适应性。象征常常成为一种跨越时空、文化差异的语言，使得作品能够与不同的社会群体和文化环境进行对话。因此，象征不仅是艺术的工具，更是作家与读者之间思想交流的桥梁。

在一些文学作品中，象征不仅承担了情感表达的功能，还起到了批判社会现实、揭示历史真相的作用。作家通过对象征物的精心设计，将社会问题、历史事件和文化冲突等问题表现出来。象征的深层次含义，使得作品不仅限于对个体命运的探讨，更扩展到了对社会、国家乃至全球历史进程的反思。通过这种方式，象征成为文学作品批判现实、揭示真相的重要工具。象征的艺术性还体现在它能

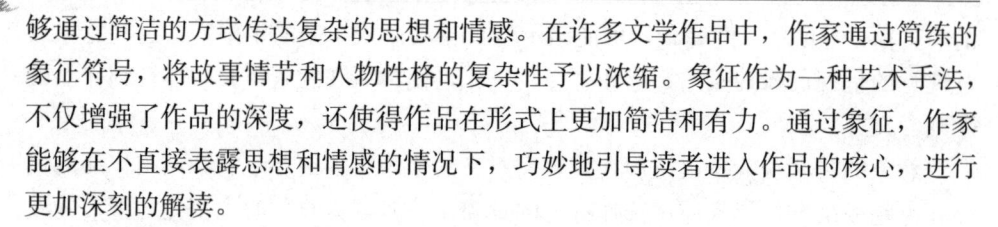

够通过简洁的方式传达复杂的思想和情感。在许多文学作品中，作家通过简练的象征符号，将故事情节和人物性格的复杂性予以浓缩。象征作为一种艺术手法，不仅增强了作品的深度，还使得作品在形式上更加简洁和有力。通过象征，作家能够在不直接表露思想和情感的情况下，巧妙地引导读者进入作品的核心，进行更加深刻的解读。

三、意象与象征的结合及其艺术效果

在许多文学作品中，意象与象征往往是交替使用的，二者相辅相成，彼此之间有着密切的联系。意象的表现力为象征提供了视觉和感官的基础，而象征则赋予了意象更为深刻的意义。通过意象与象征的结合，作家能够在同一作品中同时展现丰富的感官效果和深刻的思想内涵，使得作品的艺术效果和思想价值得以双重提升。

意象和象征的结合常常使得作品在表面上呈现出清晰的形象，而在深层次的解读上则具有多重意义。在一些作品中，作家通过鲜明的意象描写，将读者的感官引导到某个特定的情境或人物身上；而通过象征的使用，这些意象的意义得以升华，成为对社会、历史或人性深刻反思的载体。例如，某一场景中的暴风雨不仅通过具体的描写让读者感受到气氛的压迫，也可能同时象征着人物内心的冲突或社会变革的动荡。作家通过意象的具体描写和象征的深层暗示，创造出多层次的艺术效果，使得作品不仅在感官上带来冲击，更在思想上给予读者启示。这种结合促使作品的意义得到了丰富的延展，不仅能够提供视觉和情感的震撼，也能够激发读者对深层主题的思考。通过意象与象征的巧妙结合，作家不仅是在讲述一个故事，更多的是通过象征物和意象的交织，引导读者进行社会和哲学上的思考。这种多重的艺术效果，使文学作品不仅具备了强烈的感官冲击力，还具备了深刻的思想性和哲理性，从而推动文学艺术的表达更加丰富和多维。

四、意象与象征在不同文学流派中的运用

在不同的文学流派中，意象和象征的运用具有不同的特点与表现形式。从浪漫主义到现代主义，再到后现代主义，意象和象征的使用都随着时代的变化而不断发展与创新。在浪漫主义文学中，作家常常通过富有表现力的意象和象征来传达对自然、情感和个体自由的追求。浪漫主义作家的作品中，意象和象征往往带有强烈的情感色彩，通过对大自然景象的描写，作家展现了个体与自然的和谐关系，以及人类情感的广泛性与多样性。而在现代主义文学中，意象与象征的运用则更加复杂和多层次。现代主义作家在继承传统的同时，对象征和意象的形式

进行了大胆的创新。他们通过解构传统的叙事结构和语言形式，赋予意象和象征更多的解读空间。在现代主义作品中，意象和象征不再只是情感表达的工具，往往承担着对社会、历史、政治等更为广泛的反思功能。例如，通过抽象的象征符号，作家能够表达对现代社会精神危机、个体孤独感和人类存在意义的探讨。通过这种方式，意象与象征不仅为作品的艺术效果增添了丰富的层次，也使得作品的思想性达到了新的高度。

在后现代主义文学中，意象和象征的运用更加自由和无拘无束。后现代主义作家通过对传统文学符号的解构与重构，创造出一种既深刻又充满游戏性的艺术形式。意象与象征在这一时期被用来打破传统叙事的界限，突破历史和文化的束缚，呈现出更加多元和不确定的世界观。通过对象征符号的拼贴与重新排列，作家不仅展现了个人内心的混乱与分裂，也呈现了现代社会中无序和多变的特质。通过意象和象征的精妙运用，作家能够在不同的文学流派中创造出富有深度和多层次的作品，使得作品在艺术表现力和思想性上得到极大的丰富和提升。无论是在浪漫主义的情感抒发中，还是对现代主义的社会批判，抑或在后现代主义的解构探索中，意象和象征始终扮演着不可或缺的角色，推动了文学创作的艺术性与思想深度的不断发展。

通过对意象与象征的巧妙运用，作家们不仅推动了文学艺术的进步，还为作品赋予了更多的解读空间和哲学深度。无论是作为情感的传达者，还是思想的载体，意象与象征的艺术性运用始终是文学创作中不可忽视的力量，赋予了文学作品无尽的生命力和广阔的思想领域。

第三节　文学与其他艺术形式的交融

文学作为一种语言艺术，其内涵与表现形式的丰富性，使其不断与其他艺术形式发生交融与互动。这种交融不仅拓宽了文学的表现空间，也赋予了其他艺术形式新的生命力。文学与音乐、戏剧、电影、绘画等艺术形式的结合，既在传统文化框架中孕育出新的创作模式，也推动了文学语言与表达方式的创新。文学作品与其他艺术形式的融合，能够更深刻地传达情感、描绘人物、展现社会现实，甚至促使思想的碰撞与创新。在不同的历史时期，文学与其他艺术形式的交融呈现出不同的特点和趋势。从文艺复兴时期的戏剧到现代电影中的文学改编，从音乐与文学的互动到戏剧化的诗歌表现，文学与其他艺术形式的结合不断推进了艺术表达的多元化和复杂性。通过对文学与其他艺术形式交融的分析，可以更好地理解文学作品的艺术性和思想价值，也能为我们提供更广泛的艺术体验和美学视野。

一、文学与戏剧的交融：从舞台到文本的跨越

文学与戏剧的交融自古希腊戏剧以来便存在，并在不同历史阶段不断深化与发展。戏剧作为一种以表演为基础的文学形式，不仅关注文字本身的艺术表达，还通过表演、舞台效果、和观众互动等元素，增强了文学作品的现场感和情感共鸣。文学创作与戏剧表演的结合，不仅使得文学作品的表现形式更为丰富，也让文学的情感表达和思想深度得到更直观的呈现。

在古希腊时期，戏剧作品的文学性便已体现得淋漓尽致。无论是悲剧还是喜剧，都以复杂的语言形式和深刻的哲理为基础，通过演员的表演和合唱的配合，传达出对社会伦理、命运与人性的探讨。文学作品通过舞台上的表演，不仅展现了人物的情感冲突和道德抉择，也让观众能够感受到文学中的思想与社会价值的震撼。这种文学与表演艺术的结合，形成了独特的艺术魅力，使得戏剧不仅是文字的呈现，更是情感的爆发和思想的沉淀。随着历史的推移，文学与戏剧的关系变得更加紧密。在文艺复兴时期，莎士比亚等剧作家的作品进一步推动了文学与戏剧的融合。莎士比亚的戏剧不仅在情节和人物上具有高度的文学性，还通过诗性语言、象征与隐喻等手法，展现了复杂的社会和人性问题。莎士比亚的作品深刻地反映了权力、爱情、命运等普遍主题，同时也通过戏剧表演的形式，推动了文学艺术的表现力。他的作品无论是从语言的精练度、人物的塑造，还是从情感的震撼力上，都为文学与戏剧的结合提供了极具艺术性的范例。

随着现代戏剧的发展，文学与戏剧的交融不断突破传统。现代主义戏剧特别注重语言和情感的直接性，作家们通过对剧作形式的创新，反映了时代的精神和个体的内心冲突。在这种背景下，文学不仅是戏剧的基础，还是戏剧情感和思想表达的载体。许多经典的文学作品被改编成戏剧和舞台剧，使文学作品的深层含义得以在不同的表现形式中得到更加丰富的解读。

二、文学与音乐的交融：歌词、歌剧与叙事诗

文学与音乐的关系深远且复杂，从最早的口头诗歌到现代的歌剧、歌词，文学与音乐的交融表现了两种艺术形式在情感表达上的相辅相成。文学通过语言的表达来传递情感，而音乐通过旋律和节奏来增强这些情感的表现力。文学与音乐的结合，不仅使得作品的情感深度和表现力得到了扩展，也推动了艺术创作在多维度上的发展。

早期的诗歌便融合了音乐的元素，许多诗歌最初都是通过歌唱和伴奏来进行表演的。这种结合使得诗歌不仅是文字的组合，也是感官体验的统一。在古代的吟唱诗歌中，音乐的节奏与语言的韵律紧密结合，共同传递出情感的力量。诗歌的文字与音乐的旋律互为补充，彼此之间相辅相成，形成了独特的艺术效果。随

着歌剧的兴起，文学与音乐的结合达到了一个新的高度。歌剧通过结合文学的剧情、对话、音乐和舞台效果，将情感的表达推向了极致。歌剧中的文学成分——无论是台词、歌词，还是故事情节——都与音乐的旋律密切配合，共同推动剧情的发展。文学在歌剧中的作用不仅是提供故事内容，还为音乐的表现提供了思想和情感的基础。作曲家通过音乐来诠释文学作品中的情感波动和人物内心的冲突，而文学则通过细腻的文字展现了人物的心灵世界，为音乐创作提供了情感的源泉。这种跨领域的结合，使得歌剧成为一种多层次、多维度的艺术形式。

现代流行音乐中的歌词也体现了文学与音乐的深度融合。歌词不仅是对情感的简单表达，更通过文学性的语言、象征性意象和哲理性的思考，使得歌曲的内容变得更加丰富和深刻。许多现代音乐作品中的歌词，如同诗歌般通过隐喻和象征来表达对爱情、社会和人性的思考，形成了文学与音乐的共鸣。这种结合使得音乐不仅是感官的享受，也成了文学思想的载体。通过歌词，作家能够将文学的深刻思想与音乐的情感力量结合起来，使得作品在传递情感的同时激发听众对更广泛社会议题的思考。

三、文学与电影的交融：从小说到影像的转化

电影作为一种综合艺术，融合了文学、戏剧、音乐、绘画等多种艺术形式。文学与电影的结合，促使文学作品视觉化和影像化。小说通过语言的表达描绘世界，而电影则通过画面、声音和剪辑等手段，使文学作品中的情感和思想得到更加直观的呈现。这种跨媒介的转化，不仅拓展了文学的表现领域，也为电影创作提供了更加丰富的思想内涵。文学与电影的结合，最早体现在小说改编为电影的过程中。小说作为文字艺术，通过电影这种视觉艺术形式得以再现。电影通过画面和音效的表现，将文学中的人物、情节和情感视觉化，使得作品在感官上更具冲击力。例如，小说中的复杂内心独白和细腻的情感描写，在电影中通过演员的表演和场景的设计得以体现，观众通过影像和声音直接感受到人物的情感波动与思想变化。这种文学与电影的结合，不仅保留了文学的深刻性和思想性，同时又使其具有了更加直接和生动的表现力。

除了小说改编，电影本身也成了文学创作的一种延伸。电影创作中的剧本写作、情节设定和角色设计，通常受到了文学传统的深刻影响。许多电影导演在创作过程中，借鉴了小说中的叙事技巧和结构方式，使得电影的艺术表现更为丰富。同时，电影通过视觉、音效和动态画面，赋予文学创作一种全新的表现方式，使得文学作品的思想内涵得到了更为广泛的传播。在电影与文学的交融过程中，作家和导演之间的互动也成了文学创作的新形式。许多电影导演在改编经典文学作品时，既忠实于原著，又通过视觉和技术手段创新，赋予了作品新的艺术

生命。导演通过将小说中的细节场景、人物关系、情感变化等元素转化为影像画面，不仅将文学作品的情感呈现给观众，也使得文学中的深层思想得到了全新的艺术表达。

四、文学与绘画的交融：文字与视觉的对话

文学与绘画的交融源远流长，两者通过不同的媒介和形式共同表达情感和思想。文学通过语言的力量唤起读者的想象，而绘画则通过色彩、构图和形态将画面具象化。两者的交汇使得文字和视觉共同完成了对世界的再现和表达，产生了独特的艺术效果。文学与绘画的交融不仅促进了视觉艺术的表现形式得以发展，也为文学提供了更为广阔的艺术表现空间。在文艺复兴时期，许多文学作品与绘画作品相互影响，作家和画家们常常通过共同的主题和思想进行创作。在这一时期，文学与绘画的关系表现得尤为紧密，许多文学作品通过与绘画作品的结合，增强了艺术表现的力量。例如，在许多文艺复兴时期的诗歌中，画家往往通过绘画的形式描绘诗歌中的情感景象，而诗人则通过语言展现绘画中的场景和人物形象。这种相互交融，使文学和绘画在艺术风格上达成了一种和谐的统一。

现代文学与绘画的交融，则更多表现在跨界的合作和相互借鉴。作家与画家通过共同的创作理念，进行作品的双重创作与表现。在一些现代小说中，画家与作家共同探讨作品的视觉表现方式，作家通过文字描述将人物和场景呈现出来，画家则通过视觉艺术使这些文字变为具象的画面。通过这种跨领域的合作，文学作品在视觉效果上获得了更多的艺术表现力，而绘画作品也因此加入了更多的哲学性和文学性。

文学与绘画的结合不仅限于作品的创作，还体现在文学与艺术展览的互动中。许多文学作品中的场景、人物和情感，常常成为绘画创作的灵感来源。通过对文学作品的再创作和再表现，绘画不仅在形式上为文学作品提供了新的诠释，也为文学作品的深层意义提供了视觉化的支持。这种结合不仅增强了文学作品的表现力，也丰富了观众和读者的艺术体验。

第四节 外国文学中的比喻与隐喻艺术

一、比喻与隐喻在文学艺术性中的角色

比喻与隐喻，作为文学艺术性的两大修辞手法，如同文学的双翼，使得作品在想象与现实的广阔天空自由翱翔。这两种修辞手法在文学作品中的运用，不仅彰显了作者的才华与智慧，更赋予了作品以深邃的内涵和丰富的想象力。

比喻，是通过将两个本质上不同的事物进行对比，从而揭示它们之间的相似之处，达到形象生动的表达效果。比喻的使用，往往能够将抽象的概念具象化，让读者在阅读过程中产生直观的联想。例如，将时间比喻为流水，既形象地描绘了时间的流逝，又赋予了时间以生命的活力。在外国文学中，比喻的运用广泛而多样，如《巴黎圣母院》中的"钟楼怪人"，将主人公的孤独与怪异形象生动地展现出来。

与比喻相比，隐喻则更为含蓄和深刻。隐喻不直接说明事物的本质，而是通过暗示和引申，让读者在阅读过程中自行揣摩和发现。隐喻的运用，往往使得作品具有一种神秘感和启发性，引导读者在想象与现实之间探索和思考。如莎士比亚在《哈姆雷特》中，将哈姆雷特的复仇心理隐喻为"丹麦的腐烂"，既揭示了哈姆雷特内心的痛苦与挣扎，又暗示了整个丹麦王国的腐败与堕落。比喻与隐喻的巧妙运用，不仅使得文学作品更加生动形象，还能够激发读者的想象力，引导他们在阅读过程中进行深度思考。在外国文学中，这两种修辞手法常常被用来进行象征性的表达，通过对意象的转换和深化，使作品具有更加丰富的内涵和多重解读的可能性。

在文学创作中，比喻与隐喻的艺术性不仅体现在其表达形式的巧妙，更在于它们所引发的读者联想和思考。一方面，比喻与隐喻能够使作品具有更强的视觉冲击力和情感共鸣，让读者在阅读过程中产生身临其境的感受。如弗吉尼亚·伍尔夫的《到灯塔去》通过"灯塔的光芒是固定的，但它所照亮的海洋却永远在变动"的描述，将主人公对稳定与变化、秩序与混乱的思考表达得淋漓尽致。另一方面，比喻与隐喻还能够激发读者的创造性思维，让他们在阅读过程中产生独特的见解和感悟。例如，在乔治·奥威尔的《1984》中，"谁控制过去，谁就控制未来；谁控制现在，谁就控制过去"，这句话通过隐喻的手法，引发读者对权力、历史与现实之间关系的深刻思考。此外，比喻与隐喻在文学创作中还具有一种情感传递的作用。它们能够跨越时空的界限，将作者的情感和思想传达给读者，产生强烈的情感共鸣。如索尔·贝娄在《奥古斯特·马奇的冒险》中写道："他的灵魂是一块海绵，吸满了人间的痛苦和欢乐。"通过比喻与隐喻的手法，将主人公对人生的感悟和对人性的理解传达给读者。

二、外国诗歌中比喻艺术的运用

外国诗歌中比喻艺术的运用，是一种极具创造力和表现力的文学手法。比喻作为一种修辞技巧，通过将两种看似毫不相干的事物进行联系和联想，从而创造出新颖独特、富有想象力的意象，赋予诗歌以深度和多重含义。在世界各国的诗歌创作中，比喻艺术的应用广泛而深入，成为诗歌创作中不可或缺的元素。

1. 自然比喻的运用

自然比喻是指将自然界的景物、动植物等作为比喻对象，以表达诗人的情感和思想。在英语诗歌中，自然比喻的运用非常普遍。例如，雪莱的《西风颂》中，他将西风比喻成"自由的精灵"，通过这一比喻，传达出西风的自由和无拘无束，同时也表达了自己对自由的渴望。此外，艾米莉·勃朗特的《呼啸山庄》中，将主人公希斯克利夫比喻成"荒原上的野狼"，通过这一比喻，展现了希斯克利夫的孤独和坚韧。约翰·济慈是英国浪漫主义诗歌的代表人物，他的诗歌中充满了丰富的自然比喻。例如，在《夜莺颂》中，济慈将夜莺比喻成"永恒的歌手"，通过这一比喻，传达出夜莺歌声的美妙和永恒，同时也表达了自己对美好生活的向往。此外，在《秋天的颂歌》中，他将秋天比喻成"丰收的季节"，通过这一比喻，展现了秋天的丰盈和生命的繁荣。这些自然比喻的运用，使得济慈的诗歌充满了生机和情感共鸣，让读者在欣赏诗歌的同时，也能感受到诗人内心的情感波动。

2. 象征性比喻的运用

象征性比喻是指将抽象的概念通过具体的意象来表现，使诗歌具有象征性和暗示性。在法国诗歌中，象征性比喻的运用非常突出。例如，象征主义诗人波德莱尔在诗歌《恶之花》中，大量运用了象征性的比喻，将抽象的概念通过具体的意象来表现。他将爱情比喻成"玫瑰花"，将人生的苦难比喻成"荆棘"，通过这些象征性的比喻，成功地传达了爱情和人生的复杂性和多样性。他将宇宙比喻成"镜子"，通过这一比喻，传达出宇宙的无限和人类认知的有限。这些比喻不仅使诗歌具有神秘而深邃的意义，也让读者在阅读过程中产生丰富的联想和思考。此外，兰波的《醉舟》中，将醉舟比喻成"自由的灵魂"，通过这一比喻，展现了诗人对自由和独立的追求。

3. 人物比喻的运用

人物比喻是指将人物的性格、行为等作为比喻对象，以表达诗人的情感和思想。在英语诗歌中，人物比喻的运用也较为常见。例如，莎士比亚的《哈姆雷特》中，将哈姆雷特比喻成"思想的迷宫"，通过这一比喻，展现了哈姆雷特的矛盾和挣扎。此外，济慈的《奥赛罗》中，将奥赛罗比喻成"摩尔人的风暴"，通过这一比喻，传达出奥赛罗的愤怒和激情。

4. 情感比喻的运用

情感比喻是指将情感体验作为比喻对象，以表达诗人的内心感受。在法语诗歌中，情感比喻的运用较为突出。例如，法国诗人魏尔伦的《秋夜即景》中，将孤独比喻成"无人的街道"，通过这一比喻，传达出诗人内心的孤独和无助。此外，兰波的《睡眠》中，将睡眠比喻成"永恒的宁静"，通过这一比喻，展现了诗人对宁静和安宁的向往。

5.哲学性比喻的运用

哲学性比喻是指将哲学概念作为比喻对象，以表达诗人的哲学思考和人生观念。在德国诗歌中，哲学性比喻的运用非常突出。例如，尼采的《查拉图斯特拉如是说》中，将超人比喻成"太阳"，通过这一比喻，传达出超人的伟大和光芒四射。此外，荷尔德林的《面包与酒》中，将人生比喻成"面包"，通过这一比喻，展现了人生的苦难和希望。

三、隐喻在小说和戏剧中的创造性表达

隐喻作为一种修辞手法，其在小说和戏剧中的运用，不仅体现了作家和剧作家的艺术才华，更是一种创造性的表达方式。隐喻通过赋予事物以象征意义，使得作品在传递信息的同时，更具有深层的内涵和艺术价值。下面将从几个方面来探讨隐喻在小说和戏剧中的创造性表达。

1.隐喻在小说中的创造性表达

（1）揭示人物内心世界。在小说中，隐喻常常被用来揭示人物的内心世界。如在弗吉尼亚·伍尔夫的《到灯塔去》中，拉姆齐夫人的内心世界通过她对灯塔的渴望和恐惧得到了隐喻性表达。灯塔象征着秩序和稳定，而她对灯塔的矛盾情感揭示了她的焦虑和对家庭、爱情的不安全感。

（2）塑造人物形象。隐喻在小说中还可以用来塑造人物形象。如在列夫·托尔斯泰的《安娜·卡列尼娜》中，安娜的红色裙子和火车都是对她性格的隐喻性描绘。红色的裙子象征着她的激情和放荡不羁，而火车则象征着她命运的快速失控和最终的悲剧结局。

（3）传达情感与主题。隐喻在小说中还可以用来传达情感和主题。如在加西亚·马尔克斯的《百年孤独》中，马孔多家族的命运被隐喻为布恩迪亚家族的孤独和宿命。家族成员重复的名字和循环的命运揭示了人类无法逃避的孤独和历史的循环性，传达了作品关于时间和命运的主题。

2.隐喻在戏剧中的创造性表达

（1）舞台表现。在戏剧中，隐喻可以通过舞台表现来展现。舞台布景、灯光、音响等元素都可以成为隐喻的载体，为观众呈现出一种象征性的氛围。如曹禺的《雷雨》中，雷雨的象征意义就是对周家命运的隐喻。

（2）对话与独白。戏剧中的对话和独白也是隐喻的重要表现形式。通过对人物语言的选择和运用，作者可以传达出人物内心世界的隐喻。如莎士比亚的《哈姆雷特》中，哈姆雷特的独白就是他对复仇、生命和死亡的隐喻性思考。

（3）戏剧结构。戏剧的结构本身也可以成为隐喻。通过对戏剧结构的安排，

作者可以传达出一种象征意义。如贝克特的《等待戈多》中，等待的主题就是对人生无常和孤独的隐喻。

3. 隐喻的创造性表达对现实世界的反映和人性探索

（1）反映现实世界。隐喻作为一种象征性的表达方式，可以反映出现实世界的复杂性和多样性。通过对现实世界的隐喻性描绘，作者可以表达自己对现实生活的看法和态度。如马尔克斯的《百年孤独》中，马孔多家族的命运就是对拉丁美洲历史的隐喻。

（2）探索人性。隐喻还可以用来探索人性。通过对人性的隐喻性描绘，作者可以揭示人性的复杂和矛盾。如卡夫卡的《变形记》中，格里高尔·萨姆沙的变形就是对人性异化的隐喻。

四、跨文化交际中比喻与隐喻的艺术转换

在全球化日益深入的今天，跨文化交际已经成为国际交流与合作的重要桥梁。在这个过程中，比喻与隐喻的艺术转换不仅是语言交流的技巧，更是文化传递与理解的关键。比喻和隐喻作为文学中最为生动、最具表现力的修辞手法，它们在跨文化交际中发挥着不可或缺的作用。

比喻是通过将两种不同的事物进行类比，以增强语言的表现力和形象性。隐喻则是一种更为隐晦的表达方式，它通过暗喻、象征等手法，传达更深层次的意义。这两种修辞手法在文学创作中广泛应用，不仅丰富了语言的表达，也加深了文化的内涵。然而，不同文化背景的人们对于比喻和隐喻的理解和诠释往往存在差异，这就需要我们在跨文化交际中进行艺术性的转换。在进行跨文化交际时，比喻与隐喻的艺术转换面临诸多挑战。

首先，不同文化对同一事物的认知和象征意义可能存在差异。例如，在中国文化中，"龙"是一种吉祥的象征，代表着权力和威严；而在欧洲文化中，"龙"则常常被描绘为邪恶的生物，是恐惧和毁灭的象征。因此，在翻译和传播含有"龙"的比喻或隐喻时，就需要对文化背景进行深入了解和适当调整，以避免误解和混淆。

其次，语言表达方式的差异也是比喻与隐喻转换的一大挑战。不同语言在语法结构、词汇选择和表达习惯上存在差异，这直接影响到比喻和隐喻的翻译和表达。例如，中文中的四字成语和歇后语具有独特的表达效果，而在英文中则很难找到完全对应的表达方式。因此在进行跨文化交际时，译者需要巧妙地运用目标语言的表达习惯，以实现比喻与隐喻的艺术转换。

（1）深入理解原文文化背景：在翻译和传播含有比喻和隐喻的文学作品时，首先要深入理解原文的文化背景，包括历史、传统、风俗习惯等。这有助于我们

准确把握原文中比喻和隐喻的真正含义，从而在转换时做出合适的调整。

（2）寻找文化对等物：在跨文化交际中，寻找目标文化中与原文比喻和隐喻意义相近的对等物，是一种有效的方法。这要求译者对两种文化都有深刻的理解，能够在不同文化之间找到相似之处。

（3）创新性转换：有时，由于文化差异的存在，直接翻译比喻和隐喻可能会导致意义的丧失或误解。在这种情况下，译者需要发挥创造性，采用新的比喻和隐喻，以传达原文的深层含义。

（4）保持原作的美感和意境：在转换比喻和隐喻时，不仅要注重意义的传达，还要尽量保持原作的美感和意境。这需要译者在语言表达上具有高度的技巧和敏感性。

（5）注重目标文化的接受度：在进行跨文化交际时，译者还需要考虑目标文化的接受度。过于生僻或难以理解的比喻和隐喻可能会降低作品的吸引力，因此适当的调整和简化是必要的。

具体来说，以下是一些跨文化交际中比喻与隐喻的艺术转换实例：

（1）中文成语的转换：中文成语具有丰富的文化内涵和象征意义，如"画龙点睛""对牛弹琴"等。在英文中，我们可以通过寻找具有类似含义的成语或谚语进行转换，或者创造性地使用英文中的比喻和隐喻来表达相同的意思。

（2）文学作品的翻译：在翻译外国文学作品时，处理比喻与隐喻的转换是一项特别关键的任务。例如，在翻译像《百年孤独》这样的经典作品时，译者必须巧妙地应对书中丰富的比喻和隐喻，确保它们既符合目标语言的表达习惯，又能忠实传达原文的深层含义和文化韵味。马尔克斯的作品充满了拉丁美洲的文化符号和魔幻现实主义色彩，其中许多比喻和隐喻深深植根于当地的传说、历史和社会背景。因此，译者不仅需要具备出色的语言能力，还需要对源文化和目标文化有深刻的理解，以便在翻译过程中找到恰当的平衡点，使得作品中的诗意和哲理能够跨越语言障碍，被不同文化背景下的读者所理解和欣赏。

（3）广告和宣传的转换：在国际广告和宣传中，比喻与隐喻的艺术转换可以显著增强作品的吸引力和感染力，帮助跨越文化障碍并建立情感连接。例如，在推广意大利作为旅游目的地时，可以使用"地中海的心脏"来形容这个国家，强调其位于地中海中心的战略位置和丰富的海洋文化遗产，吸引全球游客前来探索。又如，在宣传德国的一个小镇时，可以用"童话之路的明珠"来描述它，暗示该地如同格林兄弟笔下的故事般迷人，拥有保存完好的中世纪建筑和浓厚的历史氛围，以此吸引对欧洲历史和童话故事感兴趣的外国游客。这样的比喻不仅能够抓住目标受众的想象力，还能够有效地传达目的地的独特魅力和价值，从而提升宣传效果。

第五节　外国文学中的叙事艺术

一、叙事技巧在外国小说中的应用

外国小说的叙事技巧不仅是一种艺术手段，更是构建故事世界、塑造人物性格、传达主题思想的基石。通过一系列精妙的叙事策略，外国小说家们得以将复杂的故事以引人入胜的方式呈现给读者，使得文学作品成为一次次心灵的触动和思想的碰撞。以下将从多个方面探讨外国小说中叙事技巧的应用及其对文学艺术品质的贡献。

首先，叙事视角的选择是外国小说中一种重要的叙事技巧。小说家们常常采用第一人称、第三人称全知视角或有限视角等多种叙事视角，以创造不同的叙事效果。例如，第一人称视角能够使读者更加贴近主人公的内心世界，感同身受地体验其情感波动；而第三人称全知视角则能够客观全面地展现故事背景和人物关系，提供更为宽广的视野。在《百年孤独》中，加西亚·马尔克斯巧妙地运用了第三人称全知视角，不仅讲述了布恩迪亚家族的传奇故事，还展现了拉丁美洲的历史变迁，使得小说具有了史诗般的气魄。

其次，闪回和预叙是外国小说中常见的叙事技巧。闪回通过将故事的时间顺序打乱，插入对过去的回忆，从而丰富故事的层次感，使人物形象更加立体。如普鲁斯特的《追忆似水年华》中，主人公通过回忆的方式，逐渐拼凑出自己的一生，展现了时间的流逝和记忆的脆弱。而预叙则是在故事中进行前瞻性的叙述，为后续情节埋下伏笔，增强故事的悬念。在《哈利·波特》系列中，J.K.罗琳巧妙地运用预叙，使得故事充满了神秘感和期待感。

此外，暗示和象征是外国小说中不可或缺的叙事技巧。暗示通过细节描写、对话暗示等方式，引导读者进行深入思考，挖掘故事背后的深层含义。如福楼拜的《包法利夫人》，通过主人公艾玛的服饰、行为等细节，暗示了她的悲剧命运。象征则通过具体的物象或事件，表达抽象的思想和情感。在弗吉尼亚·伍尔夫的《到灯塔去》中，灯塔不仅是物理空间的标志，更象征着家庭、信仰和追求。

外国小说家还常常运用多视角叙事，通过不同人物的眼睛展现故事的多个层面。这种叙事方式能够打破单一的叙事视角，提供更为丰富和全面的故事解读。如多丽丝·莱辛的《金色笔记》，通过主人公安娜的四个笔记本，展现了女性在现代社会中的身份困惑和心灵挣扎。

在叙事结构方面，外国小说家们也进行了大胆的创新。例如，非线性叙事打破了传统的故事线性发展，使得叙事更加灵活多变。在村上春树的《挪威的森林》中，主人公渡边通过回忆和现实交织的方式，讲述了直子、绿子等人物的故事，展现了青春的迷茫和成长的痛苦。而复调叙事则是在一部小说中并行讲述多个故事，形成相互交织的叙事结构。如托马斯·曼的《魔山》，通过主人公汉斯·卡斯托普在山上的疗养生活，交织了多个故事线索，展现了欧洲知识分子的精神探索。

除了上述技巧，外国小说家还善于通过叙事节奏的把握来增强故事的吸引力和感染力。在紧张刺激的场景中，快节奏的叙事能够使读者感受到紧迫感和兴奋感；而在平静深情的场景中，缓慢的节奏则能够使读者更加沉浸在人物的情感世界中。如海明威的《老人与海》，通过紧凑的叙事节奏，展现了老人与大海的斗争，以及生命的坚韧和尊严。在外国小说中，叙事技巧的应用不仅体现在故事层面，还体现在对人物性格的塑造上。通过对人物的语言、行为、心理等细节的描绘，小说家们能够创造出栩栩如生的人物形象，使读者产生共鸣。如简·奥斯汀的《傲慢与偏见》，通过细腻的心理描写和对话技巧，展现了伊丽莎白和达西之间的爱情故事，同时也揭示了当时社会的阶级偏见和道德观念。

二、第一人称与第三人称叙事视角的艺术效果

叙事视角的选择是一个极具策略性的创作决策，它不仅关系到故事内容的表现方式，还深刻地影响着读者的阅读体验。人称叙事视角，尤其是第一人称和第三人称的运用，对塑造作品的艺术效果具有不可忽视的重要性。首先，让我们来探讨第一人称叙事视角的艺术效果。第一人称叙事，即故事中的叙述者以"我"的身份出现，这种叙述方式为读者打开了一扇直通主人公内心世界的窗口。这种叙事方式使得读者能够直接感受到主人公的情感波动和思想变化，仿佛亲身经历一般。例如，简·奥斯汀的《傲慢与偏见》中，伊丽莎白·班纳特的第一人称叙述，让读者能够深入她的内心，理解她对达西先生的态度变化，以及她对爱情和婚姻的看法。

第一人称叙事的艺术效果主要体现在以下几个方面：

（1）情感共鸣：通过第一人称叙述，作者可以更加细腻地描绘人物的情感体验，让读者产生强烈的情感共鸣。这种共鸣不仅加深了读者对主人公的情感投入，还使得故事更加生动和真实。

（2）真实感和亲近感：第一人称叙事使得叙述者与读者之间建立了一种直接的联系，读者仿佛能够听到主人公的心声，感受到他们的喜怒哀乐。这种真实感

和亲近感使得读者更容易代入主人公的角色，共情他们的遭遇和感受。

（3）内心世界的深度挖掘：第一人称叙事使得作者能够深入挖掘主人公的内心世界，揭示其复杂的心理状态。这种深度的挖掘不仅丰富了人物形象，还为故事增添了更多的层次和深度。

与第一人称叙事相比，第三人称叙事则展现出了不同的艺术效果。第三人称叙事，即叙述者以"他"或"她"的身份出现，提供了一种更为客观、全面的视角。这种叙事方式使得作品的叙述更加客观公正，减少了个人主观色彩对故事的影响。

第三人称叙事的艺术效果主要体现在以下几个方面：

（1）客观性和全面性：第三人称叙事使得叙述者能够跳出主人公的视角，以一个更高的视角来观察和描述事件。这种客观性和全面性使得作品的叙述更加公正，有助于读者全面理解故事情节和人物关系。

（2）复杂性和深度：第三人称叙事常用于叙事更加复杂、人物众多的作品中。通过跳跃的叙述视角，作者能够展现出更为广阔的世界观，为读者呈现一个丰富多彩的故事世界。这种复杂性增加了作品的深度，使读者能够在阅读中获得更多的思考。

（3）悬念和戏剧性：第三人称叙事还有利于增加作品的悬念和戏剧性。通过多角度的叙述方式，作者可以巧妙地设置悬念，引导读者跟随故事的发展，增加故事的吸引力。例如，乔治·艾略特的《米德尔马契》中，通过不同人物的视角，展现了复杂的人物关系和故事线索，使得作品充满了戏剧性和悬念。此外，第三人称叙事还能够展现人物之间的关系和环境的变化。通过不同人物的视角，作者可以展示人物之间的互动和影响，以及他们与环境的关系。这种叙述方式使得作品更具有普适性，读者可以在不同的人物关系中找到共鸣，从而更好地理解作品的主题和情感。在实际创作中，许多作家会灵活运用第一人称和第三人称叙事视角，以达到最佳的艺术效果。例如，弗吉尼亚·伍尔夫的《到灯塔去》中，既有第一人称叙述者，又有第三人称叙述者。这种混合叙事视角使得作品既有深度的人物心理描写，又有广阔的社会背景展示，极大地丰富了作品的内涵。

第一人称和第三人称叙事视角的选择是外国文学作品中一个重要的创作决策。不同的叙事视角能够带给读者截然不同的阅读体验。通过灵活运用第一人称和第三人称叙事，作家能够更好地塑造人物形象，展现故事情节，以及传达作品的主题和情感。在这个过程中，作家需要根据作品的内容和风格，以及自己的创作意图，巧妙地选择和运用叙事视角，使得作品能够达到最佳的艺术效果。

三、时间与空间叙事在外国文学中的处理

时间与空间，作为人类认知世界的基本维度，一直是文学创作中的重要元素。在外国文学中，时间与空间叙事的处理手法千变万化，各具特色。它们不仅是故事情节的框架，更是作家们表达艺术性和思想深度的关键所在。通过对时间与空间的独特处理，作家们成功地将作品赋予了更深层的内涵和情感张力。

从时间的角度来看，外国文学作品中对时间的处理手法丰富多样。时间可以是一种线性流动的概念，按照自然发展的顺序向前推进。例如，现实主义文学作品通常遵循时间的线性发展，通过时间的推移来展现人物性格的成长、社会现象的变迁以及历史进程的演进。这种时间处理手法使得故事情节具有连贯性和逻辑性，使读者能够更好地理解作品。然而时间并非总是线性发展的。在一些现代主义文学作品中，时间被描绘为一种非线性甚至循环的概念。这种时间观念反映了人类对时间本质的探讨和对历史循环论的认识。例如，阿根廷作家博尔赫斯的《交叉小径的花园》中，时间呈现出迷宫般的结构，人物在时间的交叉点徘徊，试图寻找生命的意义。这种时间处理手法使作品具有一种梦幻般的氛围，引发读者对时间本质的思考。

在空间方面，外国文学作品中的空间叙事同样具有丰富的内涵。空间不仅是故事发生的背景，更是反映人物心理状态和社会背景的重要手段。在现实主义文学作品中，空间通常与人物的生活环境密切相关。例如，法国作家巴尔扎克的《人间喜剧》中，巴黎的城市空间成为反映社会阶层、揭示人物命运的载体。空间的描绘使得作品具有更强的现实感和时代特色。而在现代主义文学作品中，空间叙事更加注重心理层面的描绘。空间往往被用来表现人物内心的困惑、焦虑和恐惧。例如，美国作家福克纳的《喧哗与骚动》中，空间被分割成多个碎片，与人物的心理状态相互映射，呈现出一种混乱而真实的内心世界。这种空间处理手法使得作品具有一种独特的审美价值，从而使读者在阅读过程中感受到人物的心理挣扎。

此外，时间与空间在外国文学作品中还具有象征意义。作家们常常通过对时间与空间的独特处理，来表达对生命、命运、人性等主题的思考。例如，英国作家莎士比亚的《哈姆雷特》中，时间成为命运的无情流逝，哈姆雷特的复仇之路充满了无尽的等待和拖延；而空间则成为人物命运的舞台，哈姆雷特在城堡中的行动和冲突，象征着他在人生道路上的挣扎和抉择。

四、叙事结构的创新对艺术性的贡献

在外国文学的发展历程中，叙事结构的创新一直是作家们探索的重要领域。这种创新不仅体现了作家们的艺术追求，更是对文学传统的一种挑战和突破。叙

事结构的创新对艺术性的贡献是多方面的,它不仅为文学作品注入了新的活力,还拓展了文学表达的可能性,丰富了读者的阅读体验。

首先,叙事结构的创新使得文学作品在形式上更加多样化和独特。传统叙事结构通常遵循线性时间顺序,以单一视角展开故事。而现代外国文学中的叙事结构则呈现出极大的灵活性。例如,非线性叙事打破了传统的时间顺序,通过跳跃式的时间线索,将过去、现在和未来交织在一起,使得故事更加复杂和立体。这种叙事方式不仅增加了作品的趣味性,也使得读者在阅读过程中产生更多的联想和思考。以著名作家村上春树的《挪威的森林》为例,这部作品在叙事结构上具有很大的创新。小说通过主人公渡边与直子、绿子等人的情感纠葛,展现了青春期的迷茫与成长。作者巧妙地运用了非线性叙事,将主人公的回忆与现实相互交织,使得故事更加真实和感人。这种叙事结构不仅使作品具有现代感,也使得读者在阅读过程中对主人公的心理变化有更深刻的理解。

其次,叙事结构的创新使得文学作品在内容上更加丰富和深刻。通过重新构建时间、空间、人物关系等要素,作家们能够更加深入地探讨人性、社会、历史等主题。例如,多重叙事视角可以让读者从不同的角度看待问题,从而更加全面地理解故事。这种叙事结构使得作品具有更强的立体感和深度。以美国作家福克纳的《喧哗与骚动》为例,这部作品采用了多重叙事视角,分别从班吉、昆丁、杰生三个兄弟的角度讲述故事。这种叙事结构使得读者能够更加深入地了解每个角色的内心世界,以及他们之间的复杂关系。同时,作品通过不同视角的切换,展现了南方家族的兴衰史,对人性、道德、信仰等进行了深刻的探讨。

此外,叙事结构的创新还使得文学作品在审美上具有更高的价值。独特的叙事技巧和结构设计往往能够给读者带来意想不到的审美体验。例如,时间跳跃叙事可以让读者在跳跃的时间线索中感受故事的节奏变化,产生强烈的视觉冲击力。这种叙事结构使得作品在审美上更具前卫性和创新性。以阿根廷作家博尔赫斯的《小径分叉的花园》为例,这部作品运用了时间跳跃叙事,将现实与虚构、过去与未来相互交织,形成了一个充满奇幻色彩的故事世界。这种叙事结构使得作品在审美上具有极高的价值,同时也为读者带来了一种全新的阅读体验。

叙事结构的创新对艺术性的贡献表现在以下几个方面:

(1)增加作品的趣味性和吸引力。创新叙事结构使得文学作品在形式上更加多样化,吸引了更多读者的关注。

(2)拓展文学表达的可能性。叙事结构的创新使得作家们能够更好地探讨各种主题,为文学作品赋予了更深层次的内涵和意义。

(3)丰富读者的阅读体验。创新叙事结构使得作品在审美上更具价值,让读者在阅读过程中获得更多的思考和感悟。

（4）推动文学的发展。叙事结构的创新为文学注入了新的活力，使得文学在形式和内容上不断突破，为未来的文学创作提供了更多的可能性。

在当今时代，随着科技的发展和文化的交融，叙事结构的创新将继续为外国文学的发展注入新的动力。作家们将继续探索叙事结构的可能性，为读者带来更多具有艺术性和创新性的作品。

第六节　外国文学中的语言艺术

一、语言风格与独特性

外国文学作品如同璀璨的星河，汇聚了无数作家独特的语言艺术。在这星河之中，语言风格与独特性无疑是其中最为耀眼的星辰。它们不仅是作家创作中的个性标签，更是作品艺术魅力的重要来源。

1. 语言风格在外国文学中的体现

语言风格简单来说，就是作家在创作中所表现出的语言特色。这种特色往往通过词汇选择、句式结构、修辞手法以及语言节奏等方面体现出来。每一个优秀的作家，都有其独特的语言风格，这种风格犹如他们的指纹，独一无二。

在外国文学中，语言风格的独特性表现得尤为突出。比如，19世纪英国作家查尔斯·狄更斯，他的作品语言风格极具特色，善于运用夸张、讽刺的手法，以及丰富的比喻和象征。这些手法使得他的作品具有强烈的幽默感和批判精神，如《雾都孤儿》和《双城记》等作品，都深刻地反映了社会现实和人性弱点。

（1）词汇选择。词汇是语言的基本构成要素，作家的词汇选择往往能够反映出其语言风格的独特性。例如，美国作家弗朗西斯·斯科特·菲茨杰拉德在《了不起的盖茨比》中，运用了大量富有象征意义的词汇，如"绿光""灰烬谷"等，这些词汇不仅增强了作品的艺术效果，也深刻地揭示了人物的内心世界。

（2）句式结构。句式结构是语言表达的重要手段。在外国文学作品中，许多作家都有自己独特的句式结构。比如，法国作家马塞尔·普鲁斯特在《追忆似水年华》中，运用了大量的长句和复合句，这种句式结构使得作品具有一种流畅而深邃的节奏感，有助于读者深入理解作品的内涵。

（3）修辞手法。修辞手法是作家语言风格的重要组成部分。不同的修辞手法能够产生不同的艺术效果。例如，俄国作家列夫·托尔斯泰在《战争与和平》中，运用了大量的比喻、拟人和排比等修辞手法，使得作品具有强烈的感染力和表现力。

（4）语言节奏。语言节奏是指作品中语言的起伏、停顿和流畅程度。不同的语言节奏能够营造出不同的氛围和情感。如美国作家威廉·福克纳在《喧哗与骚动》中，运用了断断续续、支离破碎的语言节奏，生动地表现了主人公的内心混乱和痛苦。

2. 独特性在外国文学中的体现

独特性是外国文学作品中语言风格的核心。它不仅体现在词汇、句式、修辞和语言节奏上，还体现在作家对语言的刻意调整和独特运用上。

（1）古老词汇的运用。一些作家喜欢在作品中运用古老的词汇，以增加作品的古典韵味和深度。如英国作家 J. R. R. 托尔金在《指环王》中，创造了一套完整的精灵语和矮人语，这些古老词汇的运用，使得作品具有一种神秘而古老的氛围。

（2）奇特句式结构的构建。一些作家喜欢构建奇特的句式结构，以打破常规，创造出新颖的艺术效果。如美国作家詹姆斯·乔伊斯在《尤利西斯》中，运用了大量的意识流手法，打破了传统的句式结构，使得作品具有一种独特的节奏感和流畅性。

（3）语音韵律的安排。语音韵律是指作品中语音的抑扬顿挫和节奏感。一些作家通过对语音韵律的刻意安排，创造出独特的语言风格。如英国作家托马斯·哈代在《德伯家的苔丝》中，运用了大量的押韵和重复，使得作品具有一种诗意的美感。

3. 语言风格与独特性在外国文学中的价值

语言风格与独特性在外国文学中的价值不言而喻。它们不仅使文学作品具有独特的艺术魅力，还能够深刻地触动读者的情感和思维。

（1）艺术性的提升。通过独特的语言风格和运用，作家们能够为文学作品赋予独特的韵味和氛围，使作品更具有辨识度和感染力。这种艺术性的提升，使得外国文学作品成为人类文明宝库中的瑰宝。

（2）情感与思维的触动。语言风格的独特性往往能够深刻地触动读者的情感和思维。当读者沉浸在一个独特的文学世界中时，他们能够体验到作者的情感波动和思想深度，从而引发共鸣并留下深刻印象。

（3）文学艺术的创新与发展。语言风格与独特性的探索和实践，为文学艺术注入了新的活力和魅力。作家们通过对语言的不断尝试和创新，推动了文学艺术的发展，丰富了人类的精神世界。

语言风格与独特性在外国文学中的体现是多方面的。它们是作家创作个性的重要标志，也是作品艺术魅力的重要来源。通过对语言风格的深入研究和欣赏，我们能够更好地理解外国文学作品的内涵和艺术价值，同时也能够丰富自己的审美观和情感世界。

二、双关语和讽刺在外国文学中的艺术运用

双关语和讽刺，作为文学创作的两大修辞手法，在外国文学中占据着举足轻重的地位。它们以独特的艺术魅力，为作品注入了丰富的趣味性和深度，使得文学作品在传递信息、表达情感的同时，更具思辨性和启发性。本文将从双关语和讽刺的定义、艺术运用及其在外国文学中的代表作品等方面进行探讨。

1. 双关语的艺术运用

双关语，顾名思义，是指一种具有多重意义的语言表达方式。它通过语言的巧妙变换，使得读者在解读时产生多重理解和联想。双关语在外国文学中的运用主要表现在以下几个方面：

（1）幽默效果。双关语常被用于幽默的表达，通过巧妙地利用词语的多重含义，使读者在阅读过程中产生会心的微笑。例如，美国作家马克·吐温的《哈克贝利·费恩历险记》中，就有许多运用双关语的地方。其中有一段描述哈克和他的伙伴汤姆在寻找财宝的过程中，误入了一个满是蛇的洞穴。哈克说："汤姆，我们该怎么办？这里到处都是蛇。"汤姆回答："别担心，哈克，这些蛇都是无害的。"哈克又问："你怎么知道它们无害？"汤姆说："因为它们都是响尾蛇，而响尾蛇只有在咬人的时候才会响。"这里，汤姆的回答就运用了双关语，既表达了蛇的无害，又暗示了蛇的咬人特性，产生了幽默效果。

（2）反讽现实。双关语还可以用于对现实进行反讽，通过词语的双重含义，揭示现实的矛盾和荒谬。例如，英国作家乔治·奥威尔的《1984》中，有一个名为"兄弟会"的组织，其口号是"战争即和平，自由即奴役，无知即力量"。这里的口号就运用了双关语，表面上看，它似乎表达了一种美好的理念，但实际上却是对现实政治的讽刺。战争、自由、无知这些词语在这里都失去了原本的含义，被赋予了新的意义，从而揭示了极权政治的荒谬性。

2. 讽刺的艺术运用

讽刺作为一种批判性的修辞手法，通常通过夸张、讽刺、讥讽等手法，对社会现象、人物性格或事件进行批判性描绘。讽刺在外国文学中的运用主要有以下几种形式：

（1）社会讽刺。社会讽刺是对社会现象的批判，通过夸张、讽刺等手法，揭示社会问题。例如，法国作家巴尔扎克的《人间喜剧》中，通过对各种社会现象的描绘，对当时法国社会的虚伪、堕落进行了讽刺。其中，《高老头》一篇，通过对高老头这个人物的描绘，讽刺了当时社会的金钱至上观念。

（2）人物讽刺。人物讽刺是对人物性格的批判，通过夸张、讥讽等手法，揭示人物性格的缺陷。例如，英国作家简·奥斯汀的《傲慢与偏见》中，达西先生这个人物就是一位典型的被讽刺的对象。作者通过对达西的傲慢、偏见等性格特

点的描绘，使读者对他的性格产生了批判性的认识。

（3）事件讽刺。事件讽刺是对事件本身的批判，通过夸张、讽刺等手法，揭示事件的荒谬性。例如，美国作家约瑟夫·海勒的《第二十二条军规》中，通过描述一个空军中队的故事，讽刺了战争中的荒诞性。其中，第二十二条军规规定，只有疯子才能获准免于飞行，但必须由本人提出申请；同时又规定，凡申请免飞的人，必然不是疯子。这个规定本身就具有讽刺意味，揭示了战争的荒谬性。

3. 双关语和讽刺在外国文学中的代表作品

（1）西班牙作家塞万提斯的《堂·吉诃德》是一部具有浓厚讽刺意味的作品。小说通过描绘堂·吉诃德这个理想主义者追求梦想的过程，讽刺了当时社会的虚伪和荒谬。同时，作品中也运用了大量的双关语，如堂·吉诃德将风车误认为是巨人，将酒馆当作城堡等，产生了幽默效果。

（2）俄国作家列夫·托尔斯泰的《战争与和平》是一部具有深刻讽刺意味的作品。小说通过对战争、和平、爱情等主题的描绘，讽刺了当时俄国社会的虚伪和堕落。同时，作品中也运用了双关语，如拿破仑入侵俄国时，俄国人民将其视为解放者，而实际上却是灾难的开始。

（3）英国作家乔治·奥威尔的《动物农场》是一部具有强烈讽刺意味的作品。小说通过对一个农场动物起义的故事，讽刺了苏联的社会主义革命。作品中的双关语和讽刺手法，使得这部作品具有极高的艺术价值。

双关语和讽刺在外国文学中的艺术运用，不仅丰富了作品的表现形式，也使作品更具有思辨性和启发性。通过双关语和讽刺，读者可以在轻松愉快的阅读过程中，对现实进行反思和探讨，从而更好地认识世界和人生。

三、外国诗歌中的语言节奏与韵律美

外国诗歌，作为世界文学宝库中的瑰宝，以其独特的语言节奏与韵律美，历来受到无数读者和研究者的青睐。诗歌作为一种高度凝练的语言艺术，其魅力在于诗人如何运用语言的节奏与韵律，创造出一种超越文字本身的意境和美感。本文将从外国诗歌的语言节奏与韵律美入手，探讨其在诗歌创作中的重要性与独特价值。

首先，诗歌的语言节奏是诗歌美感的基础。在外国诗歌中，节奏感的营造往往依赖于音节的排列、停顿和重音的分布。音节的长度、重音的强弱以及停顿的长短，共同构成了诗歌的节奏模式。这种节奏模式既可以是规则的，也可以是自由的。规则的节奏给人以稳定、和谐的感觉，如莎士比亚的《十四行诗》，其节奏严谨、韵律优美，给人以美的享受。而自由的节奏则给人以新颖、灵活的感觉，如惠特曼的《草叶集》，其节奏多变、自由奔放，展现了诗人对生活的独特感悟。

在音节的排列上，外国诗歌有着丰富的变化。有的诗歌采用等音节排列，使诗歌的节奏显得均匀、流畅；有的诗歌则采用不规则的音节排列，使诗歌的节奏富有变化，更具动态感。这种变化不仅体现在诗歌的行与行之间，还体现在单词与单词之间。诗人通过对音节的精心安排，使诗歌的节奏更加鲜明、生动。

其次，押韵是外国诗歌中常见的韵律手法。押韵是指诗歌中两个或多个单词的尾音相同或相近，从而产生一种和谐、悦耳的音韵效果。押韵的形式多样，有单押、双押、交叉押等。单押是指每行诗的最后一个单词押韵，如莎士比亚的《十四行诗》；双押是指每两行诗的最后一个单词押韵，如英国的民谣；交叉押则是指相邻的两行诗的最后一个单词押韵，如法国的亚历山大诗体。

押韵的运用，使诗歌的韵律感更加鲜明。在诗歌的朗读过程中，押韵的单词会产生一种回环往复的音韵效果，给人以美的享受。同时，押韵还能增强诗歌的节奏感，使诗歌的节奏更加和谐、统一。例如，雪莱的《西风颂》中，押韵的使用使得诗歌的节奏与情感相互呼应，展现了诗人对自由的渴望和对未来的憧憬。

最后，对仗也是外国诗歌中常见的韵律手法。对仗是指诗歌中两个或多个句子的结构、意义、修辞等方面相互呼应、对称。对仗的使用，使诗歌的结构更加紧凑、严谨，同时也增强了诗歌的韵律感。例如，莎士比亚的《哈姆雷特》中的对仗句，不仅展现了语言的魅力，还揭示了人物的内心世界。

在外国诗歌中，韵律美还体现在音律的运用上。音律是指诗歌中的音节、重音、停顿等元素按照一定的规律排列，形成节奏感和韵律感。音律的运用，使诗歌的节奏更加丰富、多样。如济慈的《夜莺颂》，其音律优美、节奏和谐，展现了诗人对自然和美的热爱。外国诗歌中的语言节奏与韵律美，不仅体现了诗人对语言的驾驭技巧，更展现了诗歌作为一种独特艺术形式的魅力和魄力。诗人通过对音节、押韵、对仗和音律的精心安排，使诗歌作品在朗读或阅读时产生引人入胜的节奏感。这种节奏感不仅给人以美的享受，还能激发读者的情感共鸣，引发人们对生活、自然和人生的思考。外国诗歌的语言节奏与韵律美是其独特魅力的体现，诗人通过对音节、押韵、对仗和音律的运用，创造出一种独特的音乐美感，使诗歌作品更具表现力和感染力。

四、翻译中的文学语言艺术性保持与转化

在进行文学作品翻译的过程中，保持原作的文学语言艺术性，不仅是对译者语言功底的考验，更是对其文化理解、审美感知和艺术创造力的挑战。文学翻译，作为一种跨文化的交流活动，其核心任务就是要在尊重原作的基础上，实现

语言艺术性的保持与转化。

1. 翻译中的文学语言艺术性保持

（1）保持原作的情感与意境。文学作品是作者情感与思想的载体，翻译时首先要做到的就是传达原作的情感与意境。这要求译者深入理解原作的内容和背景，把握作者的情感脉搏，从而在翻译过程中将这些情感和意境准确、生动地呈现出来。例如，在翻译诗歌时，译者需要关注诗歌的情感节奏和意境营造，通过恰当的词语和句式，使目标语言的读者能够感受到与原文相似的情感冲击和审美体验。

（2）保持原作的语言风格与独特性。每个作者都有自己独特的语言风格，这是其文学价值的重要组成部分。翻译时，译者需要在尊重原作的基础上，努力保持这种风格和独特性。这涉及对原作语言特点的深入分析，如用词习惯、句式结构、修辞手法等，然后在目标语言中寻找相应的表达方式，力求做到形神兼备。

（3）保持原作的节奏感与韵律美。节奏感和韵律美是文学作品的重要审美特征，在诗歌、戏剧等文学形式中表现尤为突出。翻译时，译者需要充分考虑原作的节奏和韵律，通过调整句式结构、使用具有相似节奏感的词语等手段，力求在目标语言中重现原作的韵律美。

2. 翻译中的文学语言艺术性转化

（1）对比不同语言和文化背景中的表达方式。不同语言和文化背景对同一意义的表达方式存在差异，这是翻译过程中艺术性转化的关键。译者需要深入比较源语言和目标语言在词汇、语法、修辞等方面的差异，寻找恰当的转化方式。例如，在翻译成语、典故等文化负载词汇时，译者需要寻找目标语言中具有相似文化内涵的词汇或表达方式，以实现艺术性的转化。

（2）创造性地运用目标语言。翻译不仅是语言的转换，更是一种创造性的活动。译者在翻译过程中，需要在尊重原作的基础上，充分发挥自己的创造力和想象力，运用目标语言的特点和优势，创造出具有艺术性的译文。这要求译者具备深厚的语言功底和文学修养，能够灵活运用各种翻译技巧，如意译、归化、增删等。

（3）实现艺术性的传承与转化。翻译的最终目标是实现原作艺术性的传承与转化，让目标语言的读者能够体验到与原文相似的艺术魅力。这需要译者在翻译过程中，既要忠实于原作，又要充分发挥自己的主观能动性，创造出既符合目标语言文化背景，又能传达原作艺术价值的译文。

3. 翻译实践案例分析

以《傲慢与偏见》为例，这部作品的语言艺术性卓越，其中的对话、描写、幽默与讽刺等都是其艺术价值的重要组成部分。在翻译过程中，译者需要深入分析原作的语言特色，寻找合适的翻译策略。

翻译《傲慢与偏见》中的对话时，译者可以采用直译和归化的方法，尽量保留原作中的语言风格和人物性格。例如，在翻译对话中的幽默与讽刺元素时，译者需要寻找目标语言中具有相似效果的词汇和表达方式，以传达原作的幽默感和讽刺意味。

对于作品中的描写部分，译者可以采用以下策略：

（1）意译：将原作中的视觉、听觉、触觉等感官描写，转化为目标语言中读者能够产生相同感受的表达方式，以保持原作的意境和情感。

（2）保留原文：在必要时，可以保留原文中的某些词汇或句子，通过注释或加注解的方式，帮助读者理解原文的语境和意义。

对于成语和典故等文化负载词汇，译者可以采取以下方法：

（1）注释：对于目标语言中不存在对应词汇的成语或典故，译者可以在正文旁边或脚注中添加注释，解释其文化内涵。

（2）增补背景信息：在翻译过程中，译者可以在适当的位置添加背景信息，帮助读者理解原文中的文化背景。

在进行外国文学作品的翻译过程中，保持和转化原作的文学语言艺术性同样是一项艰巨而充满挑战的任务。译者需要具备深厚的语言功底、文学修养和跨文化交际能力，通过巧妙选择词语、灵活运用句式结构以及保持原作的节奏感和韵律美，实现原作艺术性的传承与转化。只有这样，外国文学作品才能跨越语言的障碍，展现出其永恒的艺术魅力。

第四章　现代主义文学运动

第一节　现代主义文学的起源与发展

现代主义文学运动，作为 20 世纪文学的核心潮流之一，标志着西方文学艺术由传统模式向全新的艺术表现形式的转型。这一运动不仅深刻影响了文学的创作方式，也对社会文化、哲学思潮以及历史观念产生了深远的影响。现代主义文学运动的起源和发展，受到时代背景、科技进步、哲学思潮以及社会动荡等多方面因素的影响。它不仅是对 19 世纪晚期文学传统的反叛，也是一种对现代生活方式和思维方式的反映。现代主义文学不仅是对艺术形式的创新，更是对人类存在、社会变革及个人内心世界的一次深刻探讨。

一、现代主义文学的起源

现代主义文学的起源，可以追溯到 19 世纪末期，尤其是工业革命、科技进步以及社会变革引发的文化思潮的变动。19 世纪末期，欧洲社会经历了剧烈的变革。随着资本主义的迅速发展，传统的社会结构、家庭观念和道德标准遭遇了严峻的挑战，新的思想观念开始涌现。在此背景下，现代主义文学运动逐渐形成，成为对这一系列社会变革的文化回应。

19 世纪的现代主义文学，尽管试图精确描绘社会的真实面貌，但仍然依赖于传统的艺术形式与叙事结构，强调文学作品的外在表现和社会功能。进入 20 世纪后，随着工业化和城市化的推进，人们的生活方式和价值观念发生了根本性的转变。传统的道德观、宗教信仰以及人类认知的框架开始崩解，个体的孤独感、疏离感与内心的混乱成为现代生活的一部分。在这一历史背景下，文学不再满足于单纯对外部世界的描写，作家们开始探索更为复杂的个体心理和内心冲突，并通过全新的艺术表现方式，反映社会的断裂和个人的孤立。现代主义的起源还与当时哲学和艺术思潮的变革密切相关。弗里德里希·尼采、弗洛伊德、马克思等思想家的出现，打破了人类理性和传统道德观的神圣地位。尤其是尼采提

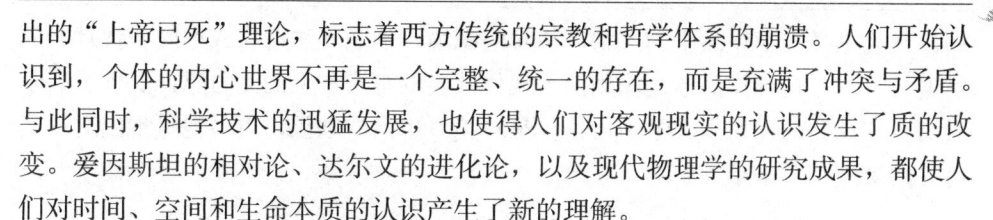

出的"上帝已死"理论，标志着西方传统的宗教和哲学体系的崩溃。人们开始认识到，个体的内心世界不再是一个完整、统一的存在，而是充满了冲突与矛盾。与此同时，科学技术的迅猛发展，也使得人们对客观现实的认识发生了质的改变。爱因斯坦的相对论、达尔文的进化论，以及现代物理学的研究成果，都使人们对时间、空间和生命本质的认识产生了新的理解。

在这种哲学和社会变革的驱动下，现代主义文学应运而生。作家们纷纷跳出传统的叙事模式，探索多样化的艺术表现形式。语言不再仅仅是传递故事的工具，而成为表达思想、情感和意识的载体。文学作品中的人物不再是清晰、稳定的个体，而是充满了复杂性、矛盾和不确定性。现代主义文学通过对传统文学形式的解构，标志着文学艺术的一次历史性转折。

二、现代主义文学的主要特征

现代主义文学的第一个特征是对传统叙事结构和语言形式的创新。在 19 世纪的文学中，叙事结构大多遵循线性的时间发展模式，故事情节具有明显的起伏和高潮，而语言则相对直白，旨在清晰地传达作者的思想。现代主义文学则对这一模式进行了彻底的突破。作家们往往通过非线性叙事、碎片化的结构以及多视角的展示，表现出个体内心世界的混乱和复杂。传统的叙事顺序被打破，时间和空间的界限变得模糊不清，作品中的人物也不再是线性发展的，而是呈现出更为复杂和多变的状态。

现代文学的第二个特征是对个体心理和内心世界的深刻探索。现代主义作家更加注重人物内心的表现，通过意识流、内心独白等方式，展现人物的思维过程、情感波动以及潜意识的作用。与 19 世纪现实主义文学中的外部描写不同，现代主义文学更多地关注个体内心的冲突和复杂性。作家通过对人物内心世界的深入挖掘，反映了现代生活中人类精神的碎片化和疏离感。这一特征尤为显著地体现在一些经典作品中，人物的心理活动成为故事的主旋律，外部事件则是内心世界的反射。

现代主义文学的第三个特征是对语言的极度关注和实验性。现代主义作家认为，语言不仅是传达信息的工具，其本身也是思想和情感的载体。作家们通过打破传统的语言规范，创造出具有创新性和艺术性的表达方式。在这一过程中，语言的符号性和多义性被充分发掘，语言的节奏、音韵、语法等元素成为构建作品艺术性的重要工具。许多现代主义作品中，语言的使用不仅具有表面意义，还常常通过隐喻、象征和夸张等手法，传达出更深层次的思想与情感。此外，现代主义文学的另一个重要特征是对社会现象的批判与对历史的反思。作家们通过对社会动荡、政治腐化、战争暴行以及人类命运的描写，表达了对现代社会的深刻不满。现代主义文学作品中的人物往往身陷困境，他们无法适应或逃脱现代社会的压迫与不公。这种作品通过深刻揭示现代社会的荒谬和人的无力感，展现了文学对历史和社会的反思。文学不再仅仅是对美好生活的歌颂，更多地呈现出对现实世界的批判和对未来的警醒。

三、现代主义文学的影响与扩展

现代主义文学的影响并不局限于文学领域，它对其他艺术形式、哲学思潮以及社会文化都产生了深远的影响。作为文学史上最重要的运动之一，现代主义推动了艺术创作形式的多元化和思想表达的深刻性。在文学领域，现代主义不仅影响了20世纪的小说、诗歌和戏剧，也对后来的各种文学流派和艺术运动产生了重要影响。它为现代诗歌的自由形式、现代小说的实验性结构以及现代戏剧的非传统表现提供了理论基础。

现代主义文学的影响还渗透到电影、绘画、音乐等其他艺术形式。电影在现代主义文学的影响下，逐渐发展出了更加复杂和多元的叙事结构，导演们开始借鉴现代主义文学中的非线性叙事和内心世界的表现方法，推动了电影艺术的创新。绘画和音乐则通过现代主义文学的影响，打破了传统艺术形式的束缚，探索出更加抽象和象征性的表现手法。电影和绘画中的蒙太奇手法、表现主义风格等，都是现代主义文学思潮对其他艺术形式的影响结果。在哲学上，现代主义也与存在主义、荒诞主义等思潮有着密切的联系。这些哲学思潮强调个体的孤独、无意义和生命的荒谬感，反映了现代社会中人们对自我存在和社会现实的深刻怀疑。现代主义文学通过对个体内心世界的关注和对社会现实的批判，促进了这些哲学思潮的流行，并在文学作品中表现出哲学思想与艺术创作的融合。

现代主义文学的影响不仅体现在艺术和思想层面，它对20世纪的文化和社会变革也起到了推动作用。现代主义文学反映了现代人对传统社会秩序、道德规范、哲学观念的挑战，表达了个体在现代社会中的孤独与无力感。这种批判和反思不仅影响了艺术家和作家的创作，也影响了公众对现代社会的理解和接受。现代主义文学推动了人们对个体自由、社会公正和人性意义的深刻思考，并成为20世纪最具影响力的思想潮流之一。

尽管现代主义文学在20世纪初期取得了巨大成功，并且深刻影响了西方文学和艺术，但随着时间的推移，现代主义文学逐渐面临着困境和衰退。现代主义文学的过度形式化、极端个性化和语言实验使得它在某些时候陷入了与大众的疏离。许多现代主义作品的晦涩难懂，使得读者难以与作品产生情感共鸣，限制了它的广泛传播。特别是"二战"后，社会变革与文化多元化的趋势使得现代主义文学的经典形式开始遭遇挑战。随着后现代主义的崛起，现代主义的某些局限性被重新审视。后现代主义文学反对现代主义文学的过度形式化与自闭性,倡导更为开放、多元和互动的艺术形式。后现代主义文学在继承现代主义文学的批判精神的同时,更加强调文化的多样性与语言的可变性,追求艺术表达的自由性与非中心性。这一转变使得现代主义文学的影响力逐渐减弱,但它对文学的贡献仍然不可忽视。许多后来的文学创作仍然在现代主义文学的基础上发展,现代主义文学所开辟的艺术表达方式和思想观念继续影响着当代文学创作的方向。

第二节 现代主义文学的主要特征

一、形式上的创新

1. 形式上的创新与实验性

在现代主义文学的广阔领域中,形式上的创新与实验性无疑是最引人注目的特征之一。这一文学运动,以其独特的审美追求和创作理念,挑战了传统文学的边界,开启了一场文学革新的盛宴。现代主义文学的形式创新,首先体现在对传统文学形式的挑战上。长期以来,文学创作遵循着一定的规范和模式,如线性叙事、明确的人物形象、完整的情节结构等。然而,现代主义作家们却不愿受制于这些传统束缚,他们大胆地尝试各种新颖的写作技巧和结构形式,以寻求文学的突破和发展。

在叙事方面,现代主义文学打破了传统的线性叙事模式,采用了跳跃式、片段化的叙事结构。这种叙事方式使得文本呈现出一种非线性、非连续性的特征,读者在阅读过程中需要自行拼接和解读故事情节。如詹姆斯·乔伊斯的《尤利西斯》,通过复杂的叙事技巧和意识流手法,展现了主人公一天之内的心路历程,使读者在阅读中体验到了一种全新的时间和空间感受。

在语言方面,现代主义文学也进行了大胆的实验。作家们不再追求语言的优美和规范,而是注重语言的创新和突破。他们运用隐喻、象征、暗示等手法,使语言具有了丰富的内涵和层次感。如弗吉尼亚·伍尔夫的《到灯塔去》,通过细腻的心理描写和象征手法,展现了人物内心世界的复杂和多样性。

在结构方面,现代主义文学同样表现出强烈的实验性。作家们不再遵循传统的情节结构,而是采用断裂、重叠、并行等手法,使文本结构呈现出一种开放性、多义性的特征。如威廉·福克纳的《喧哗与骚动》,通过四个不同视角的叙述,展现了家族命运的沉浮,使读者在阅读中不断反思和重构故事情节。现代主义文学的实验性,不仅体现在形式上的创新,还体现在对人类内心世界的深入挖掘。作家们通过意识流、内心独白等心理描写技巧,将人物内心的复杂情感和思维过程呈现在读者面前。如马塞尔·普鲁斯特的《追忆似水年华》，通过对主人公内心世界的深入挖掘，展现了人类记忆的奥秘和生命的意义。

2. 形式创新的意义和价值

现代主义文学的形式创新，对于文学的发展具有重要的意义和价值。首先，它丰富了文学的表现手法和艺术形式，为文学创作提供了更多的可能性。通过跳跃式叙事、意识流、象征等手法，现代主义文学展现出了前所未有的创作活力和实验精神，使得文学在形式上更加丰富多彩。其次，现代主义文学的形式创新，使得文学作品具有了更强的表现力和感染力。通过对传统文学形式的突破，现代主义文学更加贴近人类的内心世界，展现了人性的复杂和多样性。这使得读者在阅读过程中能够更好地体验到作品的情感和思想内涵。最后，现代主义文学的形式创新，也推动了文学理论的发展。现代主义文学的出现，引发了文学批评和理论界的广泛关注。学者们对现代主义文学的形式特征、创作手法、审美价值等方面进行了深入的研究和探讨，推动了文学理论的繁荣和发展。

3. 形式创新与实验性的影响

现代主义文学的形式创新与实验性，对后世文学创作产生了深远的影响。一方面，它激发了作家们的创作热情，使得他们在文学创作中更加注重形式的创新和实验。许多后现代主义作家，如唐·德里罗、托马斯·品钦等，都在作品中运用了现代主义文学的写作技巧和结构形式，展现了独特的艺术风格。另一方面，现代主义文学的形式创新，也引发了文学界的争议和反思。一些批评家认为，现代主义文学的实验性过于追求形式，而忽略了内容的重要性。他们认为，文学创作应当回归传统，注重人物塑造、情节安排等方面，以更好地传达作品的主题和情感。

然而，不可否认的是，现代主义文学的形式创新与实验性，为文学创作注入了新的活力和可能性。它不仅丰富了文学的表现手法，还推动了文学理论的发展，对后世文学产生了深远的影响。通过对叙事、语言和结构的大胆突破，现代主义文学展现出了前所未有的创作活力和实验精神。这种形式上的创新，不仅挑战了传统文学的叙事模式，更为文学创作注入了新的活力和可能性。

二、主题内容的深层探讨

在现代文学的发展历程中，现代主义文学以其独特的艺术风格和深刻的思想内涵，成为一股不可忽视的力量。与传统文学相比，现代主义文学在主题内容上具有明显的深层探讨特点，这种特点不仅体现了作家们对人类内心世界的深入挖掘，也反映了他们对人类存在状态的深刻反思。

1. 现代主义文学关注人类内心世界的复杂性和多样性

现代主义文学作家们试图通过作品展现出人类内心深处的复杂情感和思想。

他们认为，人的内心世界并非单一和简单，而是充满了矛盾、冲突和多样性。这种复杂性主要体现在以下几个方面：

（1）精神层面的矛盾与冲突。在现代主义文学作品中，人物的精神世界常常充满了矛盾和冲突。这些矛盾和冲突既来自于外部环境对个体的压迫，也来自于个体内心的挣扎。例如，弗吉尼亚·伍尔夫的《到灯塔去》中，拉姆齐夫人一方面渴望家庭的和谐与幸福，另一方面又无法摆脱内心的孤独和焦虑。这种精神层面的矛盾和冲突使得人物形象更加立体，也使得作品具有了更深刻的内涵。

（2）情感层面的复杂性。现代主义文学作品中的情感描写往往具有复杂性。作家们不再满足于传统的情感表达方式，而是试图挖掘情感背后的深层原因。例如，詹姆斯·乔伊斯的《尤利西斯》中，主人公布鲁姆对妻子的爱意和思念之情充满了曲折和变化。这种情感层面的复杂性使得作品具有了更加丰富的情感色彩。

（3）思想层面的多样性。现代主义文学作品中的思想内涵丰富多样。作家们从不同的角度对人类存在、生命意义、道德伦理等问题进行了深入的思考。例如，卡夫卡的《变形记》中，主人公格里高尔·萨姆沙的变形不仅揭示了他个体的悲剧，也反映了当时社会的道德沦丧和人性的扭曲。

2. 现代主义文学探讨人类存在的意义、孤独、焦虑、自我意识等深刻议题现代主义文学作品在探讨人类内心世界的同时，还深入挖掘了人类存在的意义、孤独、焦虑、自我意识等深刻议题。

（1）人类存在的意义。现代主义文学作家们关注人类存在的意义，试图从哲学、宗教、心理学等多个角度对这一问题进行探讨。例如，萨特的《存在与虚无》中，他通过对存在主义的阐述，探讨了人类存在的意义和价值。

（2）孤独与焦虑。孤独和焦虑是现代主义文学作品中常见的主题。作家们通过描绘人物的孤独和焦虑，反映了现代社会中个体在面对外部世界时的无力和恐慌。例如，加西亚·马尔克斯的《百年孤独》中，布恩迪亚家族成员们的孤独和焦虑体现了人类在面对命运时的无奈。

（3）自我意识。现代主义文学作品中，自我意识成为一个重要的主题。作家们关注个体在现代社会中的自我认知和自我价值，试图从个体内心世界的冲突中寻找自我意识的根源。例如，普鲁斯特的《追忆似水年华》中，主人公的回忆和自我反思展现了他对自我意识的探索。

3. 现代主义文学的深层探讨对读者的启示

现代主义文学的深层探讨不仅使得文学作品具有了思想性和哲学性，还对读者产生了深刻的启示。

（1）深入思考人生意义。现代主义文学作品引导读者深入思考人生的意义和价值，使读者在阅读过程中对自身的生活和价值观进行反思。

（2）关注个体内心世界。现代主义文学作品关注个体内心世界的复杂性和多样性，提醒读者在关注外部世界的同时，不要忽视内心的声音。

（3）增强自我意识。现代主义文学作品通过对自我意识的探讨，帮助读者认识自我，增强自我意识，从而更好地面对生活中的挑战。

（4）提高审美能力。现代主义文学作品的独特艺术风格和深刻内涵，有助于提高读者的审美能力，使读者在欣赏文学作品的过程中获得更高的审美享受。现代主义文学在主题内容上的深层探讨，使得它成为一股具有思想性和哲学性的文学流派。它引导读者深入思考人类内心世界和存在状态，对现代社会产生了深远的影响。

三、时间与空间观的变革

在现代文学的发展历程中，时间与空间观的变革无疑是一个极为重要的特征。这一变革不仅体现在现代主义文学的作品中，而且深刻地影响了文学创作的整体趋势，使得文学的艺术表现形式更加丰富多彩。

1. 时间观的变革

在传统文学中，时间观念往往是线性的，故事情节按照时间顺序逐步展开，这种叙事方式符合人们日常生活中的时间感知。然而，现代主义文学却打破了这一传统，将时间视为一个可以折叠、扭曲、交错的非线性存在。

首先，现代主义文学通过闪回和倒叙等手法，使得时间在作品中呈现出跳跃性的特点。这种手法使得读者在阅读过程中，不再是被动的接受者，而是需要主动去拼接、解读故事情节。例如，弗吉尼亚·伍尔夫的《到灯塔去》中，就大量运用了闪回手法，让人物内心深处的回忆与现实相互交织，展现了人物复杂的心理状态。

其次，现代主义文学中的时间观念还具有伸缩性。作者可以根据需要，将时间无限放大或缩小，使得故事情节在时间维度上呈现出极大的弹性。如詹姆斯·乔伊斯的《尤利西斯》，将一天的时间切割成无数个碎片，通过不同的视角展现了人物的生活和心理状态。

2. 空间观的变革

与时间观的变革相伴随的，是现代主义文学对空间观的颠覆性创新。在传统文学中，空间往往是单一的、具体的，如一个房间、一座城市等。而在现代主义文学中，空间变得多元、复杂，不再局限于现实世界的某个具体地点。

首先，现代主义文学通过跨越时空的手法，将不同时间、不同地点的元素融合在一起，创造出独特的空间结构。如托马斯·曼的《魔山》，将主人公的内心世界与现实世界相互交织，展现了主人公的精神成长历程。

其次，现代主义文学对虚构现实的空间进行了深入探索。作者不再满足于对现实世界的简单复制，而是通过虚构的空间，表达对现实世界的反思和批判。如卡夫卡的《城堡》，通过描绘一个神秘、荒诞的城堡世界，反映了主人公对现实世界的困惑和挣扎。

3. 时间与空间观变革的意义

现代主义文学对时间与空间观念的变革，具有深远的意义。首先，这种变革使得文学创作具有更大的自由度。作者可以根据需要，灵活运用时间与空间的手法，创造出独特的艺术效果。这种自由度使得文学创作更加丰富多彩，满足了不同读者的审美需求。其次，这种变革有助于深刻揭示人物内心世界。通过非线性时间的展现，人物的心理状态得以多层次、多角度地呈现，使得读者更容易理解人物的复杂情感。同时，虚构的空间也为人物提供了更广阔的舞台，使得人物性格更加鲜明、立体。最后，这种变革反映了现代社会人们对时间与空间的认知。在科技高速发展的今天，人们的生活节奏加快，时间观念发生了很大变化。现代主义文学通过反映这种变化，使得文学作品更具时代感，与读者的生活体验产生共鸣。现代主义文学在时间与空间观方面展现出的独特变革，使得文学创作走向了全新的境界。这种变革不仅丰富了文学的表现手法，而且深刻地影响了人们对时间与空间的认知。

四、语言的碎片化与象征运用

现代主义文学运动，作为20世纪文学领域的一次重大变革，以其独特的艺术手法和审美理念，深刻地影响了世界文学的发展。在这次文学变革中，语言的碎片化与象征运用成为其最为显著的特征之一。这不仅体现了现代主义作家对传统文学的挑战和突破，也展示了他们对文学语言和表达方式的深入探索。

1. 语言的碎片化：打破传统叙事

逻辑语言的碎片化，是指现代主义文学作品中，语言不再遵循传统的线性叙事逻辑，而是呈现出断裂、碎片化的状态。这种处理方式使得文本具有一种特殊的节奏和韵律，使得读者在阅读过程中产生一种新的审美体验。

（1）碎片化语言的来源。现代主义作家之所以采用碎片化语言，源于他们对现实世界的深刻感受。他们认为，现实世界是复杂、多元、充满矛盾的，传统的叙事逻辑无法完整地表达这种现实。因此，他们选择打破传统的叙事框架，用碎片化的语言来呈现世界的真实面貌。

（2）碎片化语言的表现形式。现代主义文学作品中的碎片化语言，主要表现在以下几个方面：

①句子的断裂与拼接：作家们将句子切割成若干部分，然后再以不同的方式

拼接起来，形成一种新的语言形态。这种断裂与拼接，使得文本具有一种独特的节奏感和空间感。

②词汇的混用与重组：现代主义作家在创作中，常常将不同领域的词汇混合使用，甚至创造出一些新的词汇。这种混用与重组，使得文本具有一种陌生化的效果，激发读者的好奇心和探索欲。

③语法的不规范与变异：现代主义作家对传统语法规则进行了大胆的突破，采用不规范、变异的语法形式，以表达更加丰富的情感和思想。

2. 象征运用：隐喻与抒发情感、思想或主题

象征主义手法是现代主义文学中的一种重要表现手法。现代主义作家通过象征符号的运用，来隐喻和抒发作品中的情感、思想或主题。这种象征运用，使得文学作品具有更加丰富的内涵和层次。

（1）象征符号的选取。现代主义作家在创作中，选取象征符号往往具有以下特点：

①普遍性：象征符号应具有普遍性，能够被广大读者所理解和接受。

②独特性：象征符号应具有独特性，能够突出作品的主题和情感。

③隐喻性：象征符号应具有隐喻性，能够暗示和表达作品深层的意义。

（2）象征符号的运用。现代主义文学作品中，象征符号的运用主要体现在以下几个方面：

①直接象征：作家直接运用象征符号，使其具有特定的意义。如用太阳象征光明、用黑夜象征黑暗等。

②间接象征：作家通过暗示、联想等手法，使象征符号与作品中的情感、思想或主题产生联系。

③复合象征：作家将多个象征符号组合在一起，形成一种更加丰富、立体的象征体系。

3. 语言的碎片化与象征运用的巧妙结合

现代主义文学作品之所以具有独特的艺术魅力，很大程度上得益于语言的碎片化与象征运用的巧妙结合。这种结合，使得文学作品在形式和内容上都具有丰富的内涵和层次。

（1）碎片化语言与象征符号的互动。在现代主义文学作品中，碎片化语言与象征符号相互交织，形成一种独特的互动关系。一方面，碎片化语言为象征符号的运用提供了更多的可能性；另一方面，象征符号的运用，使得碎片化语言具有更加丰富的内涵。

（2）碎片化语言与象征运用的审美效果。语言的碎片化与象征运用的结合，使得现代主义文学作品具有以下审美效果：

①陌生化：碎片化语言和象征符号的运用，使得文本具有一种陌生化的效果，引发读者的好奇心和探索欲。

②多义性：象征符号的运用，使得文本具有多义性，为读者提供了更多的解读可能性。

③深度感：语言的碎片化与象征运用的结合，使得文本具有一种深度感，引导读者深入思考作品的主题和情感。

通过对语言的碎片化与象征运用的巧妙结合，现代主义文学作品展现出独特的艺术魅力，引领着文学创作的新潮流。这种艺术手法和审美理念，不仅为文学创作提供了新的可能性，也为我们理解世界、认识人生提供了新的视角。

第三节　现代主义文学的叙事技巧

一、意识流技巧的运用

意识流技巧作为一种现代主义文学的独特叙事手法，自 20 世纪初以来，便被广泛运用于小说、诗歌、戏剧等多种文学形式中。这种技巧的核心在于模拟人类意识的流动，通过描绘人物内心的思绪、情感和回忆，呈现出一种混乱、不连贯、跳跃的故事情节。在意识流技巧的运用下，文学作品更具现实主义色彩和情感共鸣，为读者带来一种全新的阅读体验。

意识流技巧的运用，首先体现在对人物内心世界的深入挖掘。在传统叙事中，人物的内心活动往往被简化或省略，而在意识流技巧的运用下，作家可以淋漓尽致地展现人物复杂的心理状态。例如，在詹姆斯·乔伊斯的小说《尤利西斯》中，主人公利奥波德·布鲁姆的内心独白贯穿全书，读者可以清晰地感受到他在某一时刻的所思所想。这种对人物内心活动的详细描绘，使作品具有更强的现实主义特征，也让读者更容易产生情感共鸣。

其次，意识流技巧打破了传统叙事结构的限制，为作品带来了现代感和独特性。在传统叙事中，故事情节往往按照时间顺序展开，而在意识流技巧的运用下，时间顺序可以被颠倒、跳跃，甚至重叠。这种叙事方式使得作品更具现代性，也使得读者在阅读过程中需要更加投入地思考、解读。例如，弗朗西斯·斯科特·菲茨杰拉德的《了不起的盖茨比》中，通过尼克·卡拉威的内心独白，将故事的过去、现在和未来相互交织，呈现出一种独特的叙事结构。

最后，意识流技巧的运用还可以强化作品的主题和情感表达。在意识流技巧的帮助下，作家可以更加深入地探讨人物的心理状态，从而揭示出作品所要表达的主题。例如，在玛格丽特·杜拉斯的《情人》中，主人公的内心独白揭示了她对爱情、欲望和生活的复杂态度，使得作品的主题更加深刻。同时，意识流技巧还可以增强作品的情感表达，让读者在阅读过程中感受到人物内心的挣扎、痛苦和喜悦。

在现代主义文学中，意识流技巧的运用具有以下几个特点：

（1）内心独白的广泛应用。内心独白是意识流技巧的核心，它使得人物内心的思绪、情感和回忆得以淋漓尽致地展现。在内心独白中，人物的心理活动不再受限于语言的规范，呈现出一种自然、真实的流动状态。

（2）叙事结构的跳跃性。意识流技巧的运用使得叙事结构不再受限于时间顺序，而是可以按照人物内心的流动进行跳跃。这种叙事方式使得作品具有一种独特的节奏和韵律，增加了阅读的趣味性。

（3）语言和句式的创新。在意识流技巧的运用中，作家往往采用一种新颖、独特的语言和句式，以表现人物内心的复杂和混乱。这种创新的语言和句式，使得作品更具现代感和艺术性。

（4）情感共鸣的强化。意识流技巧的运用，使得人物内心的情感得以充分展现，从而增强了作品的情感共鸣。读者在阅读过程中，可以更加深入地理解人物的心理状态，产生强烈的情感共鸣。

意识流技巧的运用不仅丰富了文学的表现手法，还拓展了文学的情感深度和思考空间。在未来的文学创作中，意识流技巧将继续发挥其独特的魅力，引领读者进入一个充满挑战和思考的阅读体验。

以下是关于意识流技巧在现代主义文学中的一些具体运用案例：

（1）弗吉尼亚·伍尔夫的《到灯塔去》。这部小说以主人公拉姆齐夫人的内心独白为主线，展现了她在家庭、婚姻、爱情和艺术等方面的思考。作品通过意识流技巧的运用，揭示了拉姆齐夫人复杂的内心世界，展现了女性在现代社会中的困境和挣扎。

（2）威廉·福克纳的《喧哗与骚动》。这部小说以班吉、昆丁和杰生三个兄弟的内心独白为叙事主线，展现了南方家族的衰落和个人的悲剧。作品通过意识流技巧的运用，使得读者可以深入地了解每个角色的心理状态，感受到他们内心的痛苦和挣扎。

（3）詹姆斯·乔伊斯的《尤利西斯》。这部小说被誉为意识流技巧的代表作，通过主人公利奥波德·布鲁姆的内心独白，展现了他在都柏林的一天中所经历的种种事情。作品以独特的叙事方式和语言风格，揭示了人物内心的复杂和混乱。

（4）玛格丽特·杜拉斯的《情人》。这部小说以主人公的内心独白为主线，展现了她在爱情、欲望和生活中的挣扎。作品通过意识流技巧的运用，使得读者可以深入地了解主人公的心理状态，感受到她内心的喜悦、痛苦和无奈。

这些作品都是意识流技巧在现代主义文学中的经典之作，它们通过独特的叙事手法和情感表达，为读者带来了丰富的阅读体验。在未来，意识流技巧将继续在文学创作中发挥重要作用，为文学的发展注入新的活力。

二、多视角叙事的出现

在现代主义文学的广阔天地中，多视角叙事的涌现无疑是一股强劲的文学风潮。这种叙事方式以其独特的魅力，突破了传统叙事的单一线索，为读者呈现出一幅丰富多彩的文学画卷。

多视角叙事的出现在现代主义文学中，是一种勇敢的尝试和重要的突破。在传统叙事中，故事往往沿着一条主线展开，人物的心理活动和视角受到限制，难以展现复杂的人性和事件的全貌。而多视角叙事则打破了这一局限，它允许作家从不同人物的视角出发，描绘出故事的多面性和复杂性。这种叙事方式的出现，标志着现代主义文学在叙事技巧上的重大进步。

通过多视角叙事，作家能够深入探讨人物的内心世界。每个角色都有其独特的经历、性格和价值观，这些因素共同塑造了他们的视角和心理活动。在多视角叙事中，作家可以充分展示人物的性格特点、情感变化和思想冲突，使读者能够更加深入地理解人物的行为和动机。例如，在弗吉尼亚·伍尔夫的《到灯塔去》中，作者通过不同人物的内心独白，展现了他们对于家庭、爱情和艺术的看法，使得这部作品具有了深刻的内涵和丰富的层次感。

此外，多视角叙事还能够呈现出事件的多重解读和复杂性。在现实生活中，同一个事件往往有不同的见证者和参与者，每个人对事件的看法和解释都有所不同。多视角叙事正是利用了这一特点，通过不同人物的视角，来展现事件的全貌和多样性。这种叙事方式使得故事更加立体，读者可以从不同的角度去理解和思考，从而增加了阅读的趣味性和思考的空间。

在多视角叙事中，作家还可以通过对比和对照，突出人物之间的性格差异和情感冲突。例如，在村上春树的《挪威的森林》中，主人公渡边与直子、绿子之间的感情纠葛，就是通过多视角叙事来展现的。通过不同人物的内心独白和视角，读者可以清晰地看到渡边对于爱情、生活和死亡的迷茫与挣扎，以及直子与绿子各自不同的性格特点和情感需求。

多视角叙事的出现，不仅丰富了现代主义文学的叙事形式，也为作家提供了更多表达和探索的可能性。

1. 叙事结构的多样化

多视角叙事使得叙事结构变得更加多样化。作家可以根据故事的需要，灵活采用不同的叙事视角和叙事线索,从而创造出独特的叙事结构。这种结构上的创新,不仅增强了故事的吸引力,也让读者在阅读过程中能够获得更加丰富的体验。

2. 人物塑造的深化

通过多视角叙事,作家可以更深入地塑造人物形象。每个角色都有其独特的视角和心理活动,这些特点在多视角叙事中得到了充分展现。这种叙事方式使得人物形象更加立体、性格更加鲜明,从而增强了故事的感染力和真实性。

3. 主题表达的丰富

多视角叙事为作家提供了更加丰富的主题表达空间。通过对不同人物的视角和心理活动的描绘,作家可以探讨更加广泛和深刻的社会、人性、哲学等主题。这种叙事方式使得文学作品具有了更加丰富的内涵和更高的艺术价值。

4. 阅读体验的拓展

多视角叙事为读者带来了全新的阅读体验。在阅读过程中,读者需要不断地切换视角,跟随不同的人物去理解和感受故事。这种阅读体验不仅增加了阅读的趣味性,也使得读者在阅读过程中得到了思考和启示。

5. 文化交流的桥梁

多视角叙事作为一种国际化的叙事方式,为不同文化背景的读者提供了交流和理解的机会。通过对不同文化背景的人物进行描绘,作家可以展现出不同文化的特点和魅力,从而促进文化交流和理解。

在多视角叙事的发展过程中,一些优秀的现代主义文学作品为我们提供了丰富的借鉴和启示。以下是一些具有代表性的作品:

(1)弗吉尼亚·伍尔夫的《到灯塔去》。这部作品通过描绘不同人物的心理活动和视角,展现了家庭、爱情和艺术等主题。伍尔夫巧妙地运用多视角叙事,使得这部作品具有了深刻的内涵和丰富的层次感。

(2)村上春树的《挪威的森林》。通过主人公渡边以及直子、绿子等人物的内心独白和视角,展现了青春期的迷茫、爱情、死亡等主题。这部作品的多视角叙事手法,使得读者能够深入地理解人物的内心世界。

(3)加西亚·马尔克斯的《百年孤独》。这部作品通过描绘布恩迪亚家族成员的视角,展现了拉丁美洲的历史、文化和社会现实。马尔克斯运用多视角叙事,使得这部作品具有了魔幻现实主义的魅力。

多视角叙事在现代主义文学中的出现,为文学创作带来了全新的视角和可能性。它不仅丰富了叙事形式,也使得文学作品具有了更高的艺术价值和思考空间。

三、非线性叙事结构的探索

叙事结构的变革一直是作家和理论家关注的焦点，现代主义文学作为 20 世纪初的一场文学革命，以其独特的叙事技巧和思维方式，挑战了传统的叙事模式，尤其是在叙事结构上，非线性叙事结构的探索成为一种标志性的尝试。这种叙事结构不仅打破了时间线性，更令读者的阅读体验有了全新的感受。

1. 非线性叙事结构的定义与特点

非线性叙事结构，指的是在叙事过程中，叙述者不按照时间顺序来展开故事，而是通过跳跃式、片段化的叙述方式，将故事的各个部分交织在一起。这种叙事结构的特点在于，它不再遵循传统的因果律，而是强调时间和空间的交错、人物内心的复杂变化以及故事情节的多维展开。

2. 非线性叙事结构的起源与发展

非线性叙事结构的起源可以追溯到 19 世纪末的欧洲文学，但真正成熟和发展则是在 20 世纪的现代主义文学中。在这一时期，作家们开始尝试用更为复杂和多元的方式来表现现实世界和人类心理。例如，詹姆斯·乔伊斯的《尤利西斯》和弗吉尼亚·伍尔夫的《到灯塔去》都是非线性叙事结构的经典之作。

乔伊斯的《尤利西斯》通过一天之内的时间切片，展现了主人公利奥波德·布卢姆的内心世界。这部作品打破了传统的叙事框架，将时间、空间和人物心理交织在一起，形成了一种复杂的叙事结构。而伍尔夫的《到灯塔去》则通过多个视角的切换，展现了人物内心的微妙变化，使得故事情节呈现出多维的层次感。

3. 非线性叙事结构的探索与实践

非线性叙事结构的探索不仅体现在时间上的跳跃，还表现在空间上的交错和人物心理的深入挖掘。

（1）时间上的跳跃。非线性叙事结构在时间上的跳跃，使得读者无法按照传统的因果顺序来理解故事。这种跳跃式的叙述方式，使得故事情节在时间上呈现出一种错综复杂的形态。例如，马塞尔·普鲁斯特的《追忆似水年华》就是一部典型的非线性叙事作品。作者通过主人公的回忆，将过去和现在交织在一起，形成一种独特的叙事结构。

（2）空间上的交错。非线性叙事结构在空间上的交错，使得故事情节在空间上呈现出一种立体感。这种叙事方式往往通过多个场景的切换，将不同的空间元素融合在一起，为读者呈现出一个更为丰富和多元的故事世界。例如，阿尔贝·加缪的《局外人》就是一部空间交错的非线性叙事作品。小说通过主人公在不同场景中的行为和内心独白，展现了他对生活的冷漠态度。

(3) 人物心理的深入挖掘。非线性叙事结构在人物心理上的深入挖掘，使得故事情节在心理层面上呈现出一种复杂性。这种叙事方式往往通过人物内心的矛盾冲突和情感变化，来展现人物的性格和命运。例如，弗朗茨·卡夫卡的《变形记》就是一部深入挖掘人物心理的非线性叙事作品。小说通过主人公变成甲虫的过程，展现了他内心的恐惧、孤独和绝望。

4.非线性叙事结构的价值与意义

非线性叙事结构的探索，为现代主义文学注入了新的活力，具有重要的价值和意义。

（1）挑战传统叙事模式。非线性叙事结构打破了传统的时间线性，为文学创作提供了更多的可能性。这种叙事方式挑战了读者对于故事发展的预期，使得阅读成为一种更为开放和自由的过程。

（2）增强故事情节的复杂性和层次感。非线性叙事结构通过跳跃式、片段化的叙述方式，使得故事情节在时间和空间上呈现出一种复杂性。这种复杂性不仅令故事更具吸引力，还使得作品的层次感更为丰富。

（3）深入挖掘人物心理和现实世界。非线性叙事结构在人物心理和现实世界的深入挖掘，使得作品具有更深刻的内涵和现实意义。这种叙事方式能够帮助读者更好地理解人物的性格和命运，以及现实世界的复杂性。非线性叙事结构的探索是现代主义文学的一种重要尝试。它不仅挑战了传统的叙事模式，还为文学创作提供了更多的可能性。

第四节　弗吉尼亚·伍尔夫与内心独白

弗吉尼亚·伍尔夫是现代主义文学运动中的一位重要人物，她不仅在文学创作中开辟了新的视野，也在叙事技巧和人物描写方面进行了深刻的创新。伍尔夫的作品以其独特的内心独白技巧而著称。这种技巧打破了传统的外部叙事模式，通过深入描写人物的心理活动，从而探索个体意识的复杂性。她对内心独白的运用，使得人物的内心世界不再是单纯的情感反应，而是构建起了一个多维度的、充满矛盾与冲突的精神空间。

内心独白的艺术性在伍尔夫的作品中得到了充分展现。它不仅是一种叙事技巧，更是她对人性、社会与存在的哲学思考的体现。通过内心独白，伍尔夫能够在作品中同时展现出人物的感知世界与内在情感，因此她的小说不仅具备深刻的思想性，还富有强烈的情感冲击力。通过这一技巧，她不仅重塑了文学叙事的形式，也深刻地揭示了现代人的孤独、疏离以及对自我认同的探索。

一、内心独白的叙事技巧

内心独白作为一种叙事技巧，能够深入人物的内心世界，展现出人物的意识流动和情感波动。弗吉尼亚·伍尔夫在其作品中大量运用内心独白，将人物的思维、情感和回忆交织在一起，从而呈现出更加复杂的心理结构。与传统的线性叙事不同，内心独白技巧通过对人物内心活动的直接呈现，使得叙事结构更加松散而灵活，强调了人物的主观感受与意识流动。伍尔夫通过内心独白，将人物的思想和感受展现为碎片化的、不断流动的意识流。通过这种方式，作品的情节不再是简单的时间推移，而是通过人物的心理活动推进。人物的思想流动与回忆之间的交替，使得时间和空间在作品中变得模糊不清，作品的叙事结构也因此充满了弹性和层次感。内心独白不仅是人物感知的表现，更是作者在文学形式上的一次实验，使得传统的叙事方式和人物描写方式得到了突破。

在伍尔夫的作品中，内心独白常常以意识流的形式呈现。意识流是现代主义文学中的一项重要技术，它通过模仿人物思维的自由流动，将外部事件与人物内心的反应融为一体。这种叙事方式通过跳跃式的语言结构、混乱的时间线索和不同的意识状态，呈现出人物的复杂心理。伍尔夫通过这种技术，不仅重塑了文学的叙事形式，也使得人物的内心世界得到了前所未有的展示。通过意识流和内心独白，人物的内在生活被放大，成为作品情感表达的中心。

二、内心独白与人物塑造

弗吉尼亚·伍尔夫的内心独白技巧，最显著的贡献之一就是对人物的深度塑造。通过内心独白，伍尔夫能够突破传统人物描写的外在形式，直接揭示人物的内在情感、思想、欲望和冲突。在伍尔夫的小说中，人物形象不仅是通过外部行为表现自我而塑造的，更是通过他们的思想、回忆、幻想等内心活动来展现多维度的复杂性。内心独白使得人物的塑造更加立体、复杂，也更加符合现代人的心理状态。伍尔夫通过内心独白技术，打破了传统文学中人物外在行为与内心思想的界限，使人物的内心世界得以充分展现。在《到灯塔去》中，伍尔夫通过主人公的内心独白，展示了人物对生活的感知与情感波动。在这些片段中，伍尔夫通过人物的思想流动，将他们的内心矛盾、情感抑制与人际关系的复杂性呈现得淋漓尽致。人物的自我意识和他们对外部世界的认知常常是分裂的，内心独白的运用，帮助伍尔夫展示了这一点，揭示了现代人在面对快速变化的社会环境时的孤独与无助。

通过内心独白，伍尔夫不仅表现了人物的主观意识，还对社会现实、性别角色以及阶层关系进行了深刻的探讨。人物的内心世界常常反映出他们在社会结构中的位置与困境。通过对内心活动的深入描写，伍尔夫探讨了女性在社会中的地位、家庭角色以及个体自由的局限。这种通过内心独白展现人物多重身份与矛盾冲突的方式，使伍尔夫的作品不仅充满了对人物复杂情感的细腻刻画，还深刻揭示了社会性别、阶级与历史变迁对个体内心世界的影响。

三、内心独白与时间和记忆的关系

在弗吉尼亚·伍尔夫的内心独白技巧中，时间与记忆是两个常常交织在一起的主题。在她的作品中，时间并不是线性推进的，而是通过人物的意识流动而不断变化。内心独白为伍尔夫提供了一个重新定义时间流动的途径。人物的回忆、对过去的反思、对未来的焦虑，都在内心独白的结构中得以呈现，从而使得作品的时间结构充满了层次性和非线性特征。在《到灯塔去》中，时间成为一个被不断重构的主题。伍尔夫通过人物的回忆和内心独白，不断地将过去与现在交织在一起，使得时间的流动变得不再固定，而是通过个人的心理活动不断变化。人物的记忆常常以片段化的形式出现，这种回忆的碎片化反映了人物内心的混乱与不确定性，同时也揭示了人类对时间的感知是如何被个体的情感、心理状态和历史背景所塑造的。通过内心独白，伍尔夫使得时间不仅是物理性的流逝，更是一个与记忆、欲望和感知紧密相关的心理过程。

内心独白通过与记忆的结合，展现了人物如何通过回忆重构过去，或者如何在内心深处保存对过去的感知。记忆成为人物内心世界的核心元素之一，它不仅影响人物对当下的感知，也影响他们对未来的预期。在伍尔夫的作品中，记忆的力量并非只是对过往事件的简单回忆，更是一种情感的再现，是人物在心理层面上对自己历史的不断再创造。通过内心独白，记忆和时间的交织不仅丰富了人物形象，也加深了作品的哲学性和艺术性。

四、内心独白与现代主义哲学

内心独白作为现代主义文学中的一种重要叙事手法，它与现代主义哲学中的一些关键思想密切相关。现代主义文学的兴起，正是对传统社会结构和思想体系的反叛，它强调个体经验的独特性，探索个体内心的复杂性与矛盾性。内心独白正好契合了这一思想趋势，它通过描绘人物内心的无序、断裂和混乱，呈现出个体在现代社会中的孤独与焦虑。内心独白在伍尔夫作品中的运用，体现了现代主义哲学对个体意识流动的关注。现代主义哲学认为，人的存在不仅是一个线性的生物过程，也是一个充满意识流、潜意识和自我怀疑的复杂过程。伍尔夫通过内心独白，将这种哲学思想具象化，让人物的意识流动、情感波动以及对世界的认知不断展现。人物的内心世界不仅是对现实的反映，更是对自我存在的思考与探索。

内心独白的使用也反映了现代主义文学对语言的重新审视。伍尔夫在运用内心独白时，常常通过碎片化、非逻辑性的语言结构，展示人物心理的流动性和多样性。这种对语言的解构与再造，正是现代主义对传统叙事方式的反叛。通过内心独白，伍尔夫不仅展现了人物的心理活动，也通过语言的实验和创新，突破了传统文学形式的束缚，使得文学创作进入了一个新的阶段。内心独白的技巧，使伍尔夫的作品成为对个体心理、社会变迁以及现代生活困境的深刻剖析。通过这种技巧，伍尔夫不仅重新定义了人物塑造的方式，也为现代主义文学提供了一种独特的表达途径。她通过对人物内心世界的深入挖掘，让文学作品不再仅是对外部世界的反映，而是一个探索人类精神深层次的过程，推动了现代文学发展的进程。

弗吉尼亚·伍尔夫通过内心独白的艺术性运用，使得她的作品在文学史上占据了重要地位。她通过这种技巧不仅塑造了复杂、多维的人物形象，还为现代主义文学的表达提供了重要的启示。伍尔夫的文学创作不仅是对传统叙事方式的突破，也是对现代社会和个体命运的深刻反思。

第五节 詹姆斯·乔伊斯与叙事结构的重构

詹姆斯·乔伊斯是现代主义文学中最具创新性的作家之一，他的作品深刻地影响了20世纪的小说创作。乔伊斯的叙事结构，尤其在《尤利西斯》等作品中的独特性，不仅突破了传统的叙事方式，也为后来的文学创作提供了全新的叙事模式。他的作品通过对语言、时间、空间和人物的处理，打破了传统小说的线性结构，构建了一种碎片化、非线性和多视角的叙事体系。这种结构的重构，不仅改变了小说叙事的面貌，也为文学艺术的表现带来了深远的影响。乔伊斯的叙事创新与他对现代生活的深刻洞察密切相关。在乔伊斯的作品中，叙事不仅是呈现故事的手段，更是展现个体精神世界和社会历史的工具。他通过极富实验性的叙事结构，将人物内心的感知、社会背景的变化以及历史层次的交织，融入作品的叙事之中，使得每一个细节、每一个场景都充满了深刻的多维意义。乔伊斯的叙事结构既是现代主义文学的一部分，也是对人类认知与文化历史的深刻探讨。

一、乔伊斯的叙事结构创新

乔伊斯的叙事结构创新首先体现在他对时间和空间的非线性处理上。在传统的小说叙事中，故事通常按时间顺序展开，事件的进程和人物的变化都按照一个固定的、线性的时间流动。而在乔伊斯的作品中，时间不再是单一的流逝过程，而是通过意识流技巧、碎片化的结构和回忆的重构，呈现出一个更为复杂和多维的时间观念。《尤利西斯》作为乔伊斯最具代表性的作品，堪称叙事结构创新的典范。作品中的叙事结构通过日常生活的琐碎细节和内心独白，打破了传统的线性时间观，呈现出时间的碎片化和心理的非线性流动。作品中的每一个场景和人物的行为都不是孤立的，而是通过对时间和空间的不断交织，使得人物的内心世界和外部现实交错融合。通过对时间的非线性处理，乔伊斯使得作品的每一部分不仅反映出人物在特定时刻的生活体验，还展现了他们内心的情感波动、对过去的回忆以及对未来的焦虑。

乔伊斯的叙事结构创新还体现在他的空间观念上。在传统小说中，空间往往是一个客观存在的背景，用来容纳人物和事件的发展。而在乔伊斯的作品中，空间的界限变得模糊和不确定。尤其是在《尤利西斯》一书中，地理空间与人物内心的精神空间交织在一起，小说中的城市空间不仅是物理层面的存在，更是人物思想和情感的映射。乔伊斯通过对城市空间的描绘，不仅展示了外部世界的景象，也通过空间的变换和重构，揭示了人物的精神面貌和生活状态。

二、意识流与叙事结构的结合

乔伊斯的叙事结构创新与他对意识流技巧的运用密不可分。意识流作为现代主义文学中的重要叙事手法，通过直接呈现人物的内心活动、思想流动和感知体验，打破了传统叙事的客观性和线性。乔伊斯在其作品中，特别是《尤利西斯》与《芬尼根的守夜人》中的运用，将意识流技巧提升到新的艺术高度，使之成为其叙事结构的核心组成部分。

通过意识流技巧，乔伊斯能够直接进入人物的内心世界，展现他们的思维过程、情感波动和潜意识活动。这种叙事方式使得人物的心理状态、感知经验和记忆碎片得以即时呈现，而不依赖于传统的外部叙事。乔伊斯的意识流技巧往往没有明确的语法结构，语言和句子经常跳跃、断裂，使得思维流动的无序性和情感的复杂性得到了真实的表现。在《尤利西斯》中，乔伊斯通过对主要人物——利奥波德·布卢姆、斯蒂芬·迪达勒斯等——内心活动的细致描写，展示了他们在平凡日常中的情感体验和哲学思考。通过这种方式，乔伊斯不仅突破了传统小说中的叙事模式，也让读者能够直接与人物的内心世界产生联系。

乔伊斯的意识流技巧的另一个重要特征是它对时间的重构。在《尤利西斯》中，乔伊斯通过意识流技巧打破了时间的传统界限，让时间的流逝不再是线性的。人物的思维过程、回忆、幻想和感知体验交织在一起，创造出一种独特的时间感知。这种方式让小说中的事件和情节不再是按时间顺序展开，而成为人物内心感知的反映，呈现出更为复杂的心理和情感结构。意识流技巧赋予乔伊斯作品的叙事结构更加灵活和自由的特性，使得作品的意义得以从多个角度进行解读和呈现。

三、叙事结构的碎片化与多视角表现

乔伊斯的叙事结构不仅在时间和空间上打破了传统的界限，还通过碎片化的结构和多视角的展示，使作品呈现出更加复杂的层次。在乔伊斯的小说中，叙事的碎片化体现在文本的结构和事件的描写上。小说中的叙事常常由多个视角、人物和情节片段组成，这些片段并不总是按照时间的顺序展开，而是通过意识流技巧、回忆、反复的细节和多重的视角来呈现。这种碎片化的结构与现代人对生活碎片化、复杂化和非连续化的感知相契合，反映了现代社会中个体经历的混乱与无序。

《尤利西斯》中的叙事结构便是碎片化的典型例证。小说的叙事并非按照常规的情节发展，而是通过对日常生活细节的呈现，将人物的心理活动和社会背景交织在一起。故事的进程看似简单而平凡，但通过乔伊斯对细节的雕琢，每一个片段都揭示了人物的复杂情感和内心冲突。小说中的每一章节，常通过不同的叙事方式，呈现出多重的视角和情感状态，使读者从不同的角度理解人物的命运和情感。这种叙事结构的碎片化不仅影响了情节的发展，也使得作品的主题更加丰富和多维。在《尤利西斯》中，乔伊斯通过碎片化的结构，展示了现代都市生活的断裂性和复杂性。这种结构的运用，让作品中的情节和人物不仅是外部事件的再现，更是对人物内心世界、社会现实和历史背景的深刻反思。通过多重的视角和碎片化的叙事，乔伊斯的作品呈现出了现代生活的多样性和不确定性，使得作品在思想性和艺术性上都得到了深刻的表达。

四、叙事结构的历史性与文化深度

乔伊斯的叙事结构不仅具有艺术上的创新性，也承载了深刻的历史性与文化深度。在他的作品中，历史和文化背景并不是单纯的背景设定，而是通过叙事结构的重构融入人物的内心世界和社会背景中。乔伊斯通过对历史记忆的挖掘与重构，展示了20世纪初期社会与文化的断裂，以及现代人在历史洪流中的迷茫与困惑。在《尤利西斯》中，乔伊斯通过多个历史和文化层面的交织，将古典文化、宗教传统、现代社会与个人经验融合在一起。通过对历史事件和文化符号的引用，乔伊斯在作品中构建了一种跨越时空的叙事结构。这种历史性的叙事结构不仅使作品具有了深厚的文化底蕴，也使得作品的意义得到了多维度的扩展。通过对历史的再现与解构，乔伊斯不仅反映了现代人对过去的怀疑和思考，也呈现了现代社会中人类在历史进程中的角色和存在方式。乔伊斯的叙事结构还通过对文化符号的运用，展示了文学与其他艺术形式的交融。他在作品中对神话、宗教、文学和艺术的广泛引用，使得作品不仅是对个人生活的刻画，也是对整个文化历史的反思。通过这种历史性的叙事结构，乔伊斯的作品不仅具有了深刻的思想性，还展现了对社会、历史和文化的深远关怀。

詹姆斯·乔伊斯的叙事结构创新不仅是现代主义文学中的一次革命性突破，也是对传统小说叙事形式的深刻反思与重构。通过非线性的时间处理、意识流技巧、碎片化的结构和多重视角的展现，乔伊斯创造了一个全新的文学世界。他的作品不仅丰富了叙事形式，也为现代人类的精神困境提供了深刻的洞察。乔伊斯的叙事创新，使得小说成为一种更加自由、多维和复杂的艺术形式，推动了现代主义文学的发展，并对后来的文学创作产生了深远的影响。

第六节 卡夫卡的荒诞与异化文学

弗朗茨·卡夫卡是20世纪文学史上一位具有里程碑意义的作家，他的作品不仅代表了现代主义文学的最深层次探索，也开创了荒诞与异化文学的独特领域。卡夫卡的作品常常描绘一种充满孤独、焦虑和不确定感的世界，人物在这个世界中似乎被困于无意义的制度与社会结构之中，无法自拔。卡夫卡以其特有的荒诞主义风格，揭示了现代人生活中的异化现象，表现了人在面对权力、制度、社会期待以及自身困境时的无力感。卡夫卡的荒诞主义作品不仅具有极强的文学表现力，还深刻地反映了20世纪人类面临的精神危机和社会压迫。在卡夫卡的世界里，个体被剥夺了与外部世界建立联系的能力，现实与幻想的边界变得模糊不清，人物的生存状态充满了荒谬性。通过对这些荒诞现象的刻画，卡夫卡不仅对社会制度、现代性的异化现象进行了批判，也深入探讨了人类自我认同和存在的深层次问题。

一、卡夫卡的荒诞世界

卡夫卡的作品往往呈现出一种荒诞的氛围，人物在故事中似乎无法理解自己所处的世界，也无法找到改变自身困境的途径。这种荒诞不仅体现在情节的反常性上，更在于人物对现实的感知与反应的荒谬性。卡夫卡的荒诞主义通过非理性的情节安排和不合常理的情节展开，打破了传统小说中的逻辑性和合理性。在卡夫卡的小说《变形记》中，主人公格里高尔·萨姆萨一觉醒来发现自己变成了一只巨大的昆虫。这个荒诞的开端并没有引起卡夫卡作品中的其他人物太多的惊讶，反而表现了他们对这一变故的冷漠和无奈。格里高尔虽然面临巨大的身体变故，却无法找到自我认同的出路，也无法有效地与家人、社会沟通。通过这种荒诞的设定，卡夫卡揭示了现代人在高度机械化和制度化的社会中，如何被个体认同的缺失和对周围世界的疏离感所困扰。

卡夫卡的荒诞世界通常是没有明确解释和意义的。事件和行为的展开没有清晰的因果关系，人物的行为常常让读者感到迷茫与困惑。例如在《审判》中，主人公约瑟夫·K 突然被逮捕，但他始终不知道自己被指控的罪行是什么。尽管故事的进展充满了诸多的荒诞性和不合逻辑之处，卡夫卡并没有提供任何清晰的答案，反而让人物陷入了无法解脱的境地。这种对意义和因果关系的抹杀，反映了卡夫卡对现代社会中个体生活的深刻批判。

这种荒诞不仅体现在情节设定上，还体现在人物的内心状态上。卡夫卡笔下的人物常常出于对自己存在的深深怀疑中，内心充满了焦虑、孤独和无力感。这种精神上的荒诞，使得卡夫卡的作品具有了极强的心理冲击力，读者在阅读过程中往往能感受到人物无法逃脱的绝望与痛苦。卡夫卡通过这种荒诞的描写方式，表现了现代人内心的深层困境，揭示了个体在社会压迫和自我认同的缺失中所经历的精神崩溃。

二、异化现象与个体困境

卡夫卡作品中的异化现象是理解其文学思想的关键。异化通常指的是个体与自己、他人以及社会的疏离和断裂，卡夫卡通过对异化现象的刻画，展现了现代人面临的精神困境与生存危机。在卡夫卡的世界里，个体的自由和尊严被无情地压迫和摧毁，个体在面对社会的权力结构时，往往显得无力、孤立和迷茫。《变形记》中的主人公格里高尔·萨姆萨在变成昆虫后，无法适应家人的关怀和社会的期望，最终陷入孤立无援的境地。格里高尔的身体变故象征着他与社会、家庭关系的断裂，他的身份认同彻底崩溃，而他所拥有的社会角色和功能也变得毫无意义。家人逐渐疏远他，最终将他视为不可接受的存在。通过格里高尔的变形，卡夫卡深刻揭示了个体在社会中如何面临孤独、被排斥和失去自我价值的异化现象。

在《审判》中，约瑟夫·K 被突然逮捕，然而他始终不知道自己被指控的罪行是什么。他参与的审判完全失去了理性和透明度，整个过程充满了荒谬与不公。这种设定揭示了个体在现代社会中的无力感和异化感。约瑟夫·K 的困境不仅是个体对自己无法理解的司法程序的反应，也体现了现代人在权力与制度面前的无所适从。在这种社会结构中，个体变得微不足道，无法找到自身的定位和归属感，最终被社会的权力机器所吞噬。

卡夫卡的异化主题也在他的许多短篇小说中得到了体现。无论是《洞穴》中的孤独人物，还是《乡村医生》中的失控情节，卡夫卡都通过对人物心理和行为的描写，展现了个体在社会压迫和内心冲突中的疏离感。在卡夫卡的作品中，人物往往无法理解自己所处的环境，也无法摆脱自己内心的痛苦和困惑。社会的压迫和自我认同的缺失，更使得个体在外部世界和自我之间产生了深深的裂痕，最终导致了个人的异化。

三、卡夫卡与荒诞哲学

卡夫卡的荒诞文学不仅是对社会现实的批判，与荒诞哲学也有着紧密的联系。荒诞哲学是一种探讨人类存在意义的思想体系，它认为人类的存在充满了无意义和荒谬。荒诞哲学的代表人物如阿尔贝·加缪，他认为人类在宇宙中是孤独的，生活的意义无法从外部获得，个体在面临死亡、无意义和生存困境时只能通过荒诞来找寻自我。然而，在卡夫卡的作品中，这种荒诞并非仅是人类对生存困境的哲学反思，而是通过极其具体的社会情境和人物的内心挣扎来加以展现。在《审判》中，卡夫卡通过约瑟夫·K 的遭遇，呈现了人类如何在没有明确意义和解释的情况下面临荒诞的世界。约瑟夫·K 不断试图找寻罪行的真相，但他最终发现，自己根本无法理解自己所处的世界，也无法逃脱命运的安排。整个审判的过程充满了荒谬，既没有明确的法律依据，也没有公开的审判标准，所有的行为都充满了无意义的循环。这种哲学上的荒诞性在作品中得到了极致的呈现，个体的存在似乎只是在权力的压迫下不停地打转，无法获得任何救赎。

卡夫卡的荒诞作品，特别是在《变形记》和《审判》中的表现，是对现代社会、历史进程与个体存在的深刻批判。通过对异化和荒诞的刻画，卡夫卡不仅揭示了人类存在的孤独与无助，也对现代社会中的不公、压迫和无意义进行了深刻反思。在卡夫卡的作品中，人物的无力感和疏离感是无法逃避的，它们不仅是个人命运的写照，也反映了现代社会结构中固有的荒谬性。

四、卡夫卡的文化与历史意义

卡夫卡的荒诞文学不仅是对个人命运的探讨，也是对社会和历史的深刻反思。通过对人物异化与荒诞困境的描写，卡夫卡呈现出一个深刻的社会批判。尤其是在《审判》和《城堡》中，卡夫卡通过对现代社会制度、法律与政治结构的描绘，揭示了人类如何在权力结构面前丧失自我，陷入无法逃脱的困境。这些作品不仅是对个人悲剧的表现，也反映了整个社会和历史进程中的不公与荒诞。卡夫卡的荒诞文学具有强烈的历史意义，它为 20 世纪的文学创作提供了独特的视角，并对后来的文学流派产生了深远的影响。卡夫卡对异化、孤独、无力感和荒诞的刻画，为后现代主义文学提供了重要的理论基础。通过对卡夫卡作品的深入分析，可以更好地理解现代社会中人类存在的困境和现代人的精神状态，也能够更深刻地揭示人类如何在荒诞和无意义的世界中寻找自我认同与生存价值的。

卡夫卡的荒诞与异化文学不仅展现了20世纪文学中最为深刻的社会批判，也深刻地探讨了人类在现代社会中的生存困境。通过对荒诞和异化现象的刻画，卡夫卡不仅表现了现代人的内心冲突，也对社会和历史的深层次问题进行了严肃的反思。

第七节 现代主义文学的全球化趋势

一、全球化背景下的文学发展

全球化作为当今世界发展的一个重要趋势，不仅深刻地影响着经济、政治、科技等各个领域，也对文学创作产生了深远的影响。在全球化的大背景下，现代主义文学运动呈现出前所未有的蓬勃发展趋势，为世界文学注入了新的活力和创新。全球化促进了不同文化背景下的文学交流与互动。在过去，文学作品往往局限于某一地区或民族，其影响力和传播范围相对有限。然而，随着全球化的推进，各国之间的文化交流日益频繁，文学作品在不同文化背景下相互借鉴、影响，从而丰富了文学的表现手法和内涵。这种跨文化的交流使得现代主义文学具有了更加广阔的视野和更加丰富的内涵。

1. 在全球化背景下，现代主义文学运动的特点

（1）跨越地域和语言的限制。现代主义文学不再局限于某一地区或民族，而是以全球为舞台，关注人类共同面临的问题。这种全球化的视野使得文学作品能够跨越地域和语言的限制，传播到世界各地，为不同文化背景的读者所接受和欣赏。

（2）丰富多样的题材和表现形式。全球化为文学创作提供了丰富的题材和表现形式。作家们可以借鉴世界各地的文化传统和艺术手法，创作出具有独特风格和内涵的文学作品。这种丰富多样的题材和表现形式使得现代主义文学具有了更强的吸引力和感染力。

（3）融合交融的文化传统。全球化使不同文化传统在文学创作中得到了融合和交融。现代主义文学作家在创作过程中，往往将本民族的文化传统与其他民族的文化传统相结合，创作出具有国际视野的文学作品。这种融合交融的文化传统为文学的发展带来了新的可能性。

（4）包容性和多元性。全球化背景下的现代主义文学具有包容性和多元性。不同文化背景的作家可以在同一平台上展示自己的创作才能，表达自己的思想观念。这种包容性和多元性使得现代主义文学具有了更加广泛的传播力和影响力。

2. 在全球化的背景下，现代主义文学的发展趋势

（1）现实主义与魔幻现实主义的结合。现代主义文学在关注现实问题的同时，也借鉴了魔幻现实主义的表现手法，将现实与幻想相结合，创作出具有独特艺术魅力的文学作品。

（2）跨界融合。现代主义文学不再局限于传统的文学形式，而是与电影、音乐、绘画等其他艺术门类进行跨界融合，创造出全新的艺术形式。

（3）网络文学的兴起。随着互联网的普及，网络文学成为现代主义文学的一个重要分支。网络文学以其独特的传播方式、互动性和创新性，吸引了越来越多的读者。

（4）社会责任。现代主义文学作家关注社会问题，以文学的力量推动社会进步。他们关注弱势群体，揭示社会不公，倡导人类和谐共处。

3. 全球化对现代主义文学的影响

我国现代主义文学的发展同样受到全球化的影响。近年来，我国现代主义文学取得了举世瞩目的成就，涌现出一大批具有国际影响力的作家和作品。这些作家在创作过程中，既继承和发扬了我国优秀的传统文化，又积极借鉴世界各地的文学经验，创作出具有独特艺术风格和内涵的文学作品。全球化背景下的现代主义文学发展，为文学创作提供了更加广阔的空间和可能性。

以下从几个方面谈谈全球化对现代主义文学的影响：

（1）题材的拓展。全球化使得作家们可以关注到更加多元化的题材，如跨国婚姻、文化交流、环境保护等。这些题材为文学创作提供了丰富的素材，使得文学作品更加贴近现实，具有时代感。

（2）表现手法的创新。全球化促进了不同文化背景下文学表现手法的交流与借鉴。作家们可以吸收其他民族和地区的艺术手法，创作出具有独特风格的作品。

（3）文化观念的碰撞与融合。全球化使得不同文化观念在文学创作中碰撞和融合，为文学作品注入了新的活力。作家们在创作过程中，往往将本民族的文化观念与其他民族的文化观念相结合，创作出具有国际视野的文学作品。

（4）传播途径的变革。全球化推动了文学传播途径的变革。传统纸质媒体逐渐被网络媒体所取代，文学作品以更加便捷的方式传播到世界各地，为读者提供了更多元的阅读选择。

全球化背景下的现代主义文学发展呈现出多元化、开放性和包容性的特点。全球化为文学创作提供了更加丰富的题材和表现形式，促进了不同文化背景下的文学交流与融合，为文学的发展开辟了新的可能性。

二、多语种现代主义文学的比较研究

在全球化大背景下,文学作为一种文化的载体,跨越国界、种族和语言的界限,成为不同文化之间交流与碰撞的重要桥梁。多语种现代主义文学的比较研究,作为当代文学研究的一个重要领域,不仅为我们提供了一个观察世界文学的全新视角,也让我们更深入地理解现代主义文学在不同文化背景下的演变与发展。

(一)多语种现代主义文学的共性与差异

1. 共性

(1)创作主题的多样性。多语种现代主义文学在创作主题上呈现出多样性。无论是英美的现代主义文学作品,还是欧洲大陆的文学作品,都在探讨人性、孤独、异化、死亡、爱情等普遍的主题。这些主题反映了现代人在面对现实困境时的困惑、挣扎与反思,体现了人类共同的情感体验。

(2)叙事技巧的创新性。多语种现代主义文学在叙事技巧上具有创新性。例如,詹姆斯·乔伊斯的《尤利西斯》、弗朗茨·卡夫卡的《变形记》、马塞尔·普鲁斯特的《追忆似水年华》等作品,都运用了意识流、内心独白、断裂叙事等手法,打破了传统的叙事模式,为读者带来了全新的阅读体验。

(3)文学形式的多样性。多语种现代主义文学在形式上呈现出多样性。诗歌、小说、戏剧等不同体裁的文学作品,都在现代主义文学中找到了自己的位置。这种多样性使得现代主义文学具有更强的包容性和创新性。

2. 差异

(1)文化背景的差异。不同语种现代主义文学在文化背景上存在差异。例如,英美的现代主义文学受到实证主义、实用主义等哲学思想的影响,强调个体经验和现实批判;而欧洲大陆的现代主义文学则更多地受到存在主义、现象学等哲学思想的影响,关注人的生存状态和精神困境。

(2)语言表达的差异。不同语种现代主义文学在语言表达上存在差异。例如,英语文学作品中的词汇丰富、句式复杂,善于运用隐喻、象征等手法;而法语文学作品则更注重语言的节奏和韵律,追求形式的完美。

(二)多语种现代主义文学的比较研究方法

1. 文本分析

通过分析不同语种的现代主义文学作品的文本,探讨其创作主题、叙事技巧、语言表达等方面的异同,从而揭示现代主义文学在全球范围内的多样性与普遍性。

2.文化研究

将不同语种现代主义文学置于其文化背景中,分析其产生的历史、社会、哲学等根源,探讨不同文化背景下对现代主义文学运动的理解与诠释。

3.跨文化交流

通过跨文化交流,借鉴其他语种现代主义文学的研究成果,丰富和完善我国现代主义文学研究。

(三)多语种现代主义文学比较研究的意义

1.深化对现代主义文学的认识

通过比较研究不同语种现代主义文学作品,可以全面了解现代主义文学的发展脉络,深化对现代主义文学的认识。

2.拓展跨文化交流与理解的视野

多语种现代主义文学的比较研究有助于拓展跨文化交流与理解的视野,促进不同文化之间的相互尊重和包容。

3.促进我国现代主义文学的发展

通过借鉴其他语种现代主义文学的优秀成果,可以促进我国现代主义文学的创作与发展,提高我国文学的全球影响力。多语种现代主义文学的比较研究是一个具有重要学术价值和现实意义的课题。在全球化的背景下,我们应该关注不同语种现代主义文学的交流与碰撞,探讨其在全球范围内的多样性与普遍性,以期为我国现代主义文学的发展提供新的动力。

三、现代主义文学在全球范围的传播与影响

随着经济全球化、文化交融和信息技术的飞速发展,现代主义文学作为一种文学现象和思想潮流,在全球范围内得到了广泛传播与深远影响。现代主义文学不仅改变了世界文学的格局,还对各国的文学创作和文化观念产生了深刻的影响。本文将从以下几个方面探讨现代主义文学在全球范围的传播与影响。

1.现代主义文学传播的背景

(1)全球化的推动。全球化使得各国之间的文化交流日益密切,为现代主义文学的传播提供了便利条件。不同国家和地区的作家、诗人、戏剧家在交流中相互借鉴、融合,推动了现代主义文学的全球传播。

(2)技术进步。互联网、翻译软件等技术的发展,使得现代主义文学作品得以迅速、便捷地传播。通过网络平台,人们可以轻松获取世界各地的现代主义文学作品,为现代主义文学的传播提供了有力支持。

(3)文化需求的多样性。在全球范围内,人们对于文化产品的需求日益多样化。现代主义文学以其独特的审美风格和思想内涵,满足了不同文化背景下读者

的需求，从而在全球范围内获得了广泛的关注。

2. 现代主义文学在全球范围的传播

（1）作品翻译与传译。现代主义文学的传播首先体现在作品本身的翻译与传译。各国翻译家将世界各地的现代主义文学作品翻译成母语，使得本国的读者能够接触到这些优秀的作品。同时，翻译家们在翻译的过程中，对作品进行了适当的调整，使其更加符合本国读者的阅读习惯。

（2）文学交流与碰撞。随着现代主义文学的传播，各国文学之间产生了广泛的交流与碰撞。作家们通过参加国际文学交流活动、研讨会等，相互了解和学习，促进了现代主义文学的全球传播。

（3）跨文化合作。在全球范围内，许多现代主义文学作品的创作和传播都涉及跨文化合作。不同国家和地区的作家、艺术家共同创作，使得现代主义文学呈现出更加丰富多彩的面貌。

3. 现代主义文学在全球范围的影响

（1）文学观念的变革。现代主义文学挑战了传统文学的审美观念，强调个体经验、心理描写和形式创新。这种文学观念的变革影响了全球范围内的文学创作，使得各国文学呈现出新的发展趋势。

（2）文学创作的多元发展。现代主义文学的传播，使得各国文学在创作手法、主题和风格上呈现出多元化的发展趋势。作家们纷纷尝试现代主义文学创作，以丰富自己的文学表现手法。

（3）文化观念的碰撞与融合。现代主义文学的传播，使得不同文化背景下的人们在阅读过程中产生了观念的碰撞与融合。这种碰撞与融合，促进了全球范围内文化观念的交流与互动。

（4）社会问题的反思。现代主义文学作品关注社会问题，对现实进行批判和反思。这种关注和反思，使得现代主义文学在全球范围内产生了广泛的社会影响。

现代主义文学在全球范围的传播与影响，不仅体现了文学自身的魅力，更反映了人类对文化多样性的追求。在全球化的背景下，现代主义文学将继续发挥其独特的作用，推动世界文学的多元发展。同时，各国文学在交流与碰撞中，也将不断丰富自己的内涵，为人类文化的繁荣作出贡献。

第五章　后现代主义文学的实验性

第一节　后现代文学的特征与表现手法

后现代主义文学作为20世纪中期以来文学发展的重要潮流，其特点和表现手法为文学创作带来了诸多新颖的变革。后现代文学不仅是对现代主义文学的延续与发展，更是对现代社会、文化和思想的深刻反思与批判。其核心特征包括对传统叙事形式的解构、对语言和文本的质疑，以及对自我和现实的多重视角探索。后现代文学所呈现的多层次性和碎片化，使其在文学史中占据了独特的地位。后现代文学的实验性体现在各个方面，其中最为显著的是其在叙事结构、语言技巧、文本形式以及文化意义上的创新。这种实验性不仅限于外在形式的突破，更在于文学内容和表现的深度与复杂度。后现代文学作品通常通过对经典文学样式的再创作、对历史与现实的讽刺，以及对知识和权力的批判，推动了文学创作的自由化和多元化。

一、后现代文学的特征

后现代文学的特征可以从多个维度进行解读。首先，它以对"传统"的解构为基础。与现代主义文学相比，后现代主义文学不再单纯追求表现深刻的个人主义或高深的艺术实验，而是通过解构传统的文本形式和结构，暴露出语言和叙事背后的不确定性、虚伪性与多重性。后现代主义文学摒弃了传统叙事的线性结构，提倡碎片化、非线性叙事，强调个体经验和文本内容的多样性。在后现代文学中，叙事视角的多重性是其一个重要特点。传统的单一叙事者视角在后现代文学中被大量拆解并多样化，作品中常会出现多个叙事声音与视角，或者文本本身会通过自我反思的方式提醒读者其叙事的虚构性。例如，后现代作家通过内嵌的叙事结构或自指的方式，揭示出文本与现实的矛盾以及作者与作品之间的互动。这种视角的多重性和叙事的不确定性，使得后现代文学的含义常是开放的、含糊的，不再为一条清晰的、固定的解读路径所限定。

其次，后现代文学还具有较强的反讽特征。许多后现代作品通过反讽的手法对传统文学和文化模式进行批判。反讽手法的运用不仅表现在对社会、政治、历史和文化的批判上，也体现在对文学自身的挑战与自嘲。作家常通过反讽的方式，揭示出文学艺术创作中的伪装和局限，挑战传统文本中的权威与规范。例如，作家们通过将古典文学、现代主义文学和流行文化进行混合，打破文学的精英化界限，使文学创作回归到更多元和开放的文化语境中。

另外，后现代文学还有对"真实"的质疑的特征。后现代作家不再追求某种客观现实或真理，而是强调相对主义的思想。在后现代文学中，真理和现实的定义变得模糊，作品通过对个人视角和社会意识形态的多重展示，揭示了所有"现实"都是经过个体和社会结构筛选与建构的结果。这种对"现实"的质疑不仅仅局限于文学创作的内容，也反映了后现代文学对语言和知识体系的深刻思考。

二、后现代文学的表现手法

后现代文学的表现手法极具创新性，它突破了传统文学的框架，采用了多种实验性的技术与方式。语言的多样化与非理性化是其中最为突出的特征之一。后现代作家通过解构语言的常规使用，利用不规则的语法、混乱的句式以及拼贴式的叙述来挑战传统文学的逻辑性和连贯性。语言在后现代文学中不再是传递意义的单纯工具，而成为思想的舞台与自我表达的媒介。例如，后现代作品中的"拼贴"手法便是语言表现的一种重要形式。作家通过不同文本、文化符号和历史背景的拼接，构建出新的文学语言。这种拼贴不仅是对传统文学的复刻，更强调了不同文本之间的对话和碰撞，探索了文化和语言的多重可能性。在这一过程中，语言的意义并不固定，而是通过不同视角和叙事方式的转换不断变化，展现了语言的多重性和不确定性。后现代文学的另一个重要表现手法是"互文性"，即文本之间的相互影响与借用。后现代作品往往通过引用、模仿或改写经典文学、历史事件和流行文化中的元素，制造出复杂的文化联系和反映。通过这种方式，后现代文学作品不再是封闭的文本，而是与其他文本、历史和文化不断进行互动和对话。作家通过这种手法不仅表现了对传统文学样式的批判，还展现了文学和文化的开放性与多样性。

除了拼贴和互文性，后现代文学作品中常包含大量的自我反思和自指性。在许多后现代作品中，文本不仅是讲述故事，更是对文学创作本身的反思。这些作品通过对自我创作过程的揭示，表现了文学创作的虚构性和不确定性。例如，某些后现代小说通过出现"虚构的作者"或"虚构的读者"，展示了作品创作的非真实和非客观性。作家通过这种方式，不仅让作品与现实脱节，还使得作品本身成为一个探索文学本质的场域。此外，后现代文学还经常使用"叙事的中断"或

"情节的非连续性"来展示文本的实验性。传统小说中的情节发展通常遵循一定的起承转合,而后现代小说则常摒弃这种顺畅的叙事结构,采用跳跃性、碎片化的叙事方式。这种方式不仅改变了文本的时间与空间组织,也使得故事的"中心"变得模糊不清。通过这种断裂与不连续,作家能够使作品呈现出更多的可能性和解读空间。

三、后现代文学的碎片化叙事

后现代文学的另一个突出特征是碎片化叙事,这一表现手法反映了后现代作家对传统小说结构的深刻反思。碎片化叙事在后现代文学中表现为多视角、多线索和非线性结构的结合。故事的时间和空间通常不再线性推进,情节也常通过若干碎片化的镜头呈现。这种结构反映了后现代社会中的断裂性和不确定性,让读者无法轻易找到明确的故事脉络和结论。

后现代作家通过这种碎片化的叙事,强调个体经验的多样性和相对性。传统小说通常通过统一的时间流和稳定的叙事者视角来推动情节,而在后现代作品中,情节的展开往往依赖于多个视角和片段的组合。时间在作品中不再是线性的,人物的故事线常常是跳跃性的,情节发展也充满了不确定性。这种碎片化的叙事方式,使得作品成为一个开放的、流动的文本,读者需要通过不断的重构和解读来理解其中的意义。例如,在许多后现代小说中,作家并不按传统的情节发展来讲述故事,而是通过反复切换不同的场景、人物和时空,创建一种非连续的故事网。这种叙事方式不仅打破了时间和空间的界限,还模糊了不同人物和事件之间的关系,使得整个作品呈现出更加复杂的结构和层次。这种非线性叙事反映了后现代文学对传统叙事结构的挑战,强调了个体视角的碎片化和多样性。

碎片化叙事的背后是后现代社会对人类认知的理解。后现代作家认为,现实世界本身就是复杂的、多变的,不可能用单一的视角和线性结构来完全呈现。碎片化叙事通过打破传统的故事框架,表现了人类在面临多重现实时的无奈和困惑,反映了后现代社会的非理性、非连续性和不确定性。

四、后现代文学与虚构性

后现代文学的另一重要特征是对虚构性的强调。后现代作品常常自觉地承认其虚构性,通过反思文本的创作过程与存在方式,向读者呈现一个充满自我意识的文学世界。作家不再隐瞒作品的虚构本质,而是通过文本本身的自我揭示,让读者意识到他们所读的内容并非"真实",而是经过作者和文化建构的产物。

后现代作品中的虚构性通常通过叙事者的自指、文本的自我反思和角色的多重性等方式体现。作家通过文本自我的反思,使得作品的虚构性质得到了加强,作品本身成为对文学和现实界限的挑战。例如,许多后现代作品中的叙事者并非全知全能,而是带有明显的偏见或不完全的视角,这种不确定的叙事者使得文本本身显得更加不可靠。通过这种方式,后现代作家不仅展现了文学创作的虚构性,还通过这种虚构性揭示了现实与文学之间的复杂关系。后现代文学中的虚构性不仅是对艺术创作的一种技术性反思,还反映了后现代社会对真理、现实和权力的深刻质疑。在后现代作品中,"真实"不再是单一的、客观的存在,而是由语言、文化和社会力量共同塑造的多重面貌。作家通过将虚构性和现实性不断地切换,使得读者不断反思自身与外部世界的关系,打破了传统文学中对现实的绝对依赖。

后现代文学的虚构性和实验性,使其不仅在文学创作上具有创新性,也在思想深度上挑战了传统的社会、文化和哲学观念。通过对虚构性和叙事结构的不断创新,后现代作家推动了文学创作的多元化和自由化,从而使文学不再是单一的故事呈现,而成为对人类存在、社会现实以及历史观念的深刻思考。

第二节 解构主义与文本的开放性

解构主义作为 20 世纪末期思想领域的重要理论,特别在文学批评中发挥了极其重要的作用。作为一种哲学和文学理论,它不仅对传统的文本分析方式提出了挑战,也极大地改变了文学批评的基本方法。解构主义尤其关注语言的多义性、文本的内在矛盾和不确定性,它认为文本本身不是固定意义的传递工具,反而是一个充满自我反思和解构的过程。文本在解构主义的视角下变成了一个开放的、无定向的场域,其意义不是固定的,而是在不同的解读中不断生成和变化的。解构主义的核心思想就是通过揭示语言和文本内部的张力、矛盾和差异,打破传统的权威解释和固定含义,使文本成为一个不断开辟新的意义空间的开放结构。在后现代文学中,解构主义的影响尤为明显,许多后现代作品通过这种解构性策略,颠覆了传统的叙事结构和象征意义,让文本呈现出多重的,甚至是自相矛盾的解释可能性。通过对文本的开放性和不确定性进行探索,解构主义为文学提供了一种全新的表现方式,使文学创作变得更加自由和多元。

一、解构主义的基本理论与背景

解构主义的核心理论来源于法国哲学家雅克·德里达(Jacques Derrida)的思想。德里达的解构主义批判了西方哲学传统中的"中心主义"和"固定意义"的观点,认为所有语言和文本都充满了自我矛盾和无法固定的意义。德里达认为,传统的思想体系通过将某些概念或思想设置为"中心",并通过对这些中心的定义来建立一种稳定的意义结构。然而，这种结构本身就隐藏着内在的差异和不确定性，因为每一个词汇、每一个符号都通过其差异和反义来产生意义。德里达强调，语言和符号系统是不断变化的，不可能指向一个固定的、绝对的真理或意义。每个词语的含义都与其他词语存在着复杂的关系，这种关系是流动的、开放的，永远无法固定在某一个特定的意义上。因此，文本的解读必须关注文本内部的张力和差异，而不是试图为文本寻找一个单一的、绝对的意义。

解构主义对文学的影响，首先体现在它对传统文本分析方式的彻底颠覆。在传统的文学批评中，分析往往集中于作品的主题、结构、象征意义及其文化背景等因素，目的通常是揭示作者意图和作品的"深层意义"。然而，解构主义批评则认为，任何对文本的单一解读都不足以揭示其复杂性和多义性。解构主义批评更倾向于分析文本内部的矛盾、错位、歧义以及作者的隐性意图。它不仅关注"什么"被说出，也关注"如何"被说出和"为什么"被说出。

二、解构主义与文本的开放性

解构主义对文本开放性的强调，体现在它对于意义的无限延展和生成的关注。解构主义认为，任何一个文本都不可能达到意义的终极确定性。因为文本的意义总是依赖于其语言结构、语境以及与其他文本的关系。每一次对文本的阅读和解读，都会打开新的可能性，产生新的意义层次。德里达提出的"差异"（différance）概念，正是用来解释这种意义的不断推延与变化。差异不仅是指词语之间的对比，也指语言中存在的潜在空白与未表达的部分，这些空白和未表达的部分为文本的意义提供了无穷的扩展空间。

后现代文学中的许多作品正是通过这种开放性策略进行创作的。作家不再满足于传统文本的封闭结构，而是将文本视为一个开放的场域，让读者参与到多重意义的建构中。在后现代文学中，作者的意图不再是唯一的解读方向，读者在解读文本的过程中，可以根据自己的背景、经验和视角创造出多重的，甚至是相互矛盾的解读。例如，在后现代文学中，很多作品通过打破第四壁、采用多视角叙事或自我反思的方式，表现了文本的开放性。这些作品不仅在语言上追求多元和复杂，在结构上也刻意避免简单的解读和总结，使得文本始终保持着不确定性。文本通过自我反映和对常规叙事方式的颠覆，使得每一次阅读都可能带来不同的解读和理解。

三、解构主义与语言的多义性

语言的多义性是解构主义文学的另一个核心特征。德里达通过对语言和意义的分析，提出了"语言的多重性"这一重要概念。在解构主义的视角下，语言不仅是传递信息的工具，它本身就是意义的构建者。每个词语在语境中的含义并非固定，而是充满了内在的差异和变化。这种语言的多义性使得每个词汇、每个句子，甚至每个符号都有无限的解读空间，而这种解读空间总是会不断变化和延展。

解构主义文学通过这种语言的多义性展现出文本的复杂性和多层次性。作家常常通过巧妙的语言游戏、修辞手法和词汇的双关意义，打破传统的固定意义模式，使得文本成为一个无穷无尽的解读场域。例如，某些后现代作家的作品通过极其复杂的语言结构，将文本的意义分散成许多碎片，让每个词语、每个段落都成为一种独立的解读单位。这种手法不仅使得文本的意义不再单一，也赋予了文学创作更大的自由度和开放性。通过对语言的多义性和不确定性的探索，后现代文学不仅增强了对传统语言和叙事模式的批判，也让文学作品成为对知识、权力、文化和社会结构的深刻反思。在解构主义的框架下，语言不再只是传递固定意义的工具，而是一个充满无限可能和反转的场域，作品中的每一个细节都可能承载着新的意义和思想。

四、解构主义文学与文本的反讽性

解构主义文学的另一个重要特点是它的反讽性。反讽作为一种文学技巧，在后现代文学中被广泛应用，它通过自我批判、颠覆性表现和讽刺的方式，揭示了文本背后的虚伪性和不确定性。后现代文学中的反讽不仅是对社会、政治和文化的批判，还直接对文学创作本身进行了批判。在解构主义文学中，反讽常常表现为对传统文学和文化符号的解构。作家通过对经典文本、历史叙事和社会规范的反讽，使得传统的权威和价值体系失去了原有的权威性。反讽使得文学作品中的"真实"变得模糊，原本被认为是固定的价值和意义，开始出现裂痕和变形。这种反讽不仅让作品充满了幽默和自嘲的元素，也通过其批判性，推动了文学的革命性和创新性。例如，后现代作家在创作中经常利用对经典文学作品的重新解读，或者通过对历史事件的讽刺与反思，揭示出文化的虚伪和荒谬。这种通过反讽揭示虚伪的策略，使得解构主义文学在形式上和思想上都充满了挑战性和创造力。反讽不仅展现了文学的自我反思，也让文本的意义更加复杂和多元，使读者在解读过程中不断反思社会、历史和文化的构建。

五、解构主义文学的影响与前景

解构主义文学不仅对文学创作产生了深远的影响，也对文学批评、文化理论和哲学等领域产生了广泛的影响。解构主义提供了一种全新的文本分析视角，强调文本中的差异性、歧义性和非理性，推动了文学研究方法的多元化和开放性。

在解构主义的影响下，文学批评不再追求统一的、固定的解读，而是倡导一种对文本进行多角度、开放性解读的方式。读者在接触解构主义文学作品时，往往被要求摒弃传统的解读习惯，转而接受更加复杂和多元的理解方式。

解构主义的影响也深入到了后现代文学的创作和思想中。后现代作家通过对文本形式和内容的解构，推动了文学创作的创新性和实验性。他们不仅对传统文学的结构和语言进行了大胆的实验，也通过对文本的开放性和自我反思，探索了文学与社会、历史、哲学的关系。后现代文学不仅为文学创作提供了新的视角，也为文化理论、社会批评和哲学思考提供了丰富的材料和思想基础。解构主义文学的前景是广阔的，它不仅是对传统文学批评和创作模式的挑战，也为未来的文学创作和文学研究提供了更为多元的路径。随着全球化和信息化时代的到来，解构主义文学将继续推动文学的开放性、多样性和实验性，带给我们更多的思想冲击和艺术享受。

通过解构主义的分析，我们可以看到后现代文学如何通过对语言和结构的不断创新，突破了传统文学创作的界限，探索了文学的无限可能性。解构主义文学不仅是对文学形式的创新，也是对现代社会、文化和思想的深刻反思与批判。在这种反思和批判中，文学变得更加开放、多元和复杂，为我们提供了新的视野和理解世界的方式。

第三节　后现代叙事中的时间与空间

后现代文学的实验性不仅体现在语言、结构与叙事方式上，时间与空间的处理同样成为后现代文学创作中的一个重要实验领域。传统小说的时间和空间构建通常是线性且固定的，时间按照自然顺序流动，空间则是具体的、可以被感知的物理存在。而在后现代叙事中，时间与空间不再是单纯的、客观的背景元素，它们成为文本的一部分，往往被打破、扭曲或重构，从而反映出后现代对"现实"的质疑与对个体体验的重新定义。后现代文学中的时间与空间往往不是为了叙事的流畅性或真实感而存在，而是作为一种表现形式，挑战着传统的结构观念，试图展示出生活和意识的复杂性和不确定性。后现代文学中的时间与空间问题不仅是对叙事技巧的实验，更是对我们认知世界的方式，及对历史、个体和社会关系的深刻反思。通过对时间与空间的重新塑造，后现代作家的作品不仅是对现实世界的反映，更是对语言、历史、身份和文化的多重视角的呈现。作品中的时间和空间往往呈现出碎片化、交错、循环或相对化的状态，这种状态不仅打破了传统叙事的规律，也为读者提供了不同层面的解读和思考的空间。

一、时间的非线性

在后现代文学中,时间的非线性是最为显著的特征之一。传统文学作品通常采用线性叙事,即时间顺序的明确安排,情节在时间的推动下逐渐展开。故事的开端、发展和结局都有明确的界定。而在后现代文学中,时间的顺序和结构往往是断裂的,叙事往往不遵循时间的自然流动,而呈现为碎片化、不连贯或重叠的状态。作家通过这种方式,试图反映出个体对时间的主观体验及其内在的流动性和混乱性。例如,在托马斯·品钦的《万有引力之虹》中,时间的流动并非按照传统的顺序发展,而是呈现为多条交织的时间线,人物的经历并非连贯的,而是通过跳跃式的回忆、幻想和时间的倒叙方式来推进情节。在这种非线性的时间处理中,品钦不仅打破了传统叙事的时间结构,也让读者体验到了人物思想与情感的碎片化,揭示了个体如何在复杂的社会与历史环境中迷失自己。这种时间的非线性不单是叙事的技巧,而是作品主题的一部分,反映了后现代社会中人们对时间、历史和个体经验的深刻思考。

后现代作家还常常通过对时间的重复和循环进行实验,使得时间不再是线性流动的,而是进入一个无限重复、无法逃脱的循环。在一些后现代作品中,人物常处于同一时间节点的不断重复中,他们的经历和行为反复上演,直到形成某种形式的时间怪圈。这种时间的循环和重复体现了后现代作家对时间的质疑,反映了生活中存在的无尽循环与永恒回归。通过这种方式,后现代作家不仅让时间失去了线性发展,也挑战了我们对于个人命运、历史进程和社会变化的传统观念。

二、时间的相对性与解构

与经典物理学中的"绝对时间"观念不同,后现代文学中的时间常常呈现为相对性的状态。受到量子物理学、相对论以及后现代哲学的影响,后现代作家不再视时间为一个固定的、可以测量的、统一的尺度。相反,时间在作品中根据不同人物、社会背景或历史层次的差异而呈现出不同的速度、进程和体验。通过这种相对性,后现代作家向读者展示了时间的多维性和变化性。例如,在卡尔维诺的《如果在冬夜,一个旅人》中,时间的流动并不是固定的,而是随着读者的身份、选择和解读的不同而发生变化。小说通过不断切换叙事视角和故事情节,打破了时间的线性流动,使得时间成为一种与读者的参与和感知紧密相关的构成因素。通过这种方式,卡尔维诺使得时间变得更加灵活、多变,强调了个体在其中的相对性与主观性。

时间的相对性不仅体现在小说的结构上,还深刻影响了作品的主题表达。在后现代文学中,历史的非线性和相对性反映了对传统历史观念的挑战。后现代作家认为,历史不仅是对过去发生的事情的简单回顾,也是一个被不断解读、重构和再创造的过程。历史的时间被拆解、分解,并呈现出多个并行的时间线,历史事件的意义也因个人的经验和观念的不同而发生变化。这种历史观和时间观反映了后现代文学对传统"历史真相"理念的质疑,强调历史和时间的多样性、相对性以及个人主观经验在其中的作用。

三、空间的非固定性与流动性

在后现代文学中,空间同样经历了显著的变化,空间不再是一个客观、静止的物理存在,而是被重新解构和流动。传统文学中的空间通常是由作者清晰设定的背景,人物在空间中按顺序移动,空间本身具有明确的界限。而后现代文学中的空间则更具流动性、模糊性和不确定性。空间在文本中不再是固定的参照物,而是随着人物的意识流动、情感变化和叙事结构的扭曲而不断变化。

后现代作家通过对空间的非固定性处理,揭示了现代社会中人们对空间的主观感知以及空间与个体身份的紧密关系。在很多后现代作品中,空间并非单纯的外部背景,而是与人物的内心世界密切交织。人物的心境、情感与行为常常决定了空间的性质与变化。在这种空间观念下,空间成为情感的延伸和心灵的体现,它不仅是物理的,也是心理的、情感的、社会的。在保罗·奥斯特的《纽约三部曲》中,空间被描绘为一个不断变换、无法固定的地方。故事中的人物在这座城市中漂泊,他们的行动常常与城市的变化和流动相互关联。城市不再是一个静止的背景,而是成为人物心理变化的映射。人物在城市空间中的迷失与困惑正是他们内心世界的反映,空间的流动性体现了人物身份的不确定性和社会关系的断裂。

空间的非固定性在后现代文学中也通过"非场所"的概念得到体现。非场所是指那些无法归属的、没有明确功能和身份认同的空间,如机场、购物中心、停车场等。这些空间没有历史文化的背景,也没有明确的社会功能,它们只是现代社会中大量的交汇点和中转站。后现代作家通过对这些非场所的描绘,强调了现代社会空间的匿名性、碎片化和去历史化,表现了个体在现代社会中的疏离与孤独。

四、空间的多维性与虚拟性

后现代文学中的空间不仅表现为物理空间的非固定性,还通过虚拟空间的引入扩展了空间的多维性。在许多后现代作品中,虚拟空间和现实空间交织在一起,构成了一个多重的空间体验。虚拟空间是由技术、媒体、网络等元素所构建的,它并非直接存在于物理世界中,却对个体的感知和生活产生了深刻的影响。后现代作家通过对虚拟空间的表现,揭示了现代人在技术与现实之间的矛盾与互动，展现了个体在真实世界和虚拟世界中的身份认同与文化归属的冲突。

在一些后现代作品中，虚拟空间不仅作为背景存在，还成为故事情节的一部分。作家通过对虚拟空间的描述，探索了人类意识与技术介入之间的关系。这些作品不仅反映了对虚拟现实的技术性探索，也表现了对个体在现代信息化社会中的生存状态的深刻思考。虚拟空间和现实空间的交织，使得空间的意义不再简单而固定，而是随着技术的发展和人类认知的变化而不断演化。后现代作家还通过空间的多维性表现了对现实世界的质疑。在许多后现代小说中，空间不再是一个简单的物理环境，而是一个充满矛盾、层次和解读空间的场域。空间的多重性使得人物的行为和情感无法被简单地归纳，故事的解读也充满了复杂性。通过这种方式，后现代作家突破了传统空间的局限，创造了一个更加开放和多元的文学世界。

后现代文学中的时间和空间的实验性，体现了作家对传统文学形式的挑战与对现实世界的深刻反思。通过对时间与空间的非线性、碎片化、相对性和虚拟性的处理，后现代作家为文学创作开辟了新的天地。时间与空间不再是单纯的叙事工具，而是文学作品中的构成元素，承载着思想、情感和文化的多重维度。后现代叙事中的时间与空间的革新，不仅丰富了文学的表现形式，也为我们理解现代社会、历史变迁和个体生存提供了全新的视角。在后现代文学的语境下，时间和空间的实验性展示了人类生活的复杂性、不确定性与开放性，成为文学探索的核心领域之一。

第四节　后现代文学对经典文学的反叛与致敬

后现代文学不仅是对传统文学形式和价值观的一次深刻反思，更是对经典文学的反叛与致敬。这一文学流派通过对经典作品和传统叙事结构的戏仿、重构和颠覆，展现了其独特的文学态度。后现代作家通过创新和挑战，既批判了经典文学的某些局限性，也在某种程度上重新激活了经典作品的精神和内涵。通过这种双重视角的反思，后现代文学不仅打破了传统文学的束缚，还为文学创作提供了更广阔的可能性空间。后现代文学对经典文学的反叛主要体现在对权威叙事、线性结构以及文学语言的质疑上。作家们通过解构传统叙事手法和文学形式，强调文学创作的实验性和开放性。他们挑战了经典文学作品中蕴含的"中心化"理念，推动文学从单一、封闭的文化符号系统走向多元、开放的解读空间。同时，后现代文学对经典作品的致敬，也表现为作家对经典文本的深刻理解和再创造。后现代作家并非全然抛弃经典，而是在新的社会文化语境中重新诠释经典的意义，使其焕发出新的生命力。

一、对经典文学的反叛

后现代文学对经典文学的反叛，首先表现为对传统叙事结构和文本权威的挑战。在经典文学中，尤其是19世纪的现实主义文学，往往采用线性叙事结构，通过清晰的开端、发展和结尾来推动情节。经典作品中的时间和空间通常是固定的，人物的发展也是按照一定的道德和社会标准展开。而后现代文学通过非线性叙事、碎片化结构、时间和空间的扭曲，彻底打破了传统的叙事框架。在许多后现代作品中，情节的展开不再遵循时间的顺序，人物的命运也不再是由传统道德或社会规范所决定。例如，托马斯·品钦的《万有引力之虹》便采用了复杂的多线索叙事方式，多个故事交错进行，不同的时间线和空间关系并行展现。这种叙事方式摒弃了传统小说中简单、清晰的因果关系，让读者在阅读过程中不断迷失于文本的碎片和错综复杂的线索中。通过这种非线性叙事，后现代文学挑战了经典文学中对叙事"中心"的固守，突出了文本本身的不确定性和开放性。

后现代文学还通过对经典文学形式的解构，挑战了文学语言的权威。在传统文学中，语言常被视为传达作者意图和社会规范的工具，承载着固定的、普遍的意义。后现代作家则通过语言的实验和创新，打破了语言的规范性。例如，弗朗茨·卡夫卡的《变形记》以荒诞的情节和极具实验性的语言结构，颠覆了传统文学中语言的功能。卡夫卡通过语言的扭曲和心理的描写，让读者感受到人物与现实世界的隔阂，以及语言本身的异化。语言在后现代文学中不仅是思想表达的工具，更是反映现实世界深层困境的手段。另外，后现代作家通过讽刺、幽默、拼贴等手法，以反叛的姿态批判经典文学的神圣性和权威性。许多后现代作品通过自我反思和自我指涉，揭示出经典文学作品的虚伪和局限性。例如，约翰·巴斯的《朋友的故事》中，作家通过多重叙事和虚构的故事结构，既打破了传统文学中的角色、情节和意义的固定性，又挑战了经典文学中"正统"和"高尚"文学价值的定义。通过这种方式，后现代文学不仅表现出对经典文学的深刻怀疑，也体现了对传统文学模式的批判和反思。

二、经典文学的再创造与致敬

尽管后现代文学在形式和内容上与经典文学形成了鲜明的对立，它对经典作品的致敬并没有消失。事实上，后现代作家通过对经典文学的再创造与重构，既传承了经典作品中的思想与文化内涵，也让经典文学在新的社会背景下焕发了新的生命力。后现代作家并非简单地反叛和排斥经典，而是在经典的框架中寻找新的意义和表现方式，从而赋予经典作品更多的解读可能。

后现代文学的致敬往往表现为对经典作品的"再现"与"解构"并存。在后现代作品中，经典文学的情节、人物、主题和形式经常被借用、模仿或再创造。

然而，这种借用并不是简单的复刻，而是通过解构和重塑，使经典文本在新的文化语境下获得新的意义。例如，后现代作家常常通过对经典作品的"戏仿"或"恶搞"，重新审视经典文学中所隐含的文化观念和社会结构。通过这种方式，后现代作家既向经典作品致敬，又通过批判性的再创造，揭示了经典文学的局限性和当代价值。

在一些后现代作品中，经典文学的经典元素被重新解释和赋予新的价值。比如，后现代作家通过对莎士比亚戏剧中人物命运的重新塑造，反映出现代社会中个体身份的流动性和复杂性。莎士比亚笔下的悲剧人物在后现代作品中常常不再是固定的道德化人物，而是呈现出更多层次和模糊性的角色形象。在此过程中，经典作品中的伦理和社会规范被重新审视，作家通过对经典人物的重塑，赋予了这些人物新的历史使命和文化背景。例如，后现代作家通过对经典文学作品中的结构、情节和人物进行重构，不仅让这些经典作品得以复生，还让它们在当代文化的语境中拥有了新的阐释空间。在约翰·巴斯的作品中，经典文学作品的再创造和致敬并不局限于传统的文学范畴，还涵盖了其他艺术形式和文化符号的借用与重组。巴斯通过多种文学技巧和手法，如拼贴、荒诞、跨文本叙事等，重新审视了经典作品的历史地位和文化功能，使经典文学作品得以重新焕发其艺术与思想的力量。

三、经典文本的多元解读与后现代作品的重读

后现代文学不仅通过对经典文学的形式和内容进行创新，还通过多元解读的方式对经典作品进行了再生。后现代作家认为，经典作品并不应当有一个固定的解释，而应当在不同的历史、文化和社会语境中持续地生成新的意义。这种对经典作品的多元解读，体现了后现代文学的开放性和自由度，也反映了后现代作家对知识、权力和文化规范的深刻反思。

通过多元解读，后现代文学重塑了经典文学中的权力结构与社会关系。在许多后现代作品中，经典文学作品的角色、事件和主题被重新审视，并从全新的视角进行阐释。例如，后现代作品中的历史人物和文化符号往往被打上新的印记，赋予了不同于经典版本的政治、性别、文化等维度。这种多元解读不仅拓宽了经典作品的内涵，也为当代社会提供了新的文化视角。例如，后现代作家通过对莎士比亚作品的多元解读，重新诠释了经典人物的性别、阶级和权力关系。在莎士比亚的《哈姆雷特》中，哈姆雷特被看作是悲剧的核心人物，但在后现代作品中，哈姆雷特的内心世界和情感矛盾被赋予了更加多元的解读，表现出个体在现代社会中面临的精神危机和身份困境。通过这种方式，后现代作家不仅重新评估了经典人物的命运，还揭示了经典作品中隐藏的现代性问题。

后现代文学中的经典作品再创造不仅展现了对经典的致敬，还突显了经典文本在当代社会中的文化适应性和变革能力。通过多重的解读和重构，经典文学作品在后现代文学中得到了新的生命，不再是过去的历史遗产，而是一个不断发展的思想源泉。

第六章 外国文学中的叙事创新

第一节 叙事视角的多重变化

叙事视角是文学作品中影响故事呈现方式的核心元素之一,它不仅决定了读者如何接触到故事的情节和人物,还在深层次上影响了作品的主题、情感和思想表达。随着外国文学的不断演变,叙事视角逐渐从传统的单一视角向多重视角的形式发展,尤其在 20 世纪以来的现代主义和后现代主义文学中,叙事视角的创新与变化成为文学创作中不可忽视的特点。

传统小说往往采用全知叙事者或单一人物的视角来讲述故事,这种模式虽然能够清晰地传递事件的经过和人物的心理,但也局限了对更复杂情感和多维度思想的探索。后现代文学和一些现代主义作品开始通过引入多重叙事视角的方式打破这一局限,使得叙事结构更加开放和多元。在这些作品中,不同的视角交替出现,人物的内心独白、社会背景、事件的不同切面等均在不同的叙事视角中展现出来,从而使作品在情感和思想层面更加丰富,也让读者能够从不同维度理解和体验故事。

叙事视角的变化不仅体现在视觉和结构的层面,还反映了作者对现实、时间、历史以及文化等多重主题的重新审视。多重视角的使用,使得作品呈现出层叠的效果,事件和人物的动机可以从多个角度得到揭示,人物内心的复杂性和外部世界的联系得以更深入地展示。对叙事视角的创新和变化,不仅增强了故事的多维性和不确定性,也使得作品在结构和意义上变得更加开放和流动。

一、全知视角的挑战与多重视角的引入

全知视角作为经典小说中的主要叙事方式,通常由一个无所不知的叙述者来引导故事发展,提供对所有人物和事件的全盘了解。传统的全知叙述方式有助于情节的推进和人物的刻画,因为它允许作者在任何时刻向读者揭示任何信息。然而,这种模式也存在一定的局限性,尤其在描绘人物复杂内心世界和展示不同情

感层面时，过于集中于全知视角的叙事可能无法充分展示每个角色的独立性和多维度性。

进入现代主义和后现代主义文学后，叙事视角的单一化被逐渐打破。作家们开始探索将不同视角交替使用的方法，使故事在叙事过程中呈现出更加多样性和有深度。多重视角不仅能为作品带来更多的信息层次，还能够让读者从多个角度理解人物的行动和内心冲突。在这种多视角的叙事结构中，故事的每个细节都可能由不同的人物从各自的视角提供不同的解释和理解，呈现出多重维度的真实感。例如，威廉·福克纳的《我弥留之际》便通过多个角色的视角呈现了同一事件的不同面貌。每个叙事者的声音都具有独立性和特殊性，而这些叙事者的叙述并非线性展开，而是通过碎片化的、不同时间层次的情节交替进行。福克纳通过这种多视角的叙事方式，打破了传统叙事的完整性和稳定性，呈现了人类在面对相同事件时因各自经验、背景和心理状态的差异所产生的复杂反应。通过多重叙事视角，福克纳不仅深刻揭示了人物内心的矛盾与冲突，还强调了人类经验的主观性与多变性。

多重视角的叙事结构为作品赋予了流动性与开放性，它并不追求固定的主题或单一的情节进展，而是通过多维度的视角构建出一个层次丰富、充满变数的文学空间。与传统的全知叙事不同，多重视角的叙事结构让读者能够从不同角色的经历中抽取各自的意义，同时使得文本中的信息和情感充满了不确定性和自由性。

二、第一人称视角的多样性与内心世界的探索

随着叙事方式的不断创新，第一人称视角在许多后现代和现代作品中得到了广泛应用。第一人称视角让故事成为主人公的个人体验和内心独白，通过主人公的眼睛来感知世界、评判他人，并通过他们的内心世界呈现出最为直接和真实的情感。与全知视角不同，第一人称视角虽然局限于某一特定的视野，但能够揭示人物内心的复杂情感与心理活动。因此，许多作品选择通过第一人称视角来进行叙事，从而深入挖掘人物内心深处的动机、冲突和迷茫。

第一人称视角的应用不仅是对人物心理的探索，也为作品带来了强烈的个性化特征。人物通过第一人称叙述方式，直接向读者展示了他们的思想、情感以及对外部世界的看法。这种视角的特殊性使得人物的自我表达得以增强，同时也限制了对其他角色的全面了解，强化了叙事的片面性和主观性。在某些作品中，这种叙事的片面性成为作品核心的魅力所在，它展示了如何在单一的视角下创造出丰富的情感和思想层次。例如，海明威的《老人与海》便采用了第一人称的叙述方式，尽管全篇几乎只有老渔夫这一主角的内心独白，但通过这种方式，海明威

让读者深入到人物内心，感受他对命运的坚持与对大海的尊敬。在这一过程中，第一人称视角的使用使得人物的情感显得格外真实和贴近，强化了主人公孤独与坚持的精神主题。

与传统文学中的单一第一人称视角不同，后现代文学中常常通过多重第一人称叙事视角来进行故事讲述。在一些后现代作品中，多个不同的第一人称视角交替出现，每个叙事者的叙述都从不同的角度展示同一事件或情感。这种叙事方式不仅丰富了故事的层次，还展示了人物在同一情境下的多重感受和解读。例如，在卡尔维诺的《如果在冬夜，一个旅人》中，卡尔维诺通过多重第一人称视角来展现不同人物的心理活动和对故事的不同解读。这种方式让每一个叙事视角都成为文本的重要构成部分，推动着整个小说的情节发展。同时，卡尔维诺通过这种叙事模式，也在不断挑战传统文学中的统一视角和固定结构，使得文本的阅读充满了不确定性和多重解读的可能。

三、第三人称有限视角与人物的内心剖析

第三人称叙事视角常被视为经典文学中最为常见的叙述方式，它既能够展示人物的外在行动，又能够深入探讨人物的内心世界。第三人称有限视角是一种对传统全知叙事的调整，它通过将叙事的焦点限制在某个特定人物身上，既保持了外部世界的客观描述，也能够深入该人物的内心活动，从而创造出丰富的叙事层次。在第三人称有限视角中，读者只能通过叙述者的选择和呈现来了解人物的内心世界，叙述者通常会根据人物的情感和心理活动来选取焦点。与全知视角不同，第三人称有限视角中的叙事者并不掌握所有人物的思想和情感，而是将焦点集中在某一个或几个特定人物的内心活动上，从而使人物的情感更加细腻且具有深度。

这种叙事方式尤其适用于人物性格的塑造与心理剖析，能够有效地展示人物在特定情境下的心理斗争和内心冲突。例如，托尔斯泰的《战争与和平》便采用了第三人称有限视角，通过对主要人物的心理活动和感情波动的深入描写，展现了他们在战争与和平的背景下的复杂心态。在这类作品中，第三人称有限视角的使用使得人物的内心世界和外部事件紧密结合，增强了故事的情感张力和人物的真实感。

四、多重视角的融合与叙事的多维度

后现代文学中的叙事常常突破传统的单一视角限制，通过多重视角的融合，展示故事的多维度性。多重视角不仅是单纯的多个叙事角度的堆砌，更是对人物、情节和主题的多层次、多维度的展开。通过这种多重视角，作品能够呈现

出事件的多个面向，打破传统叙事中的线性发展，创造出一个更加复杂的叙事结构。

在一些后现代作品中，作家通过在同一作品中交替使用多个视角，描绘了同一事件的不同解读和不同人物的情感体验。例如，威廉·福克纳的《我弥留之际》通过多个人物的视角来描绘同一事件，从而展现了人物内心的多重性和复杂性。这种多重视角的叙事不仅让读者能够从不同角度解读人物的行为和情感，还使得故事本身的意义更加丰富和多元。此外，多重视角的叙事方式还促进了不同文化和社会背景之间的对话。在某些作品中，作家通过将不同文化、不同社会阶层的人物视角交织在一起，展示了不同身份背景下的复杂关系。这种方式不仅增强了作品的文化深度，也让读者能够更全面地理解作品中的人物动机和情感冲突。

后现代文学通过对叙事视角的多重创新，打破了传统文学中单一视角的局限，为文学创作提供了更加开放和多维的可能性。通过非线性的结构、多个视角的交替使用以及人物内心的深刻探索，后现代作家不仅丰富了作品的情感层次，也让读者能够从不同维度解读故事。叙事视角的多重变化为后现代文学赋予了更加灵活、复杂和开放的特点，使得作品能够反映出更为复杂的社会背景、人类心理和文化冲突。

第二节 语言的解构与重构

语言是文学创作的核心工具，也是塑造思想、表达情感和建构文化的重要媒介。随着文学理论和创作方式的演变，语言的作用和意义逐渐发生了深刻的变化，尤其是在后现代主义文学中，语言不仅是传递信息的工具，更是被用来探索和展示世界的多维度性。后现代作家通过对语言的解构与重构，推动了文学创作的实验性与创新性，打破了传统的语法、语义结构，揭示了语言的多重性和不确定性。语言的解构是指对传统语言结构、表达方式以及语义的瓦解与质疑，它通过揭示语言本身的差异性、模糊性和不稳定性，打破了原有的表达逻辑与意义秩序。在这一过程中，后现代作家不仅质疑语言的传递功能，还反思了语言如何塑造个体认知、社会结构和文化意识。语言的重构则是指通过创造新的语言形式或语法结构，挑战传统的语言规范和叙事规则，展现语言的创新性与多样性。

语言的解构与重构在后现代文学中不仅是技术性的创新，更是对传统思想、文化与社会规范的批判。通过语言的不断解构和重构，后现代作家赋予文本更大的自由度与开放性，使得作品在思想和情感上更加复杂和多维。语言不再是单一的意义传递工具，而成为思想、文化和个体自我探索的场域。

一、语言的解构：差异性与不确定性

解构主义是后现代文学中最具影响力的思想之一，而语言的解构正是解构主义的核心内容之一。解构主义认为，语言的意义并非固定和单一的，而是由无数的差异和反差所构成的。每一个词语的意义都不是通过一个固定的定义来确定的，而是通过它与其他词语的关系以及其所处的语境来构建的。因此，语言的本质是不断变化的，充满了不确定性和多重性。

这种差异性在后现代文学中的体现，往往通过对语言的颠覆性使用来展现。作家们通过拆解传统的语言结构，揭示语言内在的模糊性和自我矛盾，从而强调语言并非可以精确传递客观真实的工具。在传统文学中，语言通常被视为传递作者意图、表述主题和表达情感的媒介，而在后现代作品中，语言本身的构建过程成了探索文本意义的核心。在这种探索中，语言的多义性、不确定性和流动性成为作品的主要特点，读者可以通过不断解读文本中的语言差异，进入到一个充满开放性和流动性的意义世界。例如，詹姆斯·乔伊斯的《尤利西斯》便是语言解构的经典之作。乔伊斯通过极其复杂的语言结构，打破了传统叙事语言的清晰性和逻辑性。他通过意识流技法展现人物的内心世界，使得语言呈现出不连续、不规范的状态。乔伊斯的语言在作品中并不是简单地传递信息，而是通过不断变化、跳跃的语言风格，构建了一种新的叙事方式。这种语言的多重解构，揭示了人物内心世界的复杂性，同时也反映了语言本身的差异性和不稳定性。

此外，语言的解构还体现在语法的颠覆与修辞的实验上。后现代作家常常使用非传统的语法结构，甚至刻意打破语法规则，使语言呈现出一种自由流动的状态。这种做法不仅破坏了传统语言的规范性，也强调了语言的开放性和不确定性。通过这种方式，作家将语言的意义从固定的语法和句式中解放出来，让语言本身成为表达思想和情感的载体，同时也让文本的意义变得更加流动、模糊和多义。

二、语言的重构：新语言形式与创新表达

语言的重构则是通过对语言结构和表达方式的创新，进一步挑战传统文学中的语言规范。后现代文学中的语言重构并不仅是对词汇、句式的简单改变，更是在思想、文化和社会层面上的一次深入实验。作家通过对语言的创造性使用，重新定义了语言的功能和作用，赋予语言新的表现形式和表达方式。通过语言的重构，后现代作家不仅重塑了文学文本的形式，也重新思考了语言与现实之间的关系，展现了语言对社会、历史和个体身份的建构作用。

后现代作家在语言的重构中，将传统的语言元素与新的表现手法相结合，形成独特的语言风格。这种风格不仅突破了传统的文学叙事方式，也展现了个体在

现代社会中的困境与解放。例如，巴赫金的"狂欢化"理论即语言重构的一种表现形式，作家通过对语言的讽刺、幽默和夸张的处理，表现出对社会权威、道德规范和历史秩序的批判。在这种语言的重构中，作家不仅挑战了传统文学的严肃性和权威性，也为文学创作提供了新的表现空间和思维方式。

在后现代文学作品中，语言的重构通常伴随着对经典文学语言的戏仿和反叛。许多作家通过对经典文学语言的引用和变形，既向经典致敬，又在语言上进行创新和突破。通过这种语言的重构，作家不仅表达了对经典文学的反思，也推动了文学语言的发展，使其更加符合当代社会的文化语境。例如，托马斯·品钦的《万有引力之虹》便是一部充满语言重构的作品。品钦在小说中使用了大量的非传统语言结构和修辞手法，形成了独特的语言风格。他通过语言的多元化表达和语法的实验性使用，创造了一个极为复杂的文本结构。在这个结构中，语言不仅是传递故事的工具，更是作品本身意义的构建者和塑造者。品钦通过语言的重构，将传统的叙事形式推向了极限，展现了语言对思想、文化和历史的深刻塑造作用。

三、语言的象征与意义的重叠

语言的解构与重构不仅是语法和句式上的变化，还涉及语言本身象征性和意义层次的重塑。在后现代文学中，语言被视为一个多层次、多维度的符号系统，不再只是简单的交流工具，而是构成社会、文化和历史的基础。在这一过程中，语言的意义不再是固定的，而是通过不断的符号互换、语境转换和多重解释，呈现出无穷的层次和可能性。后现代作家通过对语言象征性的运用，使语言的意义变得模糊、流动和多义。作品中的语言符号通常不再与某一固定意义直接挂钩，而是通过其文化、社会和历史的多重联系，呈现出开放性的含义。语言的象征不再是单一的指代，而是通过与不同文化符号、历史记忆以及个体经验的对接，形成了多重的意义网络。这种网络既展示了个体对现实的理解，又揭示了语言如何在社会和文化层面上构建我们对世界的认知。

在一些后现代作品中，作家通过对语言象征的重塑，展现了文化之间的冲突、融合和转化。例如，在一些小说中，作家通过语言的杂糅、拼贴和反转，使得语言符号既保留了传统文化的痕迹，又融入了当代社会的意识形态。通过这种语言的象征性构建，后现代作品不仅展示了文学语言的丰富性和多样性，也体现了社会文化的复杂性和多维性。

四、语言与文化的互动：解构与再创造

语言的解构和重构不仅改变了文学创作的语言形式，也深刻影响了语言与

文化之间的关系。后现代文学通过对语言的实验性使用，使语言成为文化批判和社会反思的工具。作家不仅通过解构传统语言规范和叙事结构，挑战了文学中的权威性和单一性，也通过语言的创新表达，反思了现代社会中的文化认同、历史观念和社会结构。后现代作家通过语言的重构，打破了传统语言所固守的文化框架，创造出了新的语言符号和表达方式。这种方式既能反映当代社会的多元性，也能揭示传统文化中的隐性权力结构。在这种背景下，语言的解构和重构不仅是文学形式的创新，更是对文化、社会和政治的深刻反思。通过对语言符号的不断实验和创新，后现代作家将语言从单纯的交流工具转变为文化批判和思想表达的强大武器。

在一些作品中，后现代作家通过对多种语言、方言、俚语及流行文化的引入，使语言的表达更为复杂和多维。这种语言的多样性不仅是对文化传统的继承和创新，更是对语言作为文化载体的深刻再创造。通过这些语言的实验，作家们展示了语言如何反映出文化的多样性、身份的流动性以及社会的变革。

语言的解构与重构是后现代文学中的核心实验之一。通过对语言结构、语法规则和表达方式的创新，后现代作家不仅突破了传统文学的叙事框架，也为文学语言的发展提供了新的视角和表现形式。语言不再是单一意义的传递工具，而是一个充满多重解读和可能性的场域。通过对语言的解构与重构，后现代文学不仅增强了作品的思想深度和情感层次，也推动了文学创作向更加开放、自由和复杂的方向发展。

第三节　非线性叙事与碎片化结构

非线性叙事与碎片化结构在 20 世纪的外国文学中成为重要的叙事手段，尤其在现代主义和后现代主义的作品中，它们展示了打破传统叙事规则的创新尝试。与传统的线性叙事方式不同，非线性叙事不遵循时间的顺序和因果关系，而是通过错综复杂、交错并列的结构展开。这种叙事方式不仅为作品提供了多重的阅读层次，还推动了文学的形式创新，使得作品的时间与空间更加自由、开放。

碎片化结构则是非线性叙事的一种特殊表现，强调作品结构上的破碎、片段化和不连续性。碎片化结构将文本分割为多个独立的部分，这些部分之间可能缺乏明确的因果关系，甚至缺乏明确的时空背景。通过这种结构，作家可以探索人物内心的复杂性、思想的流动性以及情节发展的不确定性，同时也让读者在理解作品时经历更加自由和开放的思考过程。非线性叙事与碎片化结构的结合，既展示了对传统叙事形式的挑战，也反映了对现实世界复杂性和多样性的艺术再现。

这些叙事方式的广泛使用，标志着文学创作从线性叙事的"单向性"走向了多元、非传统的"开放性"。通过非线性叙事与碎片化结构，作家不仅在形式上创新，更在思想和主题的表现上开辟了新的空间。

一、非线性叙事的定义与起源

非线性叙事是一种不按照时间的自然顺序来叙述故事的方式。这种叙事方式的核心特征是时间和事件的结构不再是线性推进的，而是通过回忆、跳跃、平行叙事等手法，将事件或情节从不同的角度进行呈现。在非线性叙事中，时间的顺序常常被打乱，故事的展开呈现出断裂和反复，人物的经历不再是由因果关系所决定，而是由多重的视角和层次交织而成。非线性叙事的历史可以追溯到19世纪末和20世纪初，尤其是在现代主义文学的兴起中，非线性叙事成为作家探索个体内心、社会现实和历史记忆的重要手段。在现代主义作家眼中，传统的线性叙事方式无法充分表达现代人生活中的碎片化经验和多重心理状态。因此，作家们尝试通过打破时间的顺序，展现人物的内心独白、记忆的跳跃以及意识的流动。

尤其是在第一次世界大战后，社会环境的变化、技术的进步以及哲学思想的转型，使得作家们更加倾向于探索非线性叙事的可能性。作家们开始关注个体的内心世界，强调感知的相对性和主观性，拒绝以传统的时间顺序和因果关系来组织叙事，转而选择通过内心独白、流动的意识、非传统的情节推进方式，来呈现人物的复杂心理状态和生活经历。

二、非线性叙事的特点与表现方式

非线性叙事的基本特点之一是它对传统时间线性流动的打破。在传统叙事中，时间往往被看作是客观的、稳定的线性过程，事件在时间的推移中逐步展开，情节由开始、发展到高潮和结局逐步推进。而非线性叙事则将这一顺序打破，时间的跳跃、回溯和重叠成为其主要特征。

非线性叙事的另一个特点是对因果关系的弱化或解构。在传统小说中，情节的展开通常是因果关系驱动的，每一个事件都在前一个事件的基础上展开。非线性叙事则通过时间的跳跃和碎片化的情节展示，削弱了事件与事件之间的直接因果联系，强调了个体经验和情感的复杂性。例如，作家可能通过回忆和幻想的交替，或者通过人物的多重视角来展示同一事件的不同面向，进而体现出生活经验的多元性和相对性。非线性叙事的第三个特点是它的开放性与多义性。在非线性叙事中，事件的排列不再是一个封闭的、固定的结构，而是通过错综复杂的时间层次和空间布局，给予读者更多的解读空间。通过这种叙事方式，作家放弃了传统叙事中对故事结局的明确设定，读者的解读过程成为故事意义的生成过程之一。

非线性叙事的表现方式多种多样，作家通过多线索叙事、意识流、倒叙、回忆、梦境等手法，打破传统的情节安排方式。比如，在福克纳的《我弥留之际》中，多个视角交替出现，时间上也没有严格的顺序，故事从不同人物的回忆和视角中展开，情节充满了跳跃性和非线性结构。在《尤利西斯》这部作品中，詹姆斯·乔伊斯通过意识流的方式展现人物的内心世界，打破了传统的时间线性，将人物的思想、记忆与当下经验交织在一起，从而呈现出时间流动的非线性特性。

三、碎片化结构的内涵与表现

碎片化结构作为非线性叙事的一种表现形式，强调的是故事和文本的非连续性、解构性和片段性。在传统文学中，故事通常是一个完整、连贯的整体，人物的经历和情节的发展有着明确的起承转合。碎片化结构则通过将故事拆解成多个独立的、相对独立的部分，打破了传统叙事的统一性和连贯性。碎片化结构的使用可以呈现出更多的情感层次和心理深度，它通过不同的情节片段、场景或视角展示人物的不同面貌和内心世界，进而构建出一个多维度的文学世界。碎片化叙事并不寻求事件的完整性和连续性，而是通过多个零散的、互不直接关联的片段来传达某种更深层次的情感或思想，赋予作品更大的解读空间和不确定性。

碎片化结构在后现代主义文学中尤为突出，后现代作家常利用这一结构来表达对现代社会、历史和文化的批判。通过碎片化的叙事，作家揭示了社会现实的破碎和个体在现代生活中的困境。碎片化结构反映了后现代社会中的碎片化经验和人类生活的非连贯性，使得文本中的意义始终处于流动和再创造的状态。如托马斯·品钦的《万有引力之虹》便采用了典型的碎片化结构，小说中的情节几乎没有明确的线性发展，故事通过大量的插叙、回忆、细节描写和不同时间点的交替展开。品钦通过这种方式令文本充满了碎片化的情节和多重的意义层次，从而使得整部小说成为一个庞大且高度不确定的叙事体系，呈现出后现代文学的特有风貌。

碎片化叙事不仅影响了文本的结构，还改变了读者对作品的解读方式。与传统文学的阅读模式不同，碎片化叙事要求读者在多个片段中寻找连接的线索，通过不同的视角和理解将零散的碎片组合起来，从而形成对故事的完整理解。碎片化的结构使得读者的解读过程更加开放、多维，也让文本在意义的生成上充满了多重可能性。

四、非线性叙事与碎片化结构的文化与思想意义

非线性叙事和碎片化结构不仅是文学形式上的创新,在文化和思想层面也具有重要的意义。后现代文学中的时间和空间的非线性、事件的碎片化以及人物内心世界的复杂性,都与现代社会的文化变革和个体生活的多样性密切相关。在现代社会中,个体的经验和感知不再是统一和线性的,生活充满了断裂、变化和不确定性。社会的发展、历史的进程和文化的变迁,常常呈现出碎片化和不连贯的状态。非线性叙事和碎片化结构正是对这种现代社会现象的艺术再现,它们展现了个体在复杂、多变的社会环境中的迷茫与不安,同时也反映了现代社会中知识、文化和历史的碎片化。

非线性叙事和碎片化结构也揭示了现代人对历史和时间的认知变化。在传统叙事中,时间被视为一种线性推进的力量,而后现代作家通过非线性叙事打破了这一观念,认为时间的流动是相对的、多维的,并且常常是由个体的感知和社会背景所塑造的。这种对时间和历史的非线性认知,反映了现代人对过去和未来的复杂态度,对历史进程的反思以及对当下困境的批判。碎片化的叙事结构同样反映了人们对现代生活状态的批判。现代社会的复杂性、信息的过载以及生活节奏的加快,使得个体在信息流中不断遭遇碎片化的经验和混乱的情感。通过碎片化的叙事方式,作家不仅表达了对这种生活方式的批判,还通过这种艺术手法展现了人物内心的挣扎与社会现实的冲突。

非线性叙事和碎片化结构在后现代文学中的运用,不仅是文学形式上的创新,更深刻地反映了对现代社会、历史、文化以及个体经验的理解。这些叙事技巧的应用使得作品在形式和内容上都呈现出更加开放、多维和复杂的面貌。通过对传统叙事规则的打破,后现代作家开创了文学创作的新天地,也为读者提供了更多的解读空间和思考维度。非线性叙事与碎片化结构成为后现代文学的一个核心特征,它们不仅推动了文学创作的实验性,也为我们理解当代社会的复杂性和多样性提供了新的视角。

第四节 文本的互动性与读者的参与

随着文学的不断演进,尤其是在 20 世纪的现代主义和后现代主义中,文本的互动性和读者的参与逐渐成为文学创作的重要特征之一。传统文学作品的结构通常是封闭的,作者和读者之间的关系比较单一,读者主要通过解读文本来理解和接受作者所传达的信息。然而,随着文学创作形式的革新,尤其是后现代主义文学的兴起,作家们开始探索文本和读者之间更加复杂、动态的互动关系,文本

不再是一个单纯的、由作者单向传递信息的载体,而是一个由读者参与、解读、重构的多维度空间。文本的互动性不仅体现在形式上的实验和语言的创新,还反映了作家对传统文学观念、作者角色和读者位置的深刻反思。在后现代文学中,作家常常通过打破传统叙事的界限、引入多重视角和开放结构,来使读者在阅读过程中成为"共同创作者"。在这种互动性文本的世界里,读者的参与不再是被动的,而是具有主动性和创造性,读者通过对文本的解读和再构,直接影响文本的意义生成。

一、文本的开放性与读者的主动参与

在传统文学中,文本的意义大多由作者预设并传达给读者,读者的任务是接受并理解作者通过文本传递的思想和情感。然而,在后现代主义文学中,文本的意义并不是固定不变的,而是一个开放的、充满可能性的构建场。作家通过打破传统的结构、语言和叙事规则,使得文本充满了多重解读的可能性,读者不仅是解码者,还变成了意义的共同创造者。通过这一互动性结构,读者的角色从单纯的接受者转变为参与者,他们的阅读行为直接影响着文本的意义生成。

后现代作家通过开放性结构和不确定性的叙事方式,允许文本内涵在不断的阅读中被再创造。这样的文本并非封闭的,而是充满了缺口和未解之谜,这些未解的空白给予了读者极大的自由度。读者可以从不同的视角、不同的背景和不同的文化立场出发,通过解读文本中的符号、语言、图像、叙事层次等元素,来填补这些空白,创造属于自己的文本意义。例如,杰罗姆·大卫·塞林格的《麦田里的守望者》便在这方面进行了探索。尽管整部小说围绕霍尔顿·考尔菲尔德的经历展开,但作者通过霍尔顿的第一人称叙述,使得整部作品的解读空间极为宽广。霍尔顿的内心世界充满混乱和自我否定,读者在阅读过程中不仅要解读他的行为,还需要思考他对世界的看法和情感反应。由于霍尔顿的叙述本身存在一定的主观偏见,读者不得不在不断的怀疑和解读中塑造文本的意义,从而使得文本具有了巨大的开放性。

此外,后现代作家经常通过插叙、反转、碎片化的方式来增强文本的开放性,使得读者在解读过程中不断介入、修正和重构文本的意义。作家通过这些技巧将文本结构变得不稳定,读者通过自己的参与进入文本的中心,成为作品意义的一部分。

二、文本中的自指性与读者的反馈机制

在后现代主义文学中,作家不仅关心作品的叙事内容,还通过文本的自指性增强读者的参与感。自指性是指文本通过自身的结构、语言或内容,进行自我反

思和自我指涉的一种文学技巧。这种技巧打破了传统文本的界限，将读者从外部观察者转变为文本内部的参与者。

后现代作家常通过在文本中引入"文本意识"来打破传统的界限，促使读者关注文本背后的构建过程。在这种结构下，文本开始意识到自己的虚构性，并通过对自身的反思和揭示，与读者形成一种互动关系。例如，意大利作家乌贝托·埃科的《玫瑰之名》便运用了大量的自指性结构。小说中的人物和事件时常直接或间接地提到小说的创作过程或文学性，甚至有时在故事的推进中停下来讨论文学规则和解释的边界。这种自指性结构不仅让读者感受到文本的虚构性，还使得他们在阅读过程中意识到自己的参与作用，成为故事构建的一部分。此外，自指性使得文本不断地质疑自己、转向自己。这种不断自我暴露的过程促使读者在解读过程中发挥主动性，读者不再只是接受预设的意义，而是成为意义的共同建构者。自指性文本的互动性不仅增强了作品的层次感和复杂性，也为读者提供了更为丰富的解读空间。读者需要不断反思自己与文本之间的关系，并通过对文本的不断审视和解读，重新塑造和定义作品的意义。

三、后现代文学中的多重叙事与读者的创造性参与

后现代文学常采用多重叙事方式来打破传统线性叙事的局限，文本中的多重叙事不仅是不同人物视角的交替，更通过叙事结构的层叠和重叠增加了文本的多义性和开放性。这种多重叙事结构使得作品的解读不再依赖于一个单一的"正确"解读，而是通过不同叙事线索的交织和互动，创造出丰富的解读可能。

在多重叙事中，读者不仅要理解每个视角下的情节，还要从这些不同视角之间的互动中寻找文本的深层意义。不同人物、不同时间段、不同空间中的叙事线索交替出现，读者必须在这些叙事结构的跳跃中找到联系点，去构建属于自己的阅读理解。在这一过程中，读者的创造性参与至关重要，读者在文本中的参与不仅是对情节的理解，更是对文本意义的建构。比如，乔治·佩雷克的《生活：使用手册》通过采用多重视角、时间线和空间切换的方式，呈现了一个庞大而复杂的叙事网络。小说的结构看似凌乱，却在细节上精心设计了无数的小细节和互动的线索，这些线索既是小说的线性叙事的一部分，也充满着暗示和象征。读者在阅读过程中需要不断地将这些碎片化的叙事联系起来，通过理解不同人物和事件的互动，逐步完成对整部作品的解读。小说的多重叙事方式使得读者的参与成为理解作品的关键，读者通过自己的思考和解读，为小说注入了独特的生命力。

四、文本互动性与后现代文学的主题表现

后现代文学中的文本互动性不仅在形式上具有创新，还深刻地影响了作品的

主题表达。通过开放性结构和读者的参与，后现代作品能够更有效地探讨现代社会中的诸多主题，如个体身份的流动性、历史的断裂与再创造、语言与权力的关系等。作品中的互动性促使读者不断地从多角度、多维度进行思考，并参与到作品意义的建构过程中。

后现代作家通过打破传统文学中的"作者—文本—读者"模式，将读者从单一的接受者转变为作品意义的建构者。这种转换使得文本中的主题变得更加灵活和多义。例如，在一些后现代作品中，历史和社会的主题并不通过单一的叙事结论来呈现，而是通过碎片化的叙事、相对化的视角以及多重结局的构建，向读者提供了一系列的思考路径和选择余地。历史不再是一个固定的线性进程，而是通过个体的记忆和叙事的交替，展现出多种可能性和多重解释。与此同时，后现代文学的互动性也加强了对社会现实的批判。通过开放性的文本结构，读者不仅能从不同的角度理解作品的主题，还能更深刻地参与到对社会、文化和历史的思考中。这种读者的参与使得后现代文学不再是单向度的文化传递，而是一个互动、对话的过程，读者在其中扮演着积极的角色，推动着文本的意义生成。

后现代文学通过强化文本的互动性和读者的参与，打破了传统文学中"作者主导、读者被动"的模式。通过开放性结构、多重视角、自指性语言等手段，作家赋予了读者重新定义文本的空间。读者不再是被动的接受者，而是成为文本意义的共同创造者。通过这种互动性，后现代文学不仅在形式上进行了创新，也在思想层面提出了对权力、身份、历史等核心问题的深刻反思。文本的互动性让文学创作走向了更加开放、多元和复杂的未来，推动了文学与社会、文化、思想之间的深度对话。

第七章 东方与西方文学的对话

第一节 东方文学对西方文学的影响

东方文学与西方文学在历史上各自发展出了独特的文化传统与艺术风格。然而，随着全球化进程的推进以及文化交流的加深，东方文学对西方文学的影响逐渐显现并不断深化。从19世纪以来，尤其是在现代主义和后现代主义时期，东方文学的哲学思想、艺术形式和叙事技巧对西方文学产生了重要的影响，形成了东方文学与西方文学之间的交融与对话。东方文学对西方文学的影响并不是一蹴而就的，而是经历了一个逐步渗透、吸纳和转化的过程。随着中国、日本、印度等国家文学的介绍与传播，西方作家开始注意到这些文学作品中所蕴含的不同文化价值和思想深度，尤其是在哲学、诗歌、叙事结构以及人物塑造方面，东方文学为西方文学提供了新的思维模式和创作技巧。

东方文学对西方文学的影响，尤其是在西方现代主义文学的形成过程中，起到了至关重要的作用。这种影响体现在多个层面，从思想观念的渗透，到文学创作形式的创新，再到文学语言的转变。通过与东方文学的接触，西方作家拓宽了自己的文学视野，不仅重新审视西方传统文化中的固有观念，还借鉴了东方文化中更加包容、多元的思想体系和表达方式。

一、哲学思想的传递与西方文学的精神转型

东方文学最直接影响西方文学的领域之一便是哲学思想。在中国、印度和日本的文学作品中，许多具有深邃思想的诗歌、小说和戏剧作品通过西方的文学翻译传入欧洲，引发了西方思想界的广泛关注。这些作品不仅涉及文学层面的技巧和艺术，还传递了东方文化中的哲学思想，尤其是禅宗、道家、佛教以及印度的哲学思想，这些思想对西方文学尤其是现代文学和后现代文学产生了深远的影响。

在19世纪末和20世纪初，西方文化处于工业化、资本主义和科学理性急

速发展的时期。面对西方传统哲学和宗教的理性化和功利化趋势，许多西方作家开始寻求另一种更为深邃、直观的精神寄托。东方哲学思想的引入，尤其是禅宗的"空灵"和道家的"无为"思想，提供了一种摆脱西方理性主义的解脱途径。西方作家如T.S.艾略特、赫尔曼·黑塞等，深受东方哲学的影响，开始尝试将东方思想的元素融入自己的创作中。T.S.艾略特的诗作《荒原》便深受印度教与佛教思想的影响，尤其是在诗中探讨的无常、空虚以及内心的觉醒，均与东方哲学中关于世界无常和自我反思的观念密切相关。艾略特借助东方哲学中的禅宗思想，尝试通过诗歌传达一种非理性的心灵体验，强调通过内心的自省与觉醒来达到精神的超越。这种影响使得艾略特的诗作充满了东方哲学的精神内涵，不仅限于宗教的阐述，更是在形式上打破了西方诗歌的传统线性叙事结构，形成了碎片化、流动化的风格。赫尔曼·黑塞在其作品《荒野狼》中融合了道家与禅宗的思想，小说的主角哈里·霍勒通过对自己内心的探索和精神的觉醒，逐步走向超越自我的境界。在这一过程中，黑塞借鉴了东方哲学中的"无我"理念，即通过内心的觉察和自我否定，达到一种更为自由、无拘束的精神状态。这种思想的影响不仅体现在小说的主题上，还反映在黑塞对文学语言和叙事结构的实验中，小说结构松散，人物的精神流动贯穿整个故事，体现了道家思想中关于"顺其自然"的理念。

东方的哲学思想为西方文学提供了一种新的视角，推动西方作家超越传统的西方理性主义，转向一种更为感性和直观的精神探索。这种影响不仅改变了文学创作的主题和思想深度，还促使西方作家在创作技巧和表达方式上进行大胆创新，融合了东方哲学的元素，形成了具有全球性视野的现代主义文学。

二、东方叙事结构与西方文学的形式创新

除了哲学思想的传递，东方文学的叙事结构和艺术表现方式也对西方文学产生了重要影响。传统西方小说通常遵循一种以时间为主线、因果关系为核心的线性叙事结构，强调事件的连贯性和情节的发展。而东方文学，尤其是中国古代文学和日本文学中的叙事结构，常常呈现出更为灵活和多元的特点。中国古代文学中的《红楼梦》，以及日本的"浮世绘"式的小说，都在一定程度上打破了传统的线性叙事，呈现出更为松散、片段化的叙事形式。

《红楼梦》作为中国古代文学的巅峰之作，其叙事结构呈现出非线性、碎片化的特点。小说的情节并非按时间顺序展开，而是通过对人物内心世界的描绘、情节的反复与交错展现出一种多维度的现实感。这种非线性的叙事结构对西方作家的影响尤为深远，尤其是在现代主义和后现代主义时期，西方作家开始模仿和借鉴这种结构，采用碎片化、非线性叙事的方式来展现人物的多重面貌和复杂情

感。比如，詹姆斯·乔伊斯的《尤利西斯》便受到《红楼梦》及其他东方文学作品结构的启发。乔伊斯通过意识流和多重视角的叙事手法，突破了传统西方小说的线性结构，以非线性的方式表现主人公的内心独白和外部世界的相互交织。乔伊斯的叙事方式强调内心世界的碎片化和对现实的多重解读，这种方式与《红楼梦》中的复杂结构有着异曲同工之妙。

此外，日本文学中的《源氏物语》也对西方文学产生了类似的影响。这部小说通过对人物心理的细腻描写和情节的反复铺陈，展示了个体情感的复杂性与多层次性。《源氏物语》在叙事上并不强调传统的因果关系，而是注重人物内心的微妙变化和生活细节的刻画，这种散文化的结构为西方文学提供了不同的叙事可能性，尤其是在20世纪的小说创作中，西方作家通过融合这种东方的叙事方式，形成了多元化的小说表现形式。

三、东方文学对西方文学语言的影响

语言的表达方式在东方文学和西方文学之间的对话中起到了至关重要的作用。东方文学语言的简洁、含蓄和多义性为西方文学提供了新的语言表达方式。东方文学中的诗歌、散文及戏剧等文学形式，常通过象征、暗示以及简练的语言来表达深刻的思想和情感，而这种独特的语言方式成为西方文学中语言实验的重要源泉。

中国古代诗词中的"言有尽而意无穷"的特点，深刻影响了西方诗歌的创作。在中国诗歌中，诗人通过有限的字词表达出无限的意境，这种含蓄与留白的写作方式为西方诗人提供了启示。例如，T.S. 艾略特在其诗作《荒原》中借鉴了中国古典诗词中的留白与暗示手法，通过象征主义的语言构建出复杂的意象和多重的文化层次。艾略特在创作中不仅受到印度教、佛教等东方思想的影响，同时也吸收了中国古诗的简洁与含蓄，使得他的诗歌语言具有了更为丰富的象征意义和哲学深度。日本的"俳句"以及"和歌"诗体也对西方文学语言的精炼和象征性产生了影响。俳句通过简短的语言和对自然景象的高度概括，体现了人与自然的和谐关系以及生活的短暂与无常。西方的现代诗人如埃兹拉·庞德和海尔曼·梅尔维尔等，受到俳句简练、深邃的影响，尝试用简短、富有象征意义的语言传递复杂的情感和思想。

东方文学的语言不仅在表达方式上影响了西方文学，还在文化背景和社会思维方式的呈现上起到了桥梁作用。通过对东方文学语言的学习与借鉴，西方作家开始在作品中融入更多的文化元素和哲学思考，使得他们的作品不再是局限于西方传统的文化体系，而是拓宽到全球化文化的视野。在全球化和文化交流日益加深的今天，东方文学对西方文学的影响愈加明显。在全球范围内，随着翻译文学

的普及，东方文学的经典作品被更多的西方读者所接触和欣赏。东方文学中的哲学思想、艺术风格、叙事结构等元素被越来越多的西方作家吸纳，并融入他们的创作中。通过这种文化交融，东方与西方的文学之间形成了更加多维、开放的对话空间。西方文学中的东方影响并不是单向的，它表现为双方在不断交流、互相吸收和融合的过程中，推动了文学创作的全球化发展。东方文学不仅为西方文学提供了灵感，也为西方文学中的文化多样性、思想深度和表现方式注入了新鲜的活力。

东方文学对西方文学的影响，是一个多层次、多维度的文化交融过程。从哲学思想到语言艺术，从叙事结构到人物塑造，东方文学为西方文学提供了丰富的资源和创作动力。这种影响并非单向传递，而是通过双方的交流与互动，在全球化背景下形成了更为深刻的文化理解和艺术表达方式。东方与西方文学的对话，不仅丰富了文学的形式与内容，也为人类文化的共同体建设提供了宝贵的精神财富。

第二节　西方作家眼中的东方文化

在东西方文化的交流过程中，西方作家对于东方文化的认知和表现一直是一个复杂而多层次的主题。自18世纪以来，随着东方文化逐步通过旅行、翻译和学术研究等途径进入西方，西方作家便开始以不同的方式将东方文化融入他们的创作中。然而，西方作家眼中的东方文化，常常并非单纯的文化传递，而是通过特定的视角、意识形态和社会背景的滤镜进行再创作。东方文化被西方作家视作神秘、古老、异域且充满智慧，但同时也常常是西方文化对自身认知和欲望的投射。这种文化的对话和互相反映，塑造了西方文学中的"东方情结"，并成为文学创作中的一种重要方式。

西方作家眼中的东方文化并不单一，且随着时代变迁和历史事件的推动而不断变化。在早期的东方文化接受阶段，西方作家多将东方描绘为"他者"，视其为不同于西方理性与文明的存在。到了现代，东方文化在西方作家的眼中逐渐变得更加复杂和多元，成为自我反思、哲学探讨和文学创新的来源之一。在这一过程中，西方作家通过不同的艺术手法、叙事视角和文化符号，展示了他们对东方文化的不同解读。

一、东方文化在西方的早期呈现：神秘与异域

自18世纪起，东方的神秘性逐渐成为西方文学中不可忽视的元素，尤其在浪漫主义和启蒙时代，东方文化被西方作家和哲学家视为一个充满想象、智慧与

未知的领域。西方社会对东方文化的最初印象通常是通过殖民主义的视角来看待东方的。他者化的东方，被塑造成一个神秘、遥远且具有异国情调的存在，这种文化观念影响了大量西方文学作品中的东方形象。

在早期的文学创作中，东方文化被赋予了奇幻与神秘的色彩，这种描绘通常没有太多深入的了解，而更多是基于西方作家对"他者"的好奇与想象。此类作品中的东方常带有一层浪漫化的色彩，充满着无法触及的神秘感。在这些作品中，东方文化并非一个具体的、真实的文化体系，而更多的是西方文学中的一个象征符号，用以代表一种未知的、异国的神秘世界。例如，在浪漫主义文学中，东方的诗歌和神话被西方作家视作纯粹的想象来源。拜伦的《唐璜》便展现了东方世界的异域情调和神秘色彩，而这种描绘并没有深入探讨东方文化的本质，而是强调了其不同于西方的文化面貌。东方在这些作品中的描写，往往更多集中于感官的刺激和想象的维度，而非实际文化的细致呈现。此时的东方文化，成为西方文学中的"他者"，是西方自我认知的对立面。

随着殖民扩张的推进，西方对东方的理解往往带有一种优越感和殖民视角，东方文化的描绘被加以简化，东方被视作一个不发达、神秘且充满异国情调的地域。在这些作品中，东方文化往往是"文明"的反面，是西方理性与秩序的对立面。尽管这种描绘常存在偏见，但它深刻影响了西方作家对东方文化的长期看法，并且成为西方文学中关于东方的传统主题之一。

二、东方文化的理性与智慧：从哲学到美学的引介

到了19世纪中期，随着对东方文化的进一步了解，西方作家开始认识到东方文化的丰富性和多样性。东方文化中的哲学思想、宗教信仰、艺术传统逐渐引起了西方学术界和文学界的关注。印度的哲学思想、中国的道家思想和日本的禅宗思想，逐渐成为西方作家探索的课题，并被引入到文学创作中。在这一时期，东方文化开始被赋予更多的理性和智慧的内涵，尤其是东方哲学中的自我反思、内省和超越常规的思想，成为西方作家的灵感源泉。印度教和佛教的哲学，尤其是在意识流和内心世界的描写上，深刻影响了现代西方文学的表现手法。西方作家开始通过对东方哲学思想的吸纳与重构，将其融入作品中，以表达对人类内心、存在和自我认知的探索。

印度哲学，尤其是《薄伽梵歌》中的思想对西方现代作家产生了深远的影响。许多西方作家，特别是20世纪的作家，开始尝试将这些哲学思想融入自己的作品中，探索人与宇宙、人与自我之间的关系。例如，赫尔曼·黑塞的《荒野狼》和《悉达多》便深受印度哲学的影响。在这些作品中，黑塞通过对人物内心世界的刻画，展现了人与自己内心的对话与和解，以及对自我超越的追求。印度

教中的"无我"观念、佛教中的"涅槃"思想在黑塞的作品中得到了体现,成为人物内心冲突与成长的核心动力。

此外,东方的美学观念也对西方文学产生了重要影响。东方文学中的艺术形式,尤其是诗歌、画作与戏剧,强调意境和表达的内涵而非形式的追求。这种注重"意境"而非外在形式的美学观念,成为西方现代主义文学的一种借鉴。在20世纪,许多西方作家开始注重通过象征、暗示、留白等手法表达情感和思想,这与东方艺术中的表现技巧不谋而合。西方现代诗歌,尤其是艾略特的诗作《荒原》,受到了东方美学的深刻影响,艾略特通过诗歌中的象征与意象,展示了一种多维度的世界观,呈现出西方与东方哲学交汇的美学效果。

三、东方文化的反思与批判:西方作家的文化自觉

进入20世纪,西方文学中关于东方文化的描绘开始发生变化,尤其是随着殖民主义的衰退和后殖民主义思潮的兴起,西方作家开始对东方的描绘进行深刻反思。这一时期,东方不再仅是西方文化的"他者",而开始成为西方自我反思、文化批判和哲学探讨的对象。

在后殖民主义文学的框架下,西方作家不仅批判了殖民主义对东方的压迫与歧视,还揭示了西方对东方文化的误读与曲解。许多西方作家开始正视东方文化的独特性和复杂性,而不再仅把它视为一种异域的"他者"。例如,E.M.福斯特在《印度之旅》中,通过对印度文化的深刻观察,展现了殖民主义与本土文化之间的冲突与融合。福斯特通过作品中的人物和情节,反映了西方对东方的支配与偏见,同时也让西方读者意识到东方文化中的智慧与价值。在这类作品中,东方文化被从西方的殖民视角中解放出来,成为一种独立的文化力量。在这一过程中,西方作家的文化自觉逐渐升温,他们开始对自我文化的局限性和偏见进行反思,同时也更加尊重并吸收东方文化中的智慧与美学观念。

四、现代东方文化在西方文学中的复兴

随着全球化的推进,东方与西方的文化对话日益频繁,东方文化的影响在西方文学中呈现出复兴的态势。尤其是在后现代主义文学中,东方的哲学思想、艺术形式以及文化元素被更多地融入西方作家的创作中,形成了全球化背景下的文学新风貌。西方作家不仅从传统的东方文化中汲取灵感,还开始通过与东方作家的直接对话和互动,深入了解并再现东方文化的丰富内涵。现代东方文学作品的翻译、传播以及东方作家在西方文学界的崭露头角,进一步促进了东西方文化的交融。在这一过程中,西方作家开始意识到东方文化中丰富的思想资源,如中国的儒家思想、印度的佛教哲学、日本的禅宗等,已成为理解现代社会、历史和人

类自我认知的重要钥匙。这种文化的交融不仅拓宽了西方文学的创作视野，也让东西方文学在全球化的语境下实现了更加平等与深刻的对话。

西方作家眼中的东方文化，经历了从神秘化、异域化到理性化、批判性再到复兴与吸纳的多重变迁。东方文化为西方文学提供了哲学思想、艺术形式以及语言技巧的丰富资源，而西方作家对东方文化的描绘与反思，则推动了东西方文学之间更加深入、开放和复杂的对话。在这种文化对话中，东方不仅是西方的"他者"，更是一个不断挑战、拓展并丰富西方文化和文学的力量。通过这种跨文化的互动与融合，西方作家不仅拓展了文学的表现领域，也为全球文学创作提供了新的视野和创造动力。

第三节　跨文化文本中的艺术表达

跨文化文本的艺术表达不仅是文学风格和创作技法的融合，更是不同文化体系中的思想、价值观与情感的对话。随着全球化的进程，越来越多的作家在其作品中展现出跨文化的特征，他们通过多元的文化背景、语言的混合以及对不同艺术传统的吸纳，创造出具有深刻文化内涵的文学作品。在这些跨文化文本中，东西方文化的交融不仅体现在内容的层面，也在艺术表现形式上找到了新的表达方式，呈现出独特的艺术魅力和思想深度。跨文化文本的艺术表达具有独特的双重性。它不仅反映了作家对两种文化的理解和借鉴，也在艺术形式上通过创新与实验，将传统的文化符号重新组合，创造出新的艺术表达语言。跨文化文学作品常打破单一文化叙事模式，通过融合不同的艺术表现手法，塑造出更具层次感和多维度的艺术世界。这种艺术表达方式，既是一种文化融合的表现，也是一种对传统文学形式的创新和突破。

在东方文学与西方文学的对话中，跨文化文本的艺术表达方式各具特色，从叙事结构到语言风格，从主题探讨到艺术手法，作家们通过跨文化的艺术表达不仅扩展了文学创作的边界，也深刻影响了文化交流与融合的进程。通过这种艺术表达，东西方文化的差异在文学中得以呈现，而文化间的互动也使得文学作品的意义变得更加丰富和多元。

一、语言与风格的跨文化融合

语言是文学作品中最重要的表现手段之一，也是跨文化文本中最为显著的表现形式。东西方文学语言之间的差异，往往决定了跨文化文学作品在语言风格和艺术表现上的创新。西方文学语言的理性、逻辑性与东方文学语言的意境、象征性之间的差异，促使作家在创作中进行语言上的融合与创新，从而形成了独特的跨文化文学语言风格。

东方语言具有更强的象征性和隐喻性，而西方文学语言则更注重逻辑性和直白性。东方诗歌中的"留白"技法和意境的营造，与西方文学语言中直接表达情感和思想的方式截然不同。然而随着东西方文化的互动，作家们开始尝试将这两种语言特性结合在一起，通过更加灵活的语言运用，既保持东方语言的象征性与含蓄，又融入西方语言的直接性与清晰。这种语言上的跨文化融合不仅丰富了文学作品的表现形式，也让读者能够在不同文化的语言艺术中找到共鸣。例如，一些作家通过对诗歌的语言结构进行创新，融合了西方现代主义的简洁、抽象以及东方诗歌中的韵律、意境和象征，使得作品在形式和情感表达上既具备西方文学的理性与清晰，又保留了东方文学的深邃与含蓄。T.S.艾略特便深受东方诗歌语言风格的影响，他的《荒原》不仅借鉴了印度教、佛教的思想，也吸收了东方诗歌中的象征技巧，使其语言充满了多重解读的可能性。

在更具实验性和融合性的现代主义作品中，作家通过打破传统语言的边界，使语言成为多重文化交汇的桥梁。通过这种语言的跨文化融合，作家不仅丰富了表达手法，还探索了语言本身的多维度性，使得文学语言在跨文化文本中呈现出独特的美学效果。

二、叙事结构的多元化与文化交融

在跨文化文本中，叙事结构的创新是东西方文学对话的重要体现。传统西方文学倾向于采用线性、因果关系明确的叙事结构，而东方文学则常常展现出更为灵活、循环与重复的结构特征。西方作家在借鉴和吸收东方文化中的叙事元素时，逐渐摆脱了传统的线性叙事，尝试引入更加自由和多元化的结构形式。

东方文学中的回忆、梦境、时间的流动性、事件的重复和非线性叙事方式，给西方作家提供了极大的艺术灵感。许多现代作家在创作中通过叙事结构的非线性、碎片化以及多重视角的运用，打破了传统西方小说中的固定模式，形成了更为复杂和多维的故事层次。这种叙事结构的创新，不仅挑战了西方传统的文学规范，还将东方文化中隐含的时间观念与人生观念融入文学创作之中。例如，乔伊斯的《尤利西斯》就是一部深受东方文化影响的小说。乔伊斯在这部作品中采用了意识流技术，打破了传统的时间顺序和线性叙事，通过多重视角和非线性结构，将人物的内心世界、记忆以及当下经历交织在一起，呈现出一种流动、不断变化的叙事形式。这种叙事结构与东方文学中的非线性叙事及精神探索有着相似之处，尤其是在佛教和道家思想中，时间和自我意识并非固定的、线性的存在，而是一种不断流动和变化的过程。

通过对叙事结构的跨文化借鉴，作家们不仅展示了故事情节的多层次性，还深化了对人物内心世界和情感波动的刻画，呈现出一种更为开放和复杂的文学作品。在这种跨文化叙事结构中，时间、空间以及人物的内心世界得以在更广阔的文化视野中进行呈现，使得作品具有更深刻的文化内涵和艺术表现。

三、象征与隐喻的跨文化转化

象征与隐喻是文学作品中常见的艺术表现手法，在跨文化文本中，这两者的运用往往呈现出多元化的表现形式。东方文学中象征和隐喻的使用极其频繁，尤其是在诗歌和小说中，作家通过隐晦、间接的方式表达情感和思想，强调通过象征性的元素来呈现抽象的概念和哲学思想。西方文学，尤其是现代主义文学，也在一定程度上借鉴了这种象征性和隐喻性表达，通过象征主义的语言和技巧，创造出具有多重意义的文本。

跨文化文本中的象征与隐喻，不仅是东西方文化对比的体现，更是文化认知和心理状态交汇的产物。西方作家在借鉴东方象征手法时，往往将其与西方的现实主义、浪漫主义或现代主义相结合，形成了独特的文学语言。例如，在现代诗歌中，西方诗人借鉴了东方诗歌中的自然象征，尤其是植物、动物、天象等自然意象，作为表达情感和哲学思想的载体。这种象征不仅传达了情感和心理的细腻变化，也在更深层次上反映了东西方文化中对自然、生命和宇宙的不同理解。例如，艾略特的诗作《荒原》中，借用了大量的自然象征和东方文化的图腾意象，以此来表现现代人的孤独、焦虑和对传统文化的批判。艾略特通过这些象征，不仅构建了作品中的情感张力，也表达了他对西方文化中理性和道德价值的反思。同时，东方的哲学思想为这些象征提供了深刻的文化背景，使其具有了多层次、多维度的象征意义。

在跨文化文本中，象征和隐喻的使用常作为两种文化背景之间的对话。东方的象征往往具有更强的哲学性和抽象性，而西方的象征则注重情感的表达和具象的呈现。作家通过对这两种象征性的结合与转化，探索了东西方文化的共通性和差异性，同时也使文学作品在意义上变得更加开放和多元。

四、跨文化艺术表达中的文化身份与自我重构

跨文化文本不仅是艺术手法的融合，还涉及作家在全球化语境中的文化身份认同和自我重构。在东西方文学的交汇点上，作家们往往在文化碰撞和交流中寻找自我表达的方式。他们通过对传统文化的再创造、对文化身份的质疑与重构，在作品中呈现了新的文化自觉。

在一些跨文化文本中，作家通过将东方和西方的艺术元素进行融合，不仅有助于创造出新的文学形式，还对文化身份的界限进行了重新审视。作家不再将自

己局限于某一单一文化的范畴,而是通过跨文化的艺术表达,展示了更为开放、流动的文化身份。这种身份的流动性和多重性,使得作品在情感、思想和文化层面具有了更强的包容性和多样性。例如,许多西方作家在接触和学习东方文化的过程中,开始重新审视自己文化中的传统观念与价值体系。在创作中,他们通过东方的美学、哲学和艺术形式,重新构建自己的文化表达方式,推动了文化身份的自我重构。这种跨文化的自我重构,不仅反映了作家对不同文化的理解和融合,也揭示了全球化背景下文化认同的流动性和多元性。

跨文化文本中的艺术表达,是东西方文化相互碰撞与融合的产物。通过语言、叙事、象征等多种艺术手法的创新,作家不仅拓展了文学的表现边界,还推动了文化对话与交流的深入。跨文化文本的艺术表现形式,不仅体现了作家对东西方文化的理解与吸收,更通过其创新的语言与技巧,为全球文学创作提供了新的视野和表达方式。

第四节　文学理论视角下的东西方文学对话

一、比较文学的理论框架

比较文学作为文学研究的一个重要分支,其独特之处在于跨越了语言、地域、文化和学科的界限,旨在探索不同文学传统之间的相互联系和对话。这个领域不仅关注文学作品本身,更深入地挖掘文学作品背后的文化意义、历史背景和社会影响。

1. 比较文学的定义与范畴

比较文学,顾名思义,是对不同国家和文化背景的文学进行比较研究。它不仅关注文学作品之间的相似性和差异性,还涉及到文学与其他艺术门类、人文学科甚至自然科学之间的交叉研究。比较文学的范畴包括跨国界、跨文化、跨学科和跨时代的文学研究。

2. 比较文学的理论框架

(1) 文学性与文学价值。比较文学的理论框架首先关注文学性,即文学作品所具有的独特审美价值和艺术魅力。文学性使得文学作品具有普遍性和永恒性,使得不同文化背景的人们能够产生共鸣。在比较文学研究中,文学价值成为衡量不同文学作品的重要标准。

(2) 文学传统与文化背景。比较文学研究强调文学传统和文化背景的重要性。每个国家和民族都有自己独特的文学传统,这些传统在历史发展过程中不断传承、演变。通过对不同文学传统的比较,研究者可以揭示出文化背景对文学作品的影响,进而理解不同文学传统的共性和差异。

(3)文学与其他学科的交叉研究。比较文学的理论框架还涉及到文学与其他学科的交叉研究。文学与哲学、历史、社会学、心理学等学科的交叉研究,使得比较文学研究更加丰富多元。通过跨学科的视角,研究者可以更全面地理解文学作品,挖掘其背后的深层含义。

3. 比较文学的理论框架在实践中的应用

(1)东西方文学比较。比较文学的理论框架为东西方文学比较提供了有力支持。通过对东西方文学传统的比较,研究者可以揭示出两者之间的共性和差异,进而探讨这些共性和差异背后的文化、历史和社会因素。例如,在东西方文学中,爱情、友情、亲情等主题具有普遍性,但在具体表现手法和文化内涵上却存在较大差异。

(2)文学与其他艺术门类的比较。比较文学的理论框架还可以应用于文学与其他艺术门类的比较研究。例如,文学与绘画、音乐、电影等艺术门类的比较,可以揭示出不同艺术形式之间的相互影响和交融。这种跨艺术门类的比较研究,有助于拓展文学研究的视野,丰富文学研究的内涵。

(3)文学与社会历史的互动。比较文学的理论框架强调文学与社会历史的互动。通过对文学作品与社会历史背景的比较分析,研究者可以揭示出文学作品对社会历史的反映和影响。例如,19世纪现实主义文学对当时社会现实的深刻揭示、20世纪现代主义文学对传统价值观的颠覆等。

4. 比较文学的理论框架在我国的发展

我国比较文学研究始于20世纪初,经过百余年的发展,比较文学在我国已经取得了显著成果。我国比较文学研究者不仅关注东西方文学的比较,还深入探讨了中国文学与世界文学的交融。此外,我国比较文学研究还注重跨学科研究,将文学与其他学科相结合,为文学研究提供了新的视角和思路。比较文学的理论框架为文学研究提供了一个广阔的平台,使得研究者能够从不同角度、不同层面探讨文学作品的内涵和价值。通过比较文学的理论框架,我们可以更深入地理解东西方文学之间的联系与互动,揭示不同文学传统之间的共通之处,为跨文化对话提供理论支持。

二、东西方文化差异与文学表达

全球化大背景下东西方文化的交流和融合日益深入,然而两者之间根深蒂固的差异依然显著。特别是在文学领域,东方和西方的文学表达方式和审美取向,不仅反映了各自文化的独特性,也揭示了人类心灵深处的共性与差异。

东方文化源远流长,其文学表达深受儒家、道家、佛家等哲学思想的影响。

东方文学强调内心的平静与超脱，追求心灵的自由和精神的升华。在中国古典文学中，诗人通过抒发个人情感，表现对自然、命运以及人生境遇的深刻思考。例如，唐代诗人王维的山水诗，以清淡、幽静的笔触描绘自然风光，抒发了诗人对自然的热爱和对生活的淡泊。宋代诗人苏轼的《赤壁赋》，通过对赤壁古战场的描绘，展现了诗人对历史的感慨和对人生的感悟。这些作品往往具有含蓄、内敛、意蕴深远的特征，使得读者在阅读过程中，能够体验到一种超越现实的精神愉悦。

相比之下，西方文学更加强调个体英雄主义、现实主义以及对社会现实的批判与反思。西方文化注重个人主义和自由竞争，这使得西方文学在表现人物性格时，更倾向于展现个体的独立性和英雄主义精神。例如，荷马史诗《伊利亚特》和《奥德赛》，通过描绘特洛伊战争和奥德修斯的归乡历程，展现了英雄的勇敢和智慧。莎士比亚的戏剧，如《哈姆雷特》《李尔王》等，通过冲突、对抗、悲剧等手法，深入挖掘了人性的复杂性和社会现实的黑暗面。

在文学风格上，东方文学注重意境的营造和内心情感的抒发。中国古典诗歌中，诗人常通过抒发个人情感，达到一种超越现实的境界。如唐代诗人李白的《将进酒》，通过对酒的赞美，表达了诗人对自由生活的向往和对英雄理想的追求。宋代诗人辛弃疾的《青玉案·元夕》，通过对元宵节的描绘，抒发了诗人对美好生活的向往和对人生无常的感慨。

西方文学则更注重直接性和现实性，强调对社会现实、历史事件以及人性的揭示和探讨。例如，19世纪现实主义文学的代表作品，如巴尔扎克的《人间喜剧》、狄更斯的《双城记》等，通过对社会现实的深入剖析，揭示了社会的不公和人性的弱点。20世纪的现代主义文学，如卡夫卡的《变形记》、乔伊斯的《尤利西斯》等，则通过荒诞、象征等手法，展现了人类内心的孤独和焦虑。

这种文学表达上的差异，源于东西方文化传统中对于人生、自然、社会的不同理解和诠释。东方文化强调"天人合一"的哲学思想，认为人与自然、社会是一个和谐的整体。在这种文化背景下，东方文学往往表现出一种对自然、生命的敬畏和对人生境遇的接受。而西方文化则强调个人的独立性和自主性，认为人应该通过努力和奋斗，改变自己的命运和社会现实。这种文化观念在西方文学中得到了充分的体现。

此外，东西方文学在审美取向上也存在明显的差异。东方文学追求的是一种内在的和谐与平衡，强调情感的含蓄和意境的深远。而西方文学则更注重形式的创新和内容的丰富，追求独特的审美体验和思想深度。这种差异使得东方文学与西方文学在表现手法和主题选择上呈现出各自独特的风貌。

但在全球化的大背景下，东西方文学的交流和融合也日益增多。许多西方作家开始关注东方文化，并在自己的作品中融入东方元素。如美国作家赛珍珠的

《大地》，通过对中国农民生活的描绘，展现了东方文化的独特魅力。同时，东方作家也在吸收西方文学的营养，创作出具有国际视野的作品。如中国作家莫言的《红高粱家族》，通过对中国农村生活的描绘，展现了人性的复杂性和生命的力量。东西方文化差异在文学表达上得到了充分的体现。这种差异不仅丰富了世界文学的多样性，也为我们提供了更广阔的思考空间。

三、跨文化视角下的文学创作与批评

随着全球化的不断深入，跨文化视角下的文学创作与批评逐渐成为文学领域的一个重要研究方向。在这一背景下，文学创作不再局限于特定文化传统，而是涵盖了多元的文化元素和价值观。作家们在创作中融合了东西方的文化符号和意蕴，打破了传统文学的界限，创造出更具包容性和开放性的作品。这种跨文化的文学创作不仅丰富了文学作品的内涵，也拓展了读者的审美视野，促进了不同文化之间的交流与理解。

（一）跨文化视角下的文学创作

1. 文化融合的体现

在跨文化视角下，文学创作呈现出以下特点：

（1）文化元素的融合。作家们在创作中，将本民族的文化元素与外来文化相结合，形成了一种独特的审美风格。如我国作家莫言，在小说《红高粱家族》中，巧妙地将中国文化与西方魔幻现实主义手法相结合，展现了独特的地域文化和民族精神。

（2）价值观的融合。在跨文化背景下，作家们关注不同文化之间的价值观差异，试图寻找人类共同的价值观念。如美国作家赛珍珠，在小说《大地》中，以中国农民为主角，探讨了人性、土地、家庭等普世价值。

2. 创作手法的创新

跨文化视角下的文学创作，作家们不再局限于传统的创作手法，而是大胆创新，形成了以下特点：

（1）叙事结构的创新。作家们借鉴西方现代派小说的叙事技巧，如意识流、多视角叙事等，丰富了中国文学的叙事手法。

（2）语言风格的创新。作家们在创作中，尝试运用多种语言风格，如口语、方言、网络语言等，增强了作品的表现力。

（二）跨文化视角下的文学批评

1. 批评标准的多元化

在跨文化视角下，文学批评不再局限于单一文化的标准，而是呈现出以

下特点：

（1）文化内涵的重视。批评家们在分析文学作品时，注重挖掘作品背后的文化内涵，探讨作品在特定文化背景下的意义。

（2）历史背景的考虑。批评家们在评价作品时，充分考虑作品所处的历史背景，避免以现代观念去衡量古代作品。

2. 批评方法的多样化

跨文化视角下的文学批评，批评家们运用了以下方法：

（1）比较批评。批评家们将不同文化的文学作品进行比较，分析其异同，以揭示作品的文化内涵。

（2）跨学科批评。批评家们将文学与其他学科相结合，如心理学、哲学、社会学等，对文学作品进行综合分析。

3. 跨文化视角下的文学创作与批评的意义

（1）促进文化交流与理解。跨文化视角下的文学创作与批评，有助于不同文化之间的交流与理解。通过融合多元文化元素，文学作品成为传播文化的重要载体，使读者在阅读过程中了解和接纳其他文化。

（2）拓展文学研究领域。跨文化视角下的文学创作与批评，拓展了文学研究的领域，使文学研究更加全面、深入。同时，也为文学创作提供了新的思路和灵感。

（3）丰富文学审美内涵。跨文化视角下的文学创作与批评，丰富了文学作品的审美内涵。作家们通过借鉴和融合不同文化的审美观念，创作出更具独特性和表现力的作品。在跨文化视角下，东方与西方的文学在交流互鉴中实现了更深层次的对话与融合。这种跨文化的文学创作与批评，不仅有助于推动文学的发展，也为世界各民族提供了一个相互了解、相互尊重的平台。

第八章　全球化时代的文学创新

第一节　全球化对文学的冲击与机遇

全球化作为一个深刻影响当代社会的现象，对文学的冲击与机遇表现在多个方面。全球化不仅改变了文学创作的生产与传播方式，也深刻影响了文学的主题、风格和内容。通过技术进步、文化交流与市场的全球化，文学在形式与内容上的多样性和复杂性得到了极大的推动。然而，这种变化也给传统文学带来了许多挑战，包括文化同质化、传统价值的流失以及本土文化身份的危机。全球化时代，文学既面临着文化传播与交融的机遇，也遭遇着文化消解与边缘化的冲击。全球化背景下的文学创新，在回应这些冲击的同时，也为文学带来了前所未有的创作空间。作家在全球视野下重新思考文学的意义与功能，文学创作不再局限于地域性、民族性，而是突破国界和文化的局限，进入了一个更加开放与多元的创作境地。在这个过程中，文学作品的主题更加注重全球性问题，如移民、环境、战争与和平、跨文化对话等。与此同时，全球化也为本土文学的创新提供了丰富的素材，作家通过吸纳世界各地的思想和文化资源，探索如何在全球化的背景下维持本土文化的独特性和生命力。

一、全球化对文学的冲击：文化同质化与本土性危机

全球化对文学的冲击，首先体现在文化同质化的趋势上。在全球化的浪潮中，信息流通速度加快，世界各地的文化产品通过技术手段迅速传播，尤其是西方文化在全球范围内的扩张，使得许多地方文化面临着被侵蚀或同化的风险。西方的流行文化、娱乐产业、消费主义思想的普及，常常导致地方性的文化特征和民族传统文化的边缘化或消失。这种文化同质化的过程对文学创作产生了深远的影响，尤其是在本土作家如何维系自己文化特色和文化身份的问题上。

在这种背景下，文学创作面临着两种可能的冲击：一方面，作家可能会受到全球化文化的影响，陷入"全球视野"的叙事框架中，而忽视本土文化的表达，

采用全球化的叙事模式和主题；另一方面，本土文化的消解可能会导致作家对传统文化的过度反应和过分强调，从而陷入本土性表达的单一性和局限性。全球化带来的文化统一化趋势，使得作家在创作中必须面对"如何保持本土特色"的困境。例如，许多非西方国家的作家，在全球化的浪潮中不断吸收西方文学的影响，逐渐形成了在叙事方式、语言风格等方面趋同的现象。然而这种趋同并非没有后果，它在一定程度上削弱了传统本土文化的个性，使得全球文学作品之间的差异性不断缩小。这种现象在亚洲、非洲和拉丁美洲的文学创作中表现得尤为突出。与此同时，本土作家在全球化的冲击下有时会出现对本土文化的过度依赖，造成创作上的局限性和闭塞性。

印度作家在殖民时代及后殖民时代的创作中，往往既要借鉴西方的叙事模式，又要保持本土文化的特色。这种在全球化的背景下寻找平衡的努力，体现了全球化对文学的冲击以及作家在创作中的文化认同问题。全球化一方面带来新的文学形式和思维方式，另一方面也使得本土性和独特性面临挑战，作家不得不在全球与地方之间寻找合适的叙事空间和表达方式。

二、全球化为文学创作带来的机遇：跨文化对话与多元主题

尽管全球化给文学带来了文化同质化的冲击，但同时也为文学创作提供了前所未有的机遇。全球化不仅促进了各国文化的交流，还促进了跨文化对话的开展。作家们通过借鉴全球范围内的文化素材与创作技巧，使得文学的主题和表现形式变得更加多元。文学创作不再仅限于某一地域或文化背景，而是跨越国界，打破了地域的束缚，进入了一个更为开放和多元的艺术表达空间。全球化为文学创作带来的机遇之一，是促进了跨文化交流与合作。在全球化的背景下，作家可以通过全球化的传媒平台，迅速接触到世界各地的文学作品、文化思想与创作手法。这种交流为文学作品的多样性和丰富性提供了丰富的源泉。在这种跨文化的互动中，作家不仅可以将本土文化的精髓融入作品中，还可以从其他文化中汲取创作灵感，推动文学创作的创新性发展。

全球化为文学创作带来的机遇还体现在主题的拓展上。随着全球化进程的加速，许多新的全球性问题开始浮现，如移民问题、气候变化、全球政治冲突以及跨文化的认同等。这些问题不仅成为当代文学创作的重要主题，也促使作家在创作中关注全球性挑战和社会问题。这些全球性问题并不仅局限于某一地区或国家，而是成为全球范围内共同面对的挑战，作家通过作品表达对这些问题的思考与回应，创造出具有普遍意义的文学作品。例如，近几十年来，许多作家关注移民、流亡以及跨国身份认同等主题。全球化导致了大量的跨国移民，许多人离开原本的家园，寻求新的生存机会。这一现象激发了文学创作中对跨文化身份、社

会融合以及文化冲突的深刻思考。作家通过对移民经历的叙述,探索了全球化背景下的文化流动、社会融合以及个体认同的复杂性,这些作品不仅丰富了文学创作的主题,也为读者提供了对全球化社会更为全面的认知。

三、全球化对文学形式与风格的推动:跨文化叙事与实验性

全球化不仅对文学主题产生了影响,也推动了文学形式与风格的创新。在全球化的影响下,作家不再拘泥于传统的叙事形式,而是借鉴各种不同文化中的创作技巧和表达方式,进行多样化的实验。全球化促进了文学形式的多元化,使得作家能够在创作中融合不同文化的元素,形成更加创新和实验性的艺术表现。

跨文化叙事的兴起便是全球化推动下的文学形式创新之一。作家通过将不同文化的语言、传统、宗教、哲学等元素交织在一起,构建出多元化的叙事结构。跨文化叙事不仅是一种形式上的创新,也深刻反映了全球化时代中不同文化之间的互动与冲突。这种跨文化的叙事方式通常打破了传统的线性叙事模式,采用多视角、多时间线的方式,呈现出更加丰富和复杂的故事情节。例如,在许多后殖民主义文学作品中,作家通过融合本土文化与西方文化的元素,构建出独特的叙事结构。这些作品通常采用非线性的叙事方式,通过多重视角、跨文化的语言和符号,展现出复杂的社会和历史背景。通过这种叙事方式,作家不仅让读者感受到全球化时代中各国文化的碰撞和互动,还呈现出全球化对个体和社会结构的深远影响。

此外,全球化还推动了文学创作中的实验性。作家们在全球化背景下,尝试用新的形式和风格表达文学主题,打破传统的写作规则,进行语言、结构和叙事方式上的大胆创新。后现代主义文学中的碎片化结构、意识流写作、元小说等形式,都在全球化的背景下得到了广泛应用。作家通过这些实验性技巧,探索了全球化带来的文化多样性以及现代社会的复杂性,使文学作品充满了多层次、多维度的艺术魅力。

四、全球化时代文学的挑战与机遇:文化认同与文学的全球视野

全球化不仅带来了文化的交流与融合,也使得作家在创作中面临文化认同的挑战。在全球化进程中,作家的文化身份常常处于流动与重塑之中,文学创作不再局限于单一文化背景下的自我表达。作家在回应全球化带来的社会变革时,既要关注本土文化的传承,又要关注全球文化的交汇与对话。因此,全球化时代的文学作品往往具有更强的跨文化意识,作家通过作品展现出对全球性问题的深刻思考。全球化为文学带来的机遇之一是让作家拥有更广阔的创作视野。作家不仅关注自身文化和社会的问题,还通过文学探索全球范围内的社会变革与人类命

运。在全球化的背景下，文学作品的普遍性和跨文化性得到了极大的提升，作家通过全球视野进行创作，使得作品具有更强的普遍意义和跨文化的理解力。然而，全球化时代的文学创作也面临着文化同质化的风险。随着全球文化的流动，许多地方文化的独特性和本土性面临消失的危机。作家在创作中不仅要面对全球化带来的冲击，还需要思考如何在保持全球视野的同时，传承和创新本土文化。

全球化时代的文学创作，既充满了冲击，也充满了机遇。全球化不仅改变了文学创作的语言、主题和形式，也推动了文学创作的多元化与创新。作家在全球化的背景下，不仅要面对文化同质化的挑战，还需要在全球视野下进行文化认同的重建。通过对全球化时代文学冲击与机遇的探讨，可以看到文学创作如何在全球化的语境中回应社会变革、文化互动以及个体与历史的复杂关系，进而推动文学的创新性发展。

第二节 世界文学中的本土性与全球性

在全球化的背景下，文学作品不仅承担着传递个人情感和社会经验的责任，还在跨越国界、跨越语言与文化的同时，反映了复杂的全球化现象。世界文学作为一种跨文化的表达形式，不仅展示了各个文化独特的历史与传统，也深刻地揭示了在全球化进程中本土性与全球性的紧张关系。作家在创作中，既要关注本土文化的传承与表达，也需要面对全球化带来的外部影响，从而在作品中展现出丰富的本土性与全球性交织的特征。本土性与全球性是文学创作中的两个重要主题，二者在全球化时代的文学作品中相互交织、彼此塑造。本土性通常指的是作品中与特定地方、民族或文化紧密相关的元素，强调的是地方性、传统性和文化独特性。而全球性则是指文学作品如何回应全球化进程中的共性问题，如何在跨越国界的文学交流中实现普遍性与跨文化的对话。全球化不仅带来了更为广泛的文化接触，也使得本土文化在全球语境中面临前所未有的挑战与机遇。本土性与全球性并非对立的二元概念，它们在世界文学中的关系更加复杂和多维。在全球化的浪潮中，文学作家往往能在本土性和全球性之间找到一种平衡，这种平衡既是作家对个人文化身份的探索，也是对当代全球社会的回应。通过分析世界文学中的本土性与全球性，我们可以看到文学如何通过本土的声音与全球的视野相互交织，展示出多样性与普遍性的共生关系。

一、本土性与文化身份的表达

在全球化进程中，本土性不仅是对地方文化和民族特色的保护与传承，还关系到作家如何通过文学表达自身的文化身份与情感经验。本土性是文学作品中最具地方性的元素，它通过对特定地域、语言和文化的呈现，使得作品充满了独特的历史和文化背景。在全球化的语境中，本土性往往被视为与全球性文化接触的起点，作家在回应全球性挑战时，通过文学的创作表达了对本土文化的深刻认同与对传统的尊重。

本土性在文学作品中的体现，通常通过对地方历史、民俗、传统以及日常生活的描绘来完成。通过对这些本土元素的呈现，作家不仅让读者感受到特定文化的独特魅力，还通过本土文化的深层次呈现，反思现代化和全球化带来的冲击。许多作家通过对本土历史的再现和对地方性语言的运用，让作品深刻反映出文化身份的多样性和复杂性。例如，阿齐兹·纳辛的《冬天的故事》展示了印度在全球化进程中的变迁，作家通过对印度农村生活的细腻刻画，展现了本土文化在现代化进程中的挣扎与适应。作品中的本土性元素不仅体现在地方风貌的描写上，更在于通过对传统社会结构和人际关系的探讨，展现了全球化对本土生活的影响。这种本土性不仅帮助作家探讨社会变迁中的冲突，还为全球读者提供了理解和接纳不同文化的路径。

此外，许多非西方文学作品在回应全球化时，通过本土性的强调，探索了全球化与地方传统之间的张力。这种张力表现为文化的自主性与文化的渗透性之间的对立。本土性并非一种固守不变的"封闭性"，它同样通过对本土文化的再解构和现代化的融入，展现了文化的活力与适应性。

二、全球性文学的普遍性与共鸣

全球性文学不仅是对全球化现象的反映，还涉及文学作品在全球语境中的普遍性和跨文化对话。全球化带来了不同文化的频繁接触与互动，文学作为文化的重要组成部分，也开始在全球范围内进行跨文化的交流与传递。全球性文学强调的是文学作品中的普遍价值和跨越文化差异的共鸣，作家在创作中常常借助普遍的主题与情感，去超越文化的隔阂和语言的限制。

全球性文学的一个重要特征是它通过叙述跨文化的经历和探索普遍人类问题，回应全球化时代的社会、政治、环境以及道德问题。在全球性文学作品中，作家关注的并非单一民族或国家的历史，而是全球范围内的普遍问题，如战争、环境危机、移民问题、性别平等以及人类共同的命运。这些作品并非局限于特定文化或地域，而是通过共通的情感体验和思想观念，在不同文化背景的读者中产生共鸣。例如，卡夫卡的《变形记》虽然以欧洲社会为背景，但其对人类孤独、疏离以及对个人命运的探讨，具有跨文化的普遍性。读者无论身处何种文化背景，都会从中感受到人类存在的深刻焦虑与困惑。在卡夫卡的作品中，个体与社会的冲突、人与自我的对抗，成为全球化时代所有人都能感同身受的主题。这种普遍性使得全球性文学具备了超越国界和文化差异的巨大影响力。

同样，许多现代作家通过探讨全球性的历史和社会变迁，展示了文学的全球性问题。例如，在海明威的《丧钟为谁而鸣》以及加西亚·马尔克斯的《百年孤独》中，战争、政治冲突以及文化身份的流动成为作品中重要的主题。这些作品不仅关注个人的命运，还反映了全球化社会中人与历史、人与社会之间的复杂关系。通过这些全球性问题，作家使作品具有了超越国界的文化价值，使其成为全球文学遗产的一部分。

三、本土性与全球性之间的张力与融合

在全球化的文学创作中，本土性与全球性往往并不是对立的两极，而是相互交织、相互塑造的关系。在跨文化交流和全球化进程中，本土性和全球性的紧张与融合为文学创作提供了丰富的土壤。作家们通过将这两者的张力引入作品，展示了全球化与地方文化之间的复杂关系。许多跨文化作家并不单纯追求全球化的普遍性，而是通过探讨本土文化与全球化之间的对话与冲突，呈现出全球化时代的文化冲突和融合的多样性。

这种张力体现在多个层面：在语言的使用上，作家可能既使用本土语言，又融合外来语言的元素；在叙事结构上，作家可能结合西方线性叙事与东方的循环叙事方式，创造出新的形式；在主题和情感表达上，作家通过对全球性问题的反思，既注重本土历史的呈现，又关注全球命运的共性。通过这种文化的交织与碰撞，文学作品的内容与形式得以创新和多元化。例如，阿卜杜勒·拉扎克·古尔纳的作品，通过对非洲文化的深入挖掘与对全球化问题的敏锐关注，成功地将本土性与全球性结合在一起。在他的小说《天堂与地狱》中，古尔纳通过描写坦桑尼亚的历史与社会背景，展示了全球化对非洲文化和社会结构的深刻影响。他通过讲述主人公在全球化和殖民化进程中的身份变化，展现了文化认同的流动性和不确定性。这种融合本土历史与全球性议题的写作手法，使得作品具有了全球化语境下的深刻意义。

四、全球化与文学创作的身份认同

全球化不仅带来了文化的碰撞和交流，还促使作家在创作过程中重新审视自身的文化身份和文学使命。许多作家通过探索本土文化与全球文化之间的关系，推动了文化身份的重建和重塑。全球化时代的文学作品，不仅呈现了不同文化之间的对话，也揭示了作家在全球化背景下的身份认同和文化归属感。作家通过作品反思自我身份的流动性和多样性，展示了全球化进程中的文化认同问题。许多作家在回应全球化带来的挑战时，不仅关注本土文化的保护与传承，也思考着全

球化对个体与集体身份的影响。在作品中,作家通过对文化身份的不断重构,表达了对全球化社会中个体与文化的适应与冲突。这种文学创作中的身份认同问题,成为全球化时代文学的重要主题之一。在全球化的背景下,文学创作不仅关乎个体情感的表达和社会问题的探讨,更是一种文化认同的探索和自我表达的途径。作家通过在作品中探讨本土性与全球性之间的关系,深刻反映了全球化时代的文化互动和身份认同的复杂性。

本土性与全球性是全球化时代文学创作中不可或缺的主题。在全球化的背景下,作家们通过跨文化的对话与融合,展示了本土文化与全球文化之间的张力和互动。这种互动不仅推动了文学语言和叙事结构的创新,也为全球文学提供了新的表达方式和思想内容。在这种文化碰撞与融合中,文学创作不仅展现了全球性问题的普遍性,也为本土文化的保存和再创作提供了新的机遇。本土性与全球性在全球化时代的文学创作中交织融合,共同推动着文学的创新和多样化发展。

第三节 多元文化背景下的叙事实验

随着全球化进程的加速,世界各地的文化相互交织与碰撞,文学创作也在不断变化。在多元文化的背景下,叙事实验成为当代文学中一种重要的创作手段。作家们在面对不同文化、历史和语言的挑战时,通过创新的叙事手法,突破了传统文学中的单一模式,形成了独特的跨文化叙事结构与表达方式。这种叙事实验不仅呈现了全球化时代文化多样性的特点,还反映了个体与社会、历史与现代、传统与未来之间的复杂关系。在多元文化的背景下,文学创作的叙事手法经历了深刻的转型。多元文化的交织使得叙事模式不再是单一、线性、顺序性的,而更多地展现出碎片化、非线性、交错叙事的特点。作家们通过这些叙事实验手法,能够打破时间、空间和身份的传统界限,展现出更加丰富、立体的世界观和文化景观。与此同时,这些实验性的叙事技巧也试图回应全球化时代文化认同、身份流动和社会变迁等问题,使得文学作品在全球化语境中具有更深刻的多元性和复杂性。

多元文化背景下的叙事实验不仅是形式上的创新,也涉及内容的深刻变化。作家通过不同文化视角的叠加与对比,挑战传统的文化偏见和种族观念,揭示社会中的不平等与压迫。同时,跨文化的叙事策略也为作家提供了更广阔的表达空间,促进了不同文化的理解与包容。这种实验性叙事的实施,不仅使得作品更加多元化,也推动了文学创作的创新性发展。

一、多元文化叙事结构的创新

在多元文化的背景下,叙事结构经历了显著的创新。与传统的线性叙事结构不同,多元文化文学作品往往采用非线性、碎片化或环状的叙事方式。这种创新性的结构使得文学作品在表现复杂的文化交织、身份变动以及历史反思时,能够呈现出更为丰富的层次和视角。

非线性叙事结构使得作品能够从不同的时间和空间层面进行多重视角的呈现。传统的线性叙事通常按照时间的顺序来推进情节,而非线性结构则打破了这一顺序,通过回忆、插叙、倒叙等手法,将不同时间点的事件交替展开。这种结构的创新,使得作品能够更好地展现复杂的人物关系与社会背景。例如,在后现代主义的文学作品中,非线性叙事结构被广泛运用,尤其是在处理历史、文化认同以及跨文化交流的主题时,非线性结构能够更好地反映多重身份的交错与文化冲突的复杂性。

碎片化叙事结构也成为多元文化文学中常见的叙事方式。碎片化的叙事方式,通常通过一系列看似独立但实际上互相关联的情节片段,打破了传统的情节推进方式。作家通过这种方式,表现人物的心理断裂、历史的断层以及社会变迁的深远影响。这种碎片化的叙事方式,使得作品在形式上更具实验性,也能够展现全球化时代文化身份的流动与重构。例如,若干当代文学作品通过碎片化的结构展现跨国移民的经历,或者展示在全球化的背景下,文化认同的复杂性与不确定性。通过碎片化的叙事结构,作家能够揭示个人与社会、历史与现代之间的冲突与交汇。

在一些作品中,环状结构也作为一种创新的叙事方式被广泛采用。通过重复和循环,作家能够强调文化的持续性与历史的反复性。在全球化的背景下,循环叙事能够象征文化之间的交流与重构,表现历史的不断重复以及个体身份的不断流变。通过这种结构,文学作品呈现出多重视角下的反思,揭示了文化的传承与变革、全球化的影响与本土文化的坚持。

二、跨文化视角与叙事多样性的呈现

跨文化视角的运用是多元文化背景下叙事实验的核心之一。通过不同文化视角的交织与融合,作家能够呈现出更加多样化的文化景观与思想内容。全球化使得文学作品不再局限于单一的文化视野,作家在创作过程中可以自由地选择和融入不同文化的元素,从而让作品在表达本土文化的同时,具有全球化的思考。

跨文化叙事视角的运用,通常体现在故事叙述者的多样性上。在多文化背景下,作家往往通过不同身份的叙述者讲述故事,每个叙述者带有不同的文化背景、历史经验与情感表达方式。这种多元视角的叙事方式,不仅能够展现出文化多样性，还能呈现出不同文化在全球化背景下的交融与冲突。例如，在一些跨文化的小说中，作家通过不同民族的叙述者来呈现一个复杂的社会景观，通过每个叙述者的眼睛，读者可以更好地理解不同文化中的价值观、传统与现代性之间的张力。这种叙事策略能够让作品更加丰富，同时反映出全球化对个人和集体文化认同的深远影响。

除了叙述者的多样化，跨文化视角还体现在文学主题的多元化上。全球化时代，文学作品越来越关注移民、跨文化交流、身份认同、性别平等等全球性问题。这些主题往往具有强烈的跨文化性质，能够跨越国界和文化的限制，引起不同文化背景的读者的共鸣。作家通过跨文化的视角，既可以表现本土文化的独特性，又能够展现全球化背景下文化冲突与交流的复杂性。例如，许多关于移民和难民的文学作品，通过不同文化视角的叠加，讲述了跨国迁移过程中人与人之间的相遇与疏离，揭示了文化认同的多重性与流动性。在跨文化文学作品中，语言也常作为跨文化视角的重要体现。作家在创作中可能采用双语、混合语言或非标准语言的使用，这种语言实验打破了传统的语言规范，形成了一种独特的文学语言。通过混合语言的使用，作家能够同时传递两种文化的思维方式、表达习惯与情感色彩。这种语言上的创新，使得作品不仅在叙事层面呈现出多样性，也在语言表达上创造出全新的艺术效果。

三、文化冲突与身份认同的叙事探索

在全球化的背景下，文化冲突和身份认同成为文学创作中最重要的主题之一。全球化不仅促进了各国文化的交流与融合，也加剧了不同文化之间的冲突和对立。作家在多元文化的语境下，往往通过叙事探索文化认同、社会变革以及历史与现代性之间的冲突。

作家通过对跨文化冲突的叙述，展现了全球化时代文化融合与文化差异并存的复杂性。这种文化冲突通常体现在不同文化的传统与现代化进程之间的张力、全球化与本土文化之间的矛盾以及移民与本土社会的冲突上。例如，在一些跨文化文学作品中，移民的故事常被作为文化冲突的表现，作家通过展示移民在新国家中所面临的文化适应与身份认同的挑战，探讨了全球化背景下的文化融合问题。移民的生活经验不仅呈现了个体在全球化中的社会地位变化，也揭示了文化认同的多元性与流动性。

在处理身份认同问题时，作家通过叙事探索不同文化身份的交错与重建。在全球化背景下，许多作品展现了跨国身份的流动性和复杂性。作家通过对主人公在不同文化间流动的描写，探讨了文化认同的多维度与碎片化特征。身份认同不仅是单一文化背景的自我认同问题，更是在全球化的语境下，个体如何在多重文

化和社会背景下找到自我位置的问题。作家通过这种叙事方式，使作品在表现全球化时代的身份认同问题时，呈现出更加立体和多元的视角。

四、跨文化文学中的叙事实验：全球化与本土性的对话

全球化时代的叙事实验不仅体现在形式与内容的创新，还反映了本土文化与全球文化之间的对话。在跨文化文学中，作家通过创新的叙事结构和多元文化的视角，探索如何在全球化背景下维系本土文化的独特性与生命力。这种对话不仅是对文化差异的呈现，也是一种对文化归属感的追问。作家通过将本土文化与全球文化的元素结合，创造出具有全球性视野的文学作品。这种跨文化对话，使得作品既能够保留本土文化的传统与特色，又能够回应全球化带来的社会变迁与文化融合问题。通过这种叙事实验，文学作品成为文化认同、历史回溯与未来展望的载体，呈现出全球化与本土性之间的张力和交汇。

多元文化背景下的叙事实验是全球化时代文学创作中的一大亮点。通过创新的叙事结构、跨文化视角的应用、语言的融合与文化冲突的探索，作家们打破了传统文学的局限，创造出更加丰富、立体和多维的文学作品。这些作品不仅在形式和内容上表现出多样性，还在跨文化的对话与互动中，揭示了全球化时代文学创作的复杂性和挑战。通过这些叙事实验，文学创作为全球化背景下的文化交流与认同提供了深刻的洞察。

第四节 跨国界流动与文学形式的创新

一、翻译文学的全球化扩散

翻译文学的全球化扩散已经成为一种不可逆转的趋势，文学作为人类智慧的结晶，不仅承载着丰富的情感与思想，还反映了不同文化、不同时代的独特风貌。翻译文学，作为一种跨文化的交流活动，扮演着连接不同文化之间的重要角色。它让文学作品得以跨越国界，传递到世界的每一个角落。

1. 翻译文学的全球化扩散背景

随着全球化的深入推进，国际间的交流与合作日益密切。经济、政治、科技、文化等领域的交流都需要语言的沟通与理解，而翻译文学正是这种交流的重要载体。在信息传播加速和跨国交流增多的大背景下，翻译文学的全球化扩散变得尤为重要。

（1）信息传播的加速。互联网的普及和信息技术的飞速发展，使得信息传播速度大大加快。人们可以随时随地获取来自世界各地的信息，文学作品也不例

外。翻译文学通过网络平台、电子书籍等新兴媒介，实现了快速、广泛的传播。

（2）跨国交流的增多。随着国际关系的日益紧密，各国之间的文化交流也日益频繁。文学作品作为一种独特的文化交流方式，可以传递一个国家的文化内涵、价值观和审美观念。翻译文学的全球化扩散，使得各国文学作品得以在不同文化背景下相互传播，促进了文化之间的交流与理解。

2. 翻译文学的全球化扩散作用

（1）促进文学作品的传播。翻译文学的全球化扩散，使得文学作品得以跨越语言障碍，被引入到不同的文化领域中。这不仅扩大了文学作品的受众范围，还提高了作品的知名度。许多优秀的文学作品，如《红楼梦》《巴黎圣母院》等，都是通过翻译传入其他国家，成为世界文学宝库的一部分。

（2）提高文学创作的水平。翻译文学的全球化扩散，使得各国作家有机会了解和借鉴其他国家的文学创作方法、技巧和主题。这种跨文化的交流，有助于提高文学创作的水平，促进文学形式的创新。例如，中国现代文学在20世纪初，受到西方文学的影响，出现了许多具有现实主义、现代主义特色的文学作品。

（3）增强文化软实力。翻译文学的全球化扩散，有助于提升一个国家的文化软实力。文学作品作为文化的重要组成部分，反映了一个国家的历史、传统、价值观和审美观念。通过翻译文学，一个国家的文化可以传播到世界各地，增强国际间的文化认同和友谊。

3. 翻译者在翻译文学全球化扩散中的作用

在翻译文学的全球化扩散过程中，翻译者的角色至关重要。他们既是信息的传递者，也是文化的传播者。

（1）信息传递者。翻译者需要准确、生动地传达原文的意思，使译文读者能够理解和欣赏原文的美。这要求翻译者具备较高的语言素养和翻译技巧，以确保翻译的准确性和可读性。

（2）文化传播者。翻译者不仅要传递信息，还要传递文化。在翻译过程中，翻译者需要考虑到目标文化的特点和接受能力，对原文进行适当的调整和改写，使译文更符合目标文化的审美习惯。

（3）促进文化融合。翻译者在翻译文学的过程中，不仅传递了原文的信息和文化，还促进了不同文化之间的融合。他们通过对比研究，发现不同文化之间的共性和差异，为文化的交流和融合提供了重要的基础。

翻译文学的全球化扩散不仅促进了文学作品的传播，还为文学形式的创新提供了新的可能性。在这个过程中，翻译者发挥着至关重要的作用，他们既是信息的传递者，也是文化的传播者。通过他们的努力，文学作品得以在全球范围内传播和影响，为世界文化的繁荣发展做出了贡献。

二、多语种文学作品的交互影响

文学作品作为一种文化载体，承载着不同民族、不同地域的精神财富，其间的交流与互动无疑成为全球化时代文化交流的重要体现。

1. 翻译与文学作品的传播

翻译是文学作品在不同语言之间传播的重要手段。在全球化语境下，翻译作为一种跨文化交际的桥梁，使得不同语言的文学作品得以相互借鉴、相互影响。翻译家们通过准确、生动地传达原文的意境、情感和风格，使文学作品跨越语言障碍，拓宽了作品的传播范围。

翻译不仅是一种文字转换，更是一种文化的传递。在翻译过程中，译者需要充分了解源语言和目标语言的文化背景、审美趣味和语言特点，以确保作品在目标语言中的可读性和接受度。这种跨文化的翻译实践，使得文学作品在传播过程中不断融入新的元素，促进了文学形式的创新。

2. 翻译再创作与文学传统的碰撞及融合

翻译再创作是指在翻译过程中，译者对原文进行一定程度的改编，以适应目标语言的文化环境和审美需求。这种翻译方式使得不同文学传统之间产生了碰撞与融合。例如，中国古典诗词在翻译成英文时，译者往往需要采用意译、归化等手法，将原文的意境、情感和风格传达给英文读者。这种翻译再创作使得英文读者能够更好地理解和欣赏中国古典诗词的美，同时也为英文诗歌创作提供了新的灵感。

翻译再创作不仅使得文学作品在不同语言之间得以传播，还促进了文学传统的相互借鉴和融合。例如，19世纪末20世纪初，日本文学对中国文学产生了较大影响，许多中国作家开始尝试借鉴日本文学的创作手法，如鲁迅的《狂人日记》就是在日本文学影响下创作出来的。这种文学传统的碰撞与融合，为文学创新提供了源源不断的动力。

3. 多语种文学作品的交互影响与全球文学创新

多语种文学作品的交互影响推动了全球文学形式的创新。在全球化背景下，不同国家的文学作品相互借鉴、相互影响，形成了多元化的文学景观。以下从几个方面分析多语种文学作品的交互影响与全球文学创新的关系。

（1）文学主题的拓展。不同语言的文学作品在交流过程中相互借鉴、相互启发，使得文学主题得以拓展。例如，近年来，中国文学作品中关于环保、生态的主题逐渐增多，这与全球范围内对环保问题的关注密切相关。同时，外国文学作品中的爱情、人性、哲学等主题也对中国文学产生了影响，使得中国文学在主题上更加丰富多元。

（2）文学形式的创新。多语种文学作品的交互影响促进了文学形式的创新。

在全球化背景下，作家们不再局限于传统的文学形式，而是大胆尝试新的创作手法。例如，跨文化的文学创作、多媒体文学作品等，都是在多语种文学作品交互影响下产生的。这些新的文学形式为全球文学创新提供了丰富的素材。

（3）文学批评的多元化。多语种文学作品的交互影响使得文学批评呈现出多元化的趋势。不同国家的文学批评家在交流过程中，相互借鉴、相互启发，形成了多元化的批评视角。这种多元化的文学批评有助于更全面、更深入地理解文学作品，也为文学创新提供了理论支持。

4. 多语种文学作品的交互影响与读者阅读体验

多语种文学作品的交互影响丰富了读者的阅读体验，在全球化的背景下，读者可以轻松地接触到不同语言、不同风格的文学作品，从而拓宽了阅读视野。

（1）阅读选择的多样性。多语种文学作品的交互影响使得读者在阅读时有了更多的选择。不同国家、不同风格的文学作品丰富了读者的阅读视野，满足了不同读者的审美需求。这种多样性使得读者在阅读过程中能够更好地发现自我，丰富内心世界。

（2）阅读体验的丰富性。多语种文学作品的交互影响使得读者在阅读过程中能够体验到不同文化背景下的情感、价值观和审美趣味。这种丰富性使得阅读成为一种跨越时空的交流，让读者在阅读中感受到世界的广阔和多样性。

（3）阅读理解的深度。多语种文学作品的交互影响有助于提高读者的阅读理解能力。在阅读不同语言的文学作品时，读者需要跨越语言障碍，理解作品中的文化内涵。这种跨文化的阅读实践有助于提高读者的阅读理解能力，使他们在阅读中能够更深入地理解作品。

多语种文学作品的交互影响是全球化时代文学创新的重要体现。它不仅拓宽了文学作品的传播范围，促进了文学传统的碰撞与融合，还丰富了读者的阅读体验，推动了全球文学的创新与发展。

三、跨国界文学流动对文体发展的影响

文学作品跨越国界的传播，不仅使得不同文化得以交融，更对文体发展产生了深远的影响。

1. 跨国界文学流动促进文学形式的创新

文学作品在不同文化间的传播，使得作家们有机会接触到各种不同的文学传统和风格。这种跨文化的交流激发了作家们的创作灵感，促使他们在创作过程中尝试新的表达方式。例如，20世纪初，欧洲的现代主义文学运动就是受到美国文学的影响，特别是在诗歌和小说领域。同时，拉美作家加西亚·马尔克斯在创作《百年孤独》时，受到了美国作家福克纳和欧洲魔幻现实主义的影响。这些跨

文化的借鉴和融合，使得文学形式得到了创新和发展。

2. 跨国界文学流动丰富文学表现手法

不同文化背景下的文学传统往往具有独特的表现手法。随着跨国界文学流动的发展，这些表现手法得以相互借鉴和融合，进一步丰富了文学的内涵。例如，中国古典文学中的赋、比、兴等手法，在传入日本后，与日本本土的文学传统相结合，形成了独特的和歌。

3. 跨国界文学流动推动文学风格的多样化

在跨国界文学流动的过程中，作家们不仅借鉴和融合不同文化的文学传统，还将自身的文学传统融入其中，形成了独特的文学风格。这种风格多样化体现在以下几个方面：

（1）语言风格的多样化。不同文化背景下的作家，在创作过程中会运用不同的语言表达方式。如美国作家海明威的简洁明了，法国作家普鲁斯特的细腻心理描写，中国作家莫言的魔幻现实主义等。

（2）主题风格的多样化。跨国界文学流动使得作家们有机会关注到不同文化背景下的社会问题，从而在作品中呈现出多样化的主题。如美国作家斯坦贝克的《愤怒的葡萄》关注农民问题，日本作家村上春树的《挪威的森林》探讨青春期的困惑等。

（3）艺术风格的多样化。不同文化背景下的文学传统，往往具有独特的艺术风格。如中国古典文学的浪漫主义、现实主义等，西方文学的古典主义、现代主义等。跨国界文学流动使得这些艺术风格得以相互借鉴和融合，呈现出更加丰富多彩的文学景观。

4. 跨国界文学流动对文学批评的影响

跨国界文学流动不仅促进了文学创作的发展，还对文学批评产生了深远的影响。文学批评家们在面对不同文化背景下的文学作品时，需要具备跨文化的视野和批评方法。这要求文学批评家们不仅要深入研究本国的文学传统，还要关注世界各国的文学动态，从而在全球化的背景下，对文学作品进行更加全面、客观的评价。

5. 跨国界文学流动对文学教育的影响

跨国界文学流动对文学教育也产生了重要影响，在全球化时代，文学教育不再局限于本国文学，而是需要涵盖世界各国的文学作品。这要求教育部门调整教学内容，增加世界文学课程，培养具有跨文化素养的文学人才。同时，跨国界文学流动也使得文学教育更加注重比较文学研究，探讨不同文化背景下的文学传统和创作方法。

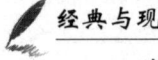

6.跨国界文学流动对文学产业的影响

随着跨国界文学流动的加剧，文学产业也呈现出新的发展趋势。一方面，跨国出版和发行成为文学产业的重要组成部分。例如，我国近年来引进的国外文学作品数量逐年增加，同时，我国文学作品也在全球范围内传播。另一方面，跨国界的文学交流与合作日益频繁，如国际文学节、作家交流项目等，为文学创作和传播提供了更多机会。

文学作品跨越国界的传播，不仅拓展了文学的边界，也为文学形式的多样化提供了新的可能性。通过对跨国界文学流动的研究和探讨，我们可以更好地理解不同文化间的互动如何影响文学形式的演变，进而推动全球化时代文学创新的持续发展。

第五节　文学主题与全球化的多元共生

一、全球化下的多元文化主题探讨

21世纪全球化时代，世界各地的文化正在以前所未有的速度和规模交融融合。文学作为一种深具影响力的文化表达形式，不仅承载着人类的精神财富，更在全球化的大背景下，成为反映和探讨多元文化主题的重要媒介。全球化使得不同文化之间的联系变得更加紧密，文学作家们开始以更加广阔的视野，深入挖掘和呈现多元文化的丰富内涵。

1.多元文化主题的兴起

全球化带来了经济、政治、科技等多方面的交流与合作，同时也促使文化在全球范围内传播和交融。在这个过程中，不同文化之间的差异和特色逐渐显现，引发了人们对多元文化主题的关注。文学作品作为一种跨越时空和地域的交流方式，自然成为探讨多元文化主题的重要载体。

（1）文化冲突与融合。在全球化的过程中，文化冲突和融合是不可避免的现象。文学作品通过描绘不同文化之间的冲突与融合，反映了人类在面对差异时的态度、选择和思考。例如，美国作家托尼·莫里森的《最蓝的眼睛》通过讲述一个非裔美国女孩在白人社会中的成长经历，揭示了种族歧视对个体心灵的影响，同时也展现了不同文化之间的碰撞与融合。

（2）文化身份认同。全球化背景下，人们对于文化身份的认同问题日益凸显，文学作品通过探讨不同文化背景下的身份认同，反映了个体在全球化时代的精神困境。如英国作家石黑一雄的《被掩埋的巨人》，通过描绘战后英国的种种矛盾，探讨了民族身份、历史记忆与个人认同之间的复杂关系。

2. 文学作品的多元文化呈现

在全球化的背景下，文学作品在探讨多元文化主题时，呈现出多样化的面貌。作家们运用丰富的表现手法，展现了不同文化的独特魅力。

（1）跨文化叙事。跨文化叙事是文学作品探讨多元文化主题的重要方式。作家们通过讲述不同文化背景下的人物故事，展现了文化差异对个体命运的影响。如村上春树的《挪威的森林》中，主人公渡边在东西方文化之间游走，展现了两种文化在价值观、情感表达等方面的差异。

（2）文化意象的运用。文化意象是文学作品中表现多元文化主题的重要元素。作家们通过运用具有代表性的文化意象，展现了不同文化的内涵和特色。如莫言的《红高粱家族》，通过描绘高密东北乡的红高粱地，展现了当地人民的顽强精神和对土地的热爱。

（3）语言与形式的创新。在全球化的背景下，文学作品在探讨多元文化主题时，也呈现出语言与形式上的创新。作家们借鉴和融合不同文化的表达方式，创造出独特的文学风格。如加西亚·马尔克斯的《百年孤独》，运用魔幻现实主义的写作手法，展现了拉丁美洲的历史与现实。

3. 多元文化主题的文学价值

文学作品探讨多元文化主题，具有重要的文学价值和社会意义。

（1）促进文化交流与理解文学作品。通过探讨多元文化主题，有助于增进人们对不同文化的了解和尊重，促进文化交流与理解。在全球化的背景下，这种交流与理解对于维护世界和平、促进人类共同发展具有重要意义。

（2）反映时代精神。文学作品探讨多元文化主题，反映了全球化时代人们的精神面貌和价值取向。这些作品通过展现不同文化之间的冲突与融合，揭示了人类在面对全球化挑战时的思考与探索。

（3）丰富文学表现手法。多元文化主题探讨，为文学作品带来了丰富的表现手法。作家们在创作过程中，不断尝试和突破传统的文学形式，为文学的发展注入了新的活力。

文学作品探讨多元文化主题，不仅丰富了文学的表现形式，更具有重要的社会意义。作家们通过讲述不同文化之间的故事，展现了人类在面对差异时的勇气和智慧。在这个多元文化交织的时代，文学作品将继续担当起传递文化、增进理解的重要使命，为人们呈现出一个更加开放和多元的文学世界。

二、身份认同与全球化时代的文学表达

世界全球化已成为不可逆转的历史潮流，它不仅深刻地改变了经济、政治和社会结构，也对人们的身份认同产生了深远影响。在这样的时代背景下，文学

作为一种敏锐的社会表达方式，自然也承担起了探讨身份认同与全球化关系的重任。身份认同在全球化时代的文学表达中具有重要意义，它不仅是个体或群体在全球化浪潮中保持独特性和认同感的体现，更是文学作品反映现实、探讨人性的重要主题。

首先，全球化带来的文化碰撞和融合为文学创作提供了丰富的素材。不同文化之间的交流与碰撞，使得个体在多元文化环境中面临着身份认同的挣扎和探索。文学作品通过描绘人物在这样的环境中的心路历程，展现了全球化给个体带来的身份困惑和文化冲突。例如，在莫言的《红高粱家族》中，主人公九儿的身份认同就受到了全球化浪潮的冲击。她既是中国传统文化中的乡村女性，又是受到西方文化影响的新时代女性。在两种文化的碰撞中，九儿不断探索自己的身份，寻找属于自己的位置。这种身份认同的挣扎在文学作品中得到了深刻的体现。

其次，全球化时代的文学表达关注个体在全球化浪潮中的身份认同建构。在全球化的大背景下，个体往往面临着文化认同、国家认同和民族认同等多重身份的交织。作家们通过文学作品探讨个体如何在多元文化中建构自己的身份认同，呈现出独特而丰富的视角和叙事方式。如张抗抗的《赤脚医生》，作品中的主人公在经历了上山下乡运动后，重新回到了城市。在新的环境中，她努力寻找自己的身份定位，既不放弃对传统文化的坚守，又积极融入现代生活。这种身份认同的建构过程，反映了个体在全球化时代所面临的挑战和困境。

此外，全球化时代的文学表达还提供了深刻的文化思考与情感共鸣。文学作品通过展现个体在全球化背景下的身份认同困惑，引发读者对自身身份的反思。这种反思不仅有助于读者更好地理解全球化语境下个体的生存状态，还能激发他们对文化差异的尊重和包容。例如，阿来的《尘埃落定》通过讲述一个藏族家庭在全球化背景下的命运变迁，展现了民族认同与国家认同之间的矛盾。作品中的主人公在面对外来文化冲击时，坚守自己的民族特色，同时也寻求与国家的认同。这种身份认同的探索，引发了读者对民族、国家和文化认同的深入思考。

全球化时代的文学表达还具有以下特点：

（1）跨文化叙事。在全球化背景下，文学作品往往呈现出跨文化叙事的特点。作家们通过讲述不同文化背景下的人物故事，展现了全球化对个体身份认同的影响。如村上春树的《世界尽头与冷酷仙境》中，主人公在现实与幻想世界之间穿梭，展现了全球化时代个体身份认同的困惑。

（2）多元视角。全球化时代的文学表达不再局限于单一的文化视角，而是呈现出多元视角的特点。作家们从不同角度探讨身份认同问题，使得文学作品更加丰富多彩。如林白的《一个人的战争》，作品通过女性视角展现了个体在全球化背景下的身份认同困境。

（3）情感共鸣。全球化时代的文学表达关注个体在全球化浪潮中的情感体验，引发读者的情感共鸣。如余华的《活着》，作品通过讲述一个普通农民的一生，展现了个体在全球化背景下的生存状态，引发了读者的共鸣。

作家们通过文学作品探讨个体在全球化浪潮中的身份认同建构，展现了全球化给个体带来的身份困惑和文化冲突。这种文学表达不仅有助于读者更好地理解全球化语境下个体的生存状态，同时也为身份认同议题提供了深刻的文化思考与情感共鸣。

三、环境、移民与全球化相关的文学作品

全球化的大潮正在深刻地改变着人类社会的面貌，环境、移民与全球化，这三个看似独立的词汇，却紧密相连，构成了当代文学创作中的一个重要主题。许多作家通过他们的笔触，对这一主题进行了深入的挖掘和探讨，创作出了许多引人深思的文学作品。

环境问题作为全球化的一个重要方面，已经成为当代文学中一个不可忽视的主题。随着工业化的加速和人口的增长，环境问题日益严重，人类面临着前所未有的挑战。作家们通过文学作品，生动地描绘了环境变迁对人类生存的影响。例如，美国作家巴里·洛佩兹的《北极熊之心》就是一部以全球变暖为背景的小说。他通过讲述一个北极熊家族的故事，展现了全球变暖对生态系统和生物多样性的破坏，以及人类对此的无力和无奈。

同时，移民问题也是全球化背景下一个不可忽视的现象。随着全球化的推进，越来越多的人选择离开自己的故土，寻求更好的生活。这一过程中，他们不仅要面对生活上的困难，还要面对文化冲突和身份认同的挑战。这些移民故事成为文学创作的重要素材。例如，加拿大作家迈克尔·翁达杰的《英国病人》就是一部以"二战"时期为背景的移民题材小说。他通过讲述一个受伤的英国飞行员在异国他乡的生死经历，展现了移民在异文化中的孤独、挣扎和融合。

1. 环境与全球化

（1）《寂静的春天》。美国作家雷切尔·卡森的《寂静的春天》是一部揭示环境问题的经典之作。书中，卡森以生动的笔触描绘了农药对生态环境的破坏，以及这种破坏对人类生活的影响。她通过讲述一个春天的故事，警告人类不要盲目地破坏大自然，否则将面临严重的后果。

（2）《地球上的星星》。印度作家阿米尔·汗的《地球上的星星》是一部关注环境问题的儿童文学作品。书中，小主人公伊桑在地球上的一颗星星上遇到了各种生态环境问题，他通过与星星上的生物互动，学会了关爱大自然，最终拯救了

地球。这部作品以童真的视角,传达了环保的重要性。

2. 移民与全球化

(1)《飘》。美国作家玛格丽特·米切尔的《飘》是一部以美国南北战争为背景的移民题材小说。书中,主人公斯嘉丽·奥哈拉在战争和移民的背景下,勇敢地面对生活,努力寻找自己的幸福。这部作品展现了移民在异国他乡的坚韧和拼搏精神。

(2)《高兴》。中国作家莫言的《高兴》是一部以改革开放时期为背景的移民题材小说。书中,主人公高兴在离开家乡后,面临着种种生活困境。然而,他并未放弃,而是在异乡的土地上,努力寻找属于自己的幸福。这部作品展示了移民在异文化中的挣扎和融合。

3. 全球化与文学创作

(1)《世界是平的》。美国作家托马斯·弗里德曼的《世界是平的》是一部论述全球化对世界影响的经典之作。书中,弗里德曼通过讲述自己的旅行经历,揭示了全球化给世界带来的机遇和挑战。这部作品为全球化背景下的文学创作提供了丰富的素材。

(2)《百年孤独》。哥伦比亚作家加西亚·马尔克斯的《百年孤独》是一部描绘拉丁美洲历史变迁的小说。书中,作者以魔幻现实主义的笔触,展现了全球化背景下,拉丁美洲社会的变革和困境。这部作品是全球化文学的经典之作。

环境、移民与全球化相关的文学作品,不仅展现了作家们对当代社会现象的关注和思考,还引发了人们对全球化进程中所面临问题的深刻思考和探讨。这些作品通过描绘环境变迁对人类生存的影响以及移民故事中的跨文化冲突与融合,让我们更加关注全球化时代的环境保护和人类命运。

第九章　当代外国文学的未来走向

第一节　新兴文学形式与艺术突破

当代外国文学的发展经历了从传统形式向新兴形式的转变，这种转变不仅反映了文化、社会和技术的深刻变革，也揭示了文学艺术的持续创新与突破。进入21世纪以来，随着全球化、信息化以及文化多样性的推动，文学创作面临着前所未有的挑战与机遇。在这一过程中，新兴文学形式不断涌现，艺术表现手法也不断突破传统，呈现出前所未有的实验性和多样性。从网络文学到多媒体融合，从跨文化叙事到意识流与碎片化结构的重新激活，新的文学形式和艺术手法的出现，推动了文学艺术的不断创新和变革。

新兴文学形式不仅是对传统文学形式的继承和发展，还在形式与内容的互动中展现了新的表达潜力。这些新兴形式的出现，不仅是文学本身的实验和突破，也反映了当代社会变迁与人类思想的深刻转型。作家通过新的文学表达方式，回应了时代的复杂性与文化多样性，并借此创造了具有强烈时代感与文化内涵的文学作品。当代文学的新兴形式涉及多重领域，包括虚拟现实、数字文学、图像小说、跨媒体作品等，这些形式不仅改变了文学的载体和传播途径，也丰富了文学的表现力和感染力。与此同时，艺术突破也体现在创作方法的多样性上，包括对叙事结构、语言形式和人物塑造方式的重新思考和实验。这一节将探讨当代文学中新兴形式的崛起与艺术突破，分析这些新兴形式如何影响当代文学的创作方向与未来走向。

一、新兴文学形式的崛起：网络文学与数字文学

随着信息技术的发展，尤其是互联网的普及，网络文学和数字文学成为当代文学中的重要组成部分。网络文学起源于互联网平台，作家通过网络这一开放性平台进行创作与传播。这种新兴形式与传统文学相比，具有明显的区别，尤其在文学创作的方式、传播途径、读者互动等方面展现出了革命性的特点。

网络文学最显著的特征是其互动性和开放性。作家通过互联网平台直接与

读者互动，读者不仅可以通过评论、留言等方式与作者进行交流，还可以通过在线投票等方式参与作品的创作。这种互动性使得网络文学成为一种以读者为中心的创作方式，也促使作品的风格与内容不断进行调整和改进。与传统出版形式不同，网络文学具有快速更新、即时反馈的特点，作家和读者之间的关系更为紧密，文学作品的创作过程也更加灵活多变。网络文学的内容形式具有很强的多样性。从都市言情到奇幻冒险，从历史重述到科幻世界，网络文学几乎涵盖了所有可能的题材和创作方式。尤其是在年轻读者群体中，网络文学迅速占据了主流地位。与传统文学相比，网络文学更注重情节的紧凑和悬念的设置，语言风格更为通俗易懂，容易引发读者的共鸣和讨论。这使得网络文学在文学消费的方式上发生了根本性的变化，作品的传播速度更快，影响力更广泛。

数字文学则是在网络文学的基础上进一步发展的产物，它通过数字技术为文学创作提供了更为丰富的表达方式。数字文学包括通过电子书、APP、虚拟现实、增强现实等媒介进行创作与传播的作品。数字文学打破了纸质出版的限制，给文学创作提供了更加多样的空间。作品可以包含图片、音频、视频等多种元素，形成跨媒体、互动性强的文学体验。数字文学不仅是文学形式的创新，也代表了当代文学艺术在技术驱动下的突破。作家通过新技术手段，将传统的文学语言与现代的科技元素结合，创造出新型的文学作品。这种多维度的艺术表达方式，使得数字文学作品具有了更多元的传播途径和观众群体，拓宽了文学的边界和影响力。

二、图像小说与跨媒体文学的崛起

图像小说作为一种结合了文学和视觉艺术的新兴文学形式，近年来在全球文学领域中逐渐崭露头角。图像小说不仅是漫画和传统小说的结合，而且融合了文学的深度与视觉艺术的表现力，使得文学作品在形式上更加丰富多彩。图像小说通过图像与文字的相辅相成，打破了传统文字叙事的界限，创造了全新的艺术语言。

图像小说的兴起，与数字技术和视觉文化的普及密切相关。随着信息技术的飞速发展，数字图像的制作和传播变得越来越便捷，使得作家可以通过图像与文字的互动，创造更加生动、立体的文学体验。图像小说的视觉元素不仅能够为作品提供更加直观的叙事方式，还能为作品的主题和情感提供深层次的表达。这种叙事方式的融合，不仅让作品在阅读体验上更加丰富，也推动了文学的表现形式向多元化和创新性发展。图像小说在内容上也呈现出多样化的趋势。它可以涵盖从儿童文学到成人文学、从科幻到历史的各种题材。通过图像的展示，作家能够更生动地描绘人物形象、场景和情节，同时通过色彩、构图、节奏等元素，强化作品的情感张力。图像小说不只是故事的简单呈现，它通过视觉艺术的表现，使得文学作品的内涵更加多元，提供了新的艺术表达方式。

跨媒体文学则是在图像小说的基础上，进一步拓展了文学与其他艺术形式的界限。跨媒体文学将文学作品与电影、电视、游戏等不同媒介进行结合，形成了一种多平台、多维度的跨文化表达方式。作家通过将文本、影像、声音、交互等元素融合在一起，创造出更加立体、丰富的文学体验。跨媒体文学不仅是文学创作的形式创新，也代表了当代文化的多元性和跨领域融合的趋势。跨媒体文学的出现，打破了传统文学创作的单一模式，作家不再依赖于文字的叙述，而是通过多种媒体的结合来增强作品的表现力和感染力。跨媒体文学的发展不仅让文学作品的表现形式更具创新性，也推动了文学与其他艺术形式的深度融合。

新兴文学形式的出现，不仅为文学创作带来了机遇，也面临着一些挑战。首先，随着技术的进步，数字化、网络化的文学形式使得文学的消费方式发生了革命性的变化。然而，数字文学虽然具有更高的传播效率，但也存在着商业化和碎片化的问题。这些问题可能导致文学的深度与广度受到影响，作品的质量和思想性可能会被简单化或迎合市场的趋势。其次，虽然新兴文学形式带来了更多的创作自由，但也可能带来文学表达方式的碎片化和过度实验性。许多作家在追求创新的过程中，可能过于依赖形式的突破，而忽视了作品内在的思想深度和文化价值。文学的多样化和实验性固然重要，但更重要的是在创新的同时保持对人类经验、情感和社会问题的深入关注。未来，随着技术的进步和文化交流的深化，文学创作可能会进入一个更加开放、互联、融合的时代。新兴文学形式将继续蓬勃发展，作家们通过数字化平台、跨媒体表达、图像小说以及跨文化叙事等手段，不断推动文学的创新与突破。在这个过程中，文学的内涵与形式将不断丰富，为全球读者带来更多的创作空间与思想启示。

新兴文学形式与艺术突破代表了当代文学发展的前沿。在全球化的背景下，文学创作的多样性和创新性呈现出前所未有的突破。作家们通过网络文学、数字文学、图像小说、跨媒体文学以及跨文化叙事等方式，打破了传统文学的局限，创造了新的艺术表达形式。这些新兴文学形式不仅体现了文学与社会、文化和技术的互动，也展示了文学艺术在全球化时代不断发展的无限可能。

第二节　数字时代的文学创作与传播

随着数字化技术的不断发展和信息传播方式的变革，文学创作和传播进入了一个前所未有的时代。数字时代的到来不仅改变了文学的创作过程，还彻底改变了文学作品的传播路径、读者的互动方式以及文学的消费模式。互联网、社交媒体、电子书以及其他数字平台为文学创作提供了新的空间，也为作家、出版商和读者之间的互动打开了多样化的可能性。这些变化不仅体现在文学的形式和内容上，也体现在文学的文化传播和社会功能上。数字时代的文学创作与传播，体现了文学与科技、社会、文化的深度融合。作家在这一新的环境中，能够更加自由地创作和表达，同时也需要面对来自数字平台和网络文化的挑战。通过数字平台，作家可以直接接触到全球读者，不再受限于传统出版业的约束。与此同时，数字技术的普及也带来了信息过载、文学市场碎片化以及质量控制的难题。在数字化的背景下，文学作品不仅在创作方式上得到了革新，在传播途径、接受方式和影响力等方面也发生了深刻的变化。

一、数字化对文学创作的影响

数字化的到来给文学创作带来了革命性的变化。这些变化不仅体现在创作的方式上，还涉及创作内容的呈现、语言的运用以及作品的形式和结构。在数字平台上，作家能够更加便捷地进行创作，不受传统出版和印刷的限制。同时，数字技术也为文学创作提供了更丰富的表现手法和媒介，作家可以通过文字、图像、音频、视频等多重形式融合来呈现作品。这种多媒体融合的创作方式，使文学作品不再局限于传统的文字表达，增加了创作的灵活性和表现力。

数字时代的文学创作强调互动性和参与感。作家和读者之间的关系发生了根本性的变化。在传统的文学创作中，作家的创作过程往往是孤立的，作品的完成和传播通常需要经过出版、印刷、销售等多个环节。而在数字平台上，作家可以直接与读者互动，读者可以实时反馈意见，甚至影响作品的发展方向。这种互动性为作家提供了实时的创作反馈，激发了他们更多的创作灵感，也促使作品更加贴近读者的需求。

网络文学和数字平台上的创作，强调碎片化和即时性。与传统长篇小说的创作方式不同，许多数字平台上的作品更倾向于短小、连续、分章节的创作模式。作家往往根据读者的反应和反馈逐步修改和扩展故事情节，这种创作方式为作家提供了更大的创作自由，同时也要求作家具备更强的应变能力和即时创作的能力。这种碎片化创作的方式，与数字时代信息快速传递的特性密切相关，使文学作品的创作过程变得更加灵活和开放。

数字化工具的使用还促进了文学创作的多元化和跨界融合。作家不再只依赖文字表达，通过数字平台，他们能够利用图片、视频、音频等多重媒体元素来呈现作品内容。许多新型的文学作品，如图像小说、互动小说、音频小说等，都是数字化技术应用的产物。通过这些新的表现形式，文学创作突破了传统的文字形式，展示了更多层次的感官体验和创作空间。作家通过跨媒体的方式，将文学作品的表现形式与其他艺术形式结合，从而创造出全新的文学体验。

二、数字时代文学传播的变革

数字化不仅改变了文学创作的方式,也对文学的传播途径产生了深刻的影响。传统的文学传播往往依赖于印刷、出版、书店等线下渠道,作家和读者之间的交流是间接的,传播过程烦琐且有时间延迟。而在数字时代,互联网和社交媒体打破了空间和时间的限制,文学作品能够通过数字平台迅速传播,作家与读者之间的互动更加直接和即时。

数字平台为文学作品的传播提供了更多元的途径。电子书、网络小说、社交媒体、博客、YouTube 等平台,使得作品可以在短时间内覆盖到全球范围的读者。作家不再依赖传统出版商或印刷厂商,而是可以直接通过互联网平台发布作品,绕过了传统出版中的许多障碍和审查机制。数字平台提供了更加开放的创作和传播环境,也为作家带来了更多的创作自由。与此同时,读者也不再局限于购买纸质书籍,通过数字平台,他们可以更轻松地获取和分享文学作品,从而扩大了文学作品的传播范围。数字时代文学传播的变革不仅体现在传播途径上,还涉及文学传播的速度和范围。在数字平台上,作品可以实时发布,并迅速传遍全球。社交媒体的互动性使得读者能够迅速反馈,并与其他读者和作家展开讨论。这种快速传播和实时反馈的特性,使得文学作品不再是单向传播,而是进入了一个双向互动、可持续发展的过程。作家和读者之间的关系因此发生了根本变化,文学不再是单纯的作者创作、读者接受的过程,而是一个互动、协同、共同创作的动态过程。

随着数字平台的不断发展,文学传播的多样性也进一步增强。除了传统的文本传播形式,许多文学作品通过视频、音频、插画等多重方式进行传播,使得文学作品具有更多层次的表现形式。例如,文学作品中的一部分可以通过视频形式进行呈现,或者通过互动小说平台让读者参与其中。通过这些多元化的传播方式,作家能够将自己的作品以更加生动、有趣的方式展现给读者,从而提升作品的吸引力和影响力。

三、文学消费方式的数字化转型

数字化时代的到来改变了文学的消费模式。以往,文学作品的购买和消费通常依赖于实体书籍和传统出版渠道,而在数字平台的推动下,文学消费的方式发生了翻天覆地的变化。电子书、音频书、网络连载小说等新型文学形式,成为当代文学消费的重要组成部分,文学市场进入了一个更加灵活和多元的阶段。

数字平台的出现使得文学作品的消费更加便利与个性化。读者通过电子设备(如智能手机、平板电脑、电子阅读器等)即可随时随地获取文学作品,而不再需要像过去那样到实体书店购买。这种便利性打破了传统文学消费的地域和时间限制，使得全球各地的读者可以在瞬间获取到世界各地的文学作品。与此同时，数字平台还提供了丰富的搜索、推荐、评论等功能，读者能够根据自己的兴趣爱好快速找到自己喜欢的作品，从而提升了文学消费的个性化和针对性。除了个性化阅读，数字化的文学消费方式还推动了文学市场的碎片化和多元化。数字平台上的作品种类繁多，涵盖了从传统文学到网络小说、从科幻到言情等各种题材。读者的选择更加丰富，同时也使得文学市场呈现出更加多元化的趋势。作家不再局限于传统出版的渠道和读者群体，而是能够通过数字平台接触到全球范围的读者群体。这种全球化的文学消费模式，使得作家的创作不再受限于本土市场，可以在更广泛的国际市场上获得影响力。然而，数字化的文学消费也面临着信息过载和质量控制的挑战。数字平台上的作品种类繁多，读者面对大量的选择时，往往感到困惑。与此同时，数字平台的开放性使得许多未经审查的作品也能够迅速传播，这可能导致一些低质量或缺乏文化内涵的作品在市场中占据重要位置。数字平台上的文学消费虽然带来了便利，但也使得文学作品的质量控制和筛选变得更加困难。

展望未来，数字时代的文学创作与传播将继续走向更加多样化和全球化的方向。随着技术的不断发展，尤其是人工智能、大数据和虚拟现实技术的应用，文学创作和传播的形式将变得更加丰富和新颖。作家和读者之间的关系将变得更加紧密，文学的生产和消费将继续打破传统的界限。未来的文学创作将更加依赖于数字技术和跨媒体的融合，作家不仅需要掌握传统的写作技巧，还要具备一定的数字创作能力。通过虚拟现实、增强现实等技术，文学作品将不再局限于文字的描述，读者可以通过沉浸式的体验进入到故事的情境中，体验更加生动和多感官的文学作品。这种新的创作方式将带来全新的阅读体验，并将为文学创作提供更广阔的舞台。与此同时，文学传播将进入更加个性化和精细化的时代。随着大数据和人工智能技术的应用，数字平台将能够更精准地分析读者的兴趣和需求，从而推送更加个性化的文学作品。作家和读者之间的互动也将更加深入，文学创作可能会逐渐走向共创模式，读者的参与将直接影响作品的内容和发展方向。然而，数字时代文学的创新也伴随着挑战。如何在保证文学作品质量的基础上推动创新，如何在全球化的语境下保持本土文化的独特性，如何平衡个性化与普遍性之间的关系，将是未来文学创作与传播中的重要课题。

第三节　未来文学中的技术性与创新性

随着科技的飞速进步，尤其是数字化、人工智能、虚拟现实等领域的不断创新，文学的创作与传播方式正在发生深刻变化。技术不仅作为文学创作的工具存在，更逐渐成为文学作品形式与内容的一部分，推动文学的技术性和创新性向更深层次、更广阔的方向发展。在未来的文学创作中，技术不仅为作家提供了前所未有的表现手段，也为文学作品的接受与传播带来了巨大的变化。这些技术创新不仅在艺术表现上提供了新的维度，也在思想内容、结构形式、读者参与等方面为文学带来了革命性的变革。当代文学的未来走向，必然是技术性与创新性的相互交织。在文学创作的领域中，技术革新推动了创作方式的多样化，使得文学的形式不再仅限于传统的纸质书籍和线性叙事结构。技术性与创新性为作家和读者提供了前所未有的互动空间，也为文学创作的灵活性和多样性打开了大门。从数字文学、虚拟现实到人工智能生成文本，未来的文学将充满技术驱动的创作突破，进入一个更加复杂与多维的创作时代。

一、技术创新对文学创作形式的变革

随着技术不断发展，文学创作的形式正经历着深刻的变革。从传统的文字创作到数字平台的文学表现，再到虚拟现实（VR）和增强现实（AR）的沉浸式体验，文学创作的形式已经不再局限于书面文本。作家在数字化平台上不仅可以通过文字进行创作，还可以将图像、音频、视频等多媒体元素融入其中，创作出更加丰富的跨媒体文学作品。

数字文学作为技术驱动的文学形式，已经成为未来文学创作的重要组成部分。通过电子书、在线连载、社交媒体平台，作家可以直接将作品发布到全球读者的面前，打破了传统出版的限制。电子平台为文学作品提供了快速传播和广泛接触的机会，作家和读者之间的关系更加紧密，互动性更强。在这种环境下，作家的创作自由度也更高，作品的内容、形式以及更新速度可以灵活调整，使得文学创作的表达更加多样化和开放。此外，虚拟现实（VR）与增强现实（AR）为文学创作提供了全新的沉浸式体验。通过这些技术，作家能够构建出虚拟的文学世界，读者不仅能通过文字来感知故事情节，还能够通过视觉、触觉等感官参与到作品的互动之中。例如，在虚拟现实中的叙事作品中，读者可以身临其境地体验故事情节的推进，与虚拟世界中的角色进行互动。虚拟现实和增强现实的运用，使得文学作品的表现力和沉浸感得到了极大提升，让读者能够更加直观、深刻地感受到故事的情感与思想内涵。

数字技术还推动了文学创作的实验性。在传统的文学创作中，作家往往受限于传统的语言和叙事结构，但在数字化环境中，作家可以打破这些限制，进行更多的创作实验。交互式小说、超文本文学、非线性叙事等新兴创作形式的出现，都是数字技术带来的创作突破。作家可以根据读者的选择和互动调整作品的情节走向，使文学创作不再是单一的线性发展，而是充满了变数和无限的可能性。通过这种实验性的叙事方式，文学不仅可以更深入地探索人类内心世界，还可以呈现更加复杂、多元的社会现实。

二、人工智能与生成文学的崛起

人工智能（AI）作为一种新兴技术，正深刻影响着文学创作的未来。AI不仅是工具，它在文学创作中发挥着越来越重要的作用。人工智能的进步使得机器学习、自然语言处理等技术成为文学创作的一部分。作家可以利用AI辅助创作，甚至有部分作家和出版公司开始探索AI生成文学作品的可能性。

AI生成的文学作品具有其独特的创作优势和挑战。首先，人工智能能够通过大量数据的学习生成自然语言文本，从而迅速创作出符合特定主题或风格的作品。比如，AI可以通过分析大量的经典文学作品，模仿出某种特定的写作风格或语言结构，生成类似人类作家创作的文学内容。这使得文学创作的速度大大加快，同时也降低了创作的门槛。AI在文学创作中的应用，不仅为作家提供了创作灵感和建议，也为文学市场提供了更多的文本生成选择。然而，AI生成文学作品也引发了关于创作主体性、艺术性与原创性的问题。机器生成的文本虽然可以模仿人类语言的结构和风格，但它是否能够真正具备文学的思想深度与情感价值？AI是否能够像人类作家一样，通过文字反映人类的情感和社会现象？这些问题至今尚无明确的答案。然而无可否认的是，人工智能的出现为文学创作带来了前所未有的挑战，它推动了文学创作的数字化与自动化，也迫使我们重新审视"文学创作"的定义与边界。

随着技术的不断发展，AI的创作能力将会越来越强大。未来的文学创作可能会更加依赖于人工智能来辅助创作，作家可以在AI的帮助下进行文本的生成、修改和优化。人工智能与作家之间的互动，将形成新的创作模式，使得文学作品的创作过程更加高效、灵活，并且具有更多的创新可能。

三、跨媒体叙事与文学的跨界融合

跨媒体叙事是数字时代文学创作的重要趋势之一。跨媒体叙事将文学作品与电影、电视、游戏、社交媒体等多种媒体形式相结合，形成一种多平台、多形式的文化表达方式。通过这种跨界融合，作家能够创造出更加丰富和复杂的文学作品，同时让作品的传播和接触面更广。

跨媒体叙事的关键在于其"互补性"和"互动性"。不同媒介间的融合使得作品的叙事层次更加多元，读者不仅可以通过阅读文本了解故事情节，还能够通过视觉、音频等其他感官途径体验故事的发展。例如，某些文学作品不仅限于书本形式，还可能通过视频游戏、电影、网络平台等其他渠道进行扩展和再创造，形成一个完整的跨媒体叙事系统。作家在创作时，将文字、图像、声音等元素进行有效整合，创造出沉浸式、多感官的叙事体验，提升作品的互动性和表现力。

跨媒体叙事的另一大特点是其高度的互动性。随着社交媒体和互动平台的普及，文学作品的传播不再是单向的，读者也可以参与到作品的发展中去。作家可以通过社交媒体与读者保持紧密联系，获取读者的反馈与建议，甚至在创作过程中根据读者的意见进行调整和更新。许多网络小说和漫画作品采用连载方式，在读者的实时反馈下不断调整故事情节和人物发展，这种互动性使得作品更加灵活，符合读者需求，同时也让文学创作与传播变得更加民主化。

跨媒体叙事的出现，不仅打破了传统文学的创作边界，还推动了文学与其他艺术形式的深度融合。文学不再是孤立的，它与电影、游戏、艺术等领域形成了有机的联系，推动了文化创作的整体性与多样性。在未来，随着虚拟现实、增强现实等新兴技术的加入，跨媒体叙事将更加立体，作家通过多种形式的融合，可以让读者更加全面地体验文学作品中的情感与思想。

尽管技术性推动了文学的创新，但也为文学带来了许多新的挑战。随着数字化、AI生成文本以及跨媒体叙事等新兴技术的发展，文学创作的形式和内容不断突破传统，但这些创新也可能带来文学创作中某些基本问题的质疑。技术性与创新性之间的平衡如何维持？如何保证文学的思想深度和情感力量，而不只是追求形式上的炫技和创意？此外，随着创作方式和传播方式的多元化，文学创作的质量和规范问题也变得更加突出。在信息过载的背景下，如何确保文学作品的深度与价值，避免碎片化和表面化的趋势，成为未来文学创作中必须解决的一个问题。数字化文学虽然为作家和读者提供了更多自由和选择，但它也要求作家具备更加灵活的创作方式和适应能力。作家不仅要面对技术的创新，还要思考如何在这个技术驱动的环境中保持文学创作的思想性和艺术性。

未来文学的技术性与创新性不仅推动了文学形式的多元化，也为文学创作带来了前所未有的机遇和挑战。随着人工智能、虚拟现实、数字化平台以及跨媒体叙事等技术的应用，文学作品的表现方式和传播途径不断拓展，作家的创作空间和灵活性得到了大幅提升。然而，这些创新也带来了文学的深度、质量与艺术性的考验。未来的文学创作将在技术与艺术的交织中继续发展，作家和读者将在这个新的文学世界中共同探索文学的无尽可能。

结　语

　　文学作为人类思想、情感与文化的深刻反映，历经千年风雨，始终焕发着不灭的光芒。从古代的史诗、悲剧到文艺复兴时期的戏剧，再到现代主义的实验与突破，文学不断跨越时空与文化的界限，承载着时代的精神与社会的变迁。经典作品的传承为现代文学奠定了基础，而现代文学则在继承与创新的交织中展现了无尽的创造力与艺术性。在这一过程中，文学不仅是历史的见证，更是社会变革、思想进步与人类情感的载体，深刻影响着人类文明的轨迹。

　　当今，全球化与数字化技术的浪潮使得文学的创作与传播面临前所未有的变革。作家不再局限于传统的文本与纸质书籍，而是借助数字平台、社交媒体、虚拟现实等技术手段，不断拓展创作与表达的边界。文学创作的形式更加多元，表现手法日益丰富，作品的传播方式也变得更加快速与广泛。在全球化日益加深的今天，文学的跨文化交流与互动更加频繁，作家们通过融合不同文化的元素和思想，创造出了更加开放、多维、具有全球性视野的文学作品。然而，数字化和全球化带来的不仅是机遇，也伴随着挑战。文学作品的创作与传播不再受限于地域和传统形式，文学艺术的创新变得更加迅速与多样，但同时也存在着碎片化、信息过载以及质量控制的问题。在这个技术高速发展的时代，文学创作者不仅要面对日新月异的技术工具，还需要保持对人类经验、情感与社会变革的深刻洞察。未来的文学不仅要应对技术创新带来的变革，还要思考如何在这种变革中保持思想的深度与艺术的纯粹。

　　从经典到现代，文学的演变历程不仅是对传统的继承，也是对时代与人类经验的回应。现代文学的创新，为未来的文学创作提供了丰富的方向与可能性。数字文学、跨媒体创作、人工智能生成文本、虚拟现实等新兴形式的崛起，使文学创作和传播进入了一个全新的领域。作家们不再仅仅依赖传统的书面文字，而是通过多种媒介与形式，将文学作品的艺术表现力和思想内涵发挥到极致。这种跨媒体、跨平台的创作与传播，为文学创作带来了更多的灵活性与创造性，也使得文学作品的传播不再局限于某一文化或区域，而是面向全球读者，促进了世界各地文化的互动与交流。然而随着文学创作形式的多样化，如何确保文学作品的艺术价值与思想深度，成为文学创作中的重要课题。未来的文学创作不仅要借助技术进行形式上的创新，更要在思想内容、社会批判和人文关怀上保持文学的深度与广度。作家将继续以个人经验为出发点，深入挖掘社会变革中的人性与情感，同时以全球化的视野关注跨文化冲突与融合，探索人类在数字化与全球化时代中的身份认同、道德选择与精神归属。

展望未来，数字化、人工智能、大数据等技术的发展将继续为文学创作注入新的生命力。人工智能生成文学作品已经进入实验阶段，未来人工智能可能会在文本创作中扮演更加重要的角色。作家们不仅可以利用人工智能生成创作灵感、文本框架，甚至可以借助 AI 协助进行小说的情节发展与语言调整。AI 的使用将不再是单纯的技术工具，而可能成为作家创作过程的一部分，创造出更为丰富和多元的文学形式。虚拟现实（VR）与增强现实（AR）技术的出现，进一步拓宽了文学创作的空间。通过这些技术，作家可以创作出更加沉浸式的作品，读者不仅能够通过文字感知故事情节，还能通过虚拟世界中的互动与参与，深度体验文学作品中的人物与场景。这种全新的创作方式，不仅使文学作品具备了更强的表现力和互动性，也让文学的艺术性得到极大的提升。

全球化不仅加速了信息与文化的流动，也推动了文学创作的跨文化融合。作家们不仅关注自己本土文化的问题，更从全球视角探讨人类共同面临的社会问题、道德困境和历史冲突。全球化背景下的文学创作，促进了文化的碰撞与交融，同时也带来了文化认同的流动性和复杂性。在全球化语境中，文学作品的跨文化性变得尤为突出。作家通过融合不同文化的元素，构建出跨越国界、文化与语言的文学作品。全球化带来的文化交流，不仅丰富了文学创作的内容，也拓宽了文学表现的形式。不同文化背景下的作家，通过对自身文化的深刻反思与再创造，推动了全球文学的多元化与发展。与此同时，跨文化文学创作也面临着本土性与全球性的双重挑战。作家如何在全球化的语境下保持对本土文化的关注与创新，同时回应全球文化的互动与影响，成为未来文学创作中的关键议题。文学的未来，将是在全球文化对话与互动中不断寻找平衡的过程。作家将在全球化的浪潮中，既坚守本土文化的独特性，又主动融入全球文化的交流与融合。

在未来，文学仍将是社会变革、道德探索和文化批判的重要工具。作家将继续在作品中关注社会的变革，揭示不平等、压迫、环境危机、性别问题等全球性问题，通过文学的创作与传播引发公众的关注与思考。文学作品的创新，将不仅体现在形式和结构上，更要在社会责任、思想引领和人文关怀上发挥深刻作用。面对未来的全球性挑战，作家们将在作品中不断探索人类如何应对社会的变革与未来的未知。人类的历史和命运始终是文学创作的主题，作家在面对现代社会的复杂性时，如何通过作品提出有力的社会批判与深刻的思想反思，将决定未来文学的方向和深度。未来的文学不仅是个体的表达，也将承担起更多的社会责任和历史使命，成为推动文化进步和思想革新的重要力量。

技术的革新、全球化的加速、文化的多元交织，都在为文学注入新的生命力和无限的创作可能。在未来，文学将继续沿着艺术性与思想性的双重路径发展，在继承经典、回应当代和面向未来的过程中，推动文学的全面创新。未来的文学创作，将不再依赖于传统的书面文字，而是借助数字平台、跨媒体技术、人工智能等手段，拓展创作的空间与表达的维度。作家们将继续从社会的变革、历史的进程和人类的命运出发，探索更加深刻、复杂和全球化的主题。全球化背景下的跨文化文学，将成为文学创作的重要方向，作家们将在多元文化的对话与互动中，发现新的创作源泉和思想突破。在这个技术与思想交织的时代，文学依然是探索人类心灵、记录社会变革、传承文化记忆的力量源泉。未来文学的艺术性与创新性，将为我们提供更加丰富的阅读体验、更加深刻的思想启示，也为文化的发展与人类的进步提供更加广阔的视野与无限的可能性。

参考文献

[1] 魏彬萍. 跨文化视域下高中语文外国文学作品教学研究 [D]. 漳州：闽南师范大学，2024.

[2] 刘琪. "外国作家作品研习"学习任务群实施策略研究 ——以部编版高中语文选择性必修教材为例 [D]. 张家口：河北北方学院，2024.

[3] 武春燕. "外国作家作品研习"学习任务群教学设计研究 [D]. 南充：西华师范大学，2024.

[4] 宋旭. 新文科视域下外国文学学科融合式教学探索 [J]. 长春师范大学学报，2024，43（9）：161-165.

[5] 赵春珂. 于教学中探寻外国文学作品育人价值 [J]. 中学语文教学参考，2024（28）：29-31.

[6] 王松林. 情感赋能视域下的外国文学教学 [J]. 外国语文研究，2023，9（2）：11-17.

[7] 白雪花. 守正、融通与创新：外国文学研究与中国学术走出去 [J]. 当代外国文学，2023，44（1）：171-173.

[8] 徐俊俊. 接受美学视角下外国文学作品的汉译研究 [J]. 赤峰学院学报（汉文哲学社会科学版），2022，43（8）：37-40.

[9] 李金颖. 跨文化语境中外国文学教学分析 [J]. 辽宁师专学报（社会科学版），2022（3）：39-40，50.

[10] 沈喜阳. 外国文学的"大观园" [J]. 世界文学，2022（1）：11-14.